I Ger

Y GELYN CUDD

GERAINT EVANS

y|Lolfa

Cynllun y clawr: Tanwen Haf

Rhif Llyfr Rhyngwladol: 978 1 78461 126 2

Dymuna'r cyhoeddwyr gydnabod cymorth ariannol
Cyngor Llyfrau Cymru

Cyhoeddwyd ac argraffwyd yng Nghymru
ar bapur o goedwigoedd cynaladwy gan
Y Lolfa Cyf., Talybont, Ceredigion SY24 5HE
e-bost ylolfa@ylolfa.com
gwefan www.ylolfa.com
ffôn 01970 832 304
ffacs 01970 832 782

PENNOD 1

CHWYTHAI'R GWYNT YN gryf o'r môr gan dorri'n ddidrugaredd ar geblau'r cychod hwylio i greu curiad o fetel yn erbyn metel, a'r taro cyson yn rhybudd mai dim ond ffŵl fyddai'n mentro allan. Eisteddai Syr Gerald Rees yn gwrando ar y glaw'n chwipio ar draws ffenest ei gartref a thaflodd foncyff ar y tân i godi tymheredd yr ystafell. Myfyriodd am ychydig, codi wedyn ac agor y cwpwrdd diod, anwybyddu'r wisgi a'r cognac ac arllwys mesur o fodca – rhaid oedd cadw'r pen yn glir. Llowciodd y ddiod mewn dracht dwfn gan werthfawrogi ei chynhesrwydd llym. Ailgyfeiriodd y lamp ar ochr arall y gadair ledr a cheisio canolbwyntio ar y cylchgrawn hwylio o'i flaen.

Aros yn amyneddgar a chadw'r nerfau o dan reolaeth, dyna oedd raid. Dilyn y cyfarwyddiadau – yr ymwelydd yn cyrraedd, trosglwyddo'r pecyn, a'r weithred syml yn gam cyntaf yn y cynllun i dorri'n rhydd. Pendwmpiodd am ychydig yng ngwres y tân ac yna clywodd y sŵn y bu'n hir ddisgwyl amdano. Daeth car i stop gyferbyn, saib byr ac wedyn clywodd guriad clir a phendant ar ddrws y tŷ. Ac yntau'n hollol effro yn awr, cododd yn bwyllog i agor y drws. Yr ochr arall i'r trothwy safai dyn tal wedi'i wisgo mewn du o'i gorun i'w sawdl – cot hir ddu a oedd eisoes yn diferu o law a het ddu â'i chantel llydan yn cuddio'r rhan fwyaf o'i wyneb.

Syllodd ar yr ymwelydd am eiliad cyn camu i'r naill ochr. "Dewch mewn i gysgodi. Alla i gynnig rhywbeth i chi?"

Ufuddhaodd y dyn, i'r graddau iddo gamu i mewn i'r lolfa. "Dim byd. Chi'n gwybod pam dwi yma, felly gaf i'r wybodaeth os gwelwch yn dda, er mwyn i fi gael mynd?"

"O'n i'n meddwl mai—?"

"Does dim angen i chi feddwl. Dywedwyd y byddai rhywun yn dod, *rhywun*, dyna'r trefniant. A dwi yma – am cyn lleied o amser â phosib. Roeddech chi'n ddigon parod i dderbyn y pres a chytuno i'r cynllun. Sdim pwynt ailystyried nawr. Felly, y wybodaeth, os gwelwch yn dda."

Roedd caledwch y llais a miniogrwydd yr acen yn arwyddion clir nad gwahoddiad poléit oedd y cais. Na, gorchymyn oedd y geiriau, ond nid oedd Gerald Rees am ildio i fygythiadau rhyw was bach fel hwn. Plygodd at y ces lledr wrth ymyl y gadair i godi amlen wen drwchus.

"Mae'r data yma'n mynd i roi mantais enfawr i chi yn y Dwyrain Canol. Mae'n werth miliynau – llawer mwy na'r symiau pitw dwi wedi'u derbyn."

Cymerodd yr ymwelydd gam tuag ato ac estyn gwn awtomatig SIG Sauer o boced ei got. Sgleiniodd golau'r lamp yn erbyn y baril ac wrth i'r boncyff syrthio'n is i'r tân daeth crac uchel. Er gwaethaf y chwys oer ar ei dalcen, ymdrechodd Syr Gerald i ymddangos yn ddi-ofn. Safodd yn stond, prin yn anadlu, yn gwylio'r dyn yn codi'r SIG Sauer yn bwyllog a'i anelu at ei galon. Llyncodd ei boer a gofyn, "Pam y gwn?"

"Jyst gwneud yn siŵr eich bod chi'n cadw'ch ochr chi o'r ddêl. Mae'n hwyr, Syr Gerald, yn llawer rhy hwyr i geisio aildaro'r fargen. Am y tro olaf, yr amlen."

"Sut galla i fod yn siŵr y byddwch *chi*'n cadw at eich gair?"

Gwenodd y dyn yn oeraidd. "Dewch nawr. Sdim dewis gyda chi. Rhaid i *chi*'n trystio ni a rhaid i *ni*'ch trystio chi – gwaetha'r modd."

Heb oedi ymhellach, cipiodd yr ymwelydd yr amlen o'i afael, troi mewn un cam at y drws a diflannu i'r nos.

PENNOD 2

"BORE DA, SYR Gerald. Tipyn gwell tywydd heddi na ddoe."

Fel arfer, ateb digon swta a roddai i'w gymdoges, ond penderfynodd heddiw nad oedd cwrteisi'n costio dim ac oedodd i gynnal sgwrs gyda'r ddynes. "Chi'n iawn, Mrs Jones. Noson stormus. Wnaeth y gwynt eich styrbio chi?"

"Wedi i chi fyw mor agos at y môr am gymaint o flynydde, chi ddim yn sylwi ar y gwynt. Cofiwch, bues i'n troi a throsi ar ôl clywed ryw sŵn yn yr orie mân. Ond wedes i wrth 'yn hunan, 'Mari, paid â bod mor dwp, cer 'nôl i gysgu.' Ac erbyn i fi ddihuno ro'dd hi wedi tawelu, fel mae hi nawr i weud y gwir. A chithe, Syr Gerald? Gysgoch chi drwy'r cyfan?"

Pwyllodd am eiliad. "Do, diolch, Mrs Jones. Dwi ddim wedi byw yn Aberaeron cyhyd â chi ond na, wnaeth y gwynt ddim tarfu llawer ar fy nghwsg."

Syllodd y ddynes ar y siaced drwchus, y trowsus dal glaw a'r sgidiau rwber. "Mynd mas yn y cwch?"

"Wel, dyna'r bwriad. Mae'r gwynt wedi gostegu ychydig ond mae'n dal yn ddigon cryf ar gyfer diwrnod o hwylio ac ychydig o bysgota. Mae'r tywydd i fod i wella, yn ôl y rhagolygon. Os wnewch chi f'esgusodi, Mrs Jones? Mae'r llanw'n galw."

"Wel, ethen i byth mas i'r môr. Rhy ddansierus. Tir sych i fi bob tro. Fyddwch chi 'nôl heno?"

Cofiodd o brofiad chwerw pam nad oedd yn or-hoff o'i gymdoges. Dynes fusneslyd oedd Mari Jones, yn bachu ar bob cyfle i holi, yn gloncwraig heb ei hail ac yn feistres corn ar ymestyn pob stori. Atebodd yn ofalus, "Gawn ni weld os bydd y pysgod yn neidio at y bachyn. Hwyl nawr."

Cerddodd ar hyd y lôn fechan a arweiniai at y cei. Ar fore braf o wanwyn edrychai Aberaeron ar ei gorau – y tai amryliw yn sgwarog drefnus o gwmpas yr harbwr bychan a'r porthladd yn dihuno'n araf i brysurdeb y dydd. Fe'i cyfarchwyd gan sawl un ar y siwrnai fer o'i dŷ i'r cei, pob un yn gwenu ac yn barod gyda chyfarchiad o "Shwmai" neu "Bore da, Syr Gerald." Ymatebodd yntau gyda gwên neu drwy gynnal sgwrs fer. Er mai dyn dŵad oedd e, gwyddai fod y cyfarchion yn ddidwyll a bod y rhan helaeth o breswylwyr y dref wedi'i dderbyn â breichiau agored. Wrth gwrs, bu ei gyfraniadau hael i'r clwb hwylio a'r ŵyl bysgota yn help i iro'r llwybr hwnnw a chynhesu'r croeso.

Wrth iddo nesáu at y cei gwelodd Jack Taylor, yr harbwrfeistr, yn sefyll ar stepen drws ei swyddfa. Taylor gychwynnodd y sgwrs.

"Bwrw mas i'r bae, Syr Gerald? Chi 'di dewis bore da, jyst y tywydd ar ôl stormydd neithiwr."

"Ie, tipyn o wynt. Unrhyw ddifrod, Jack?"

"Dim byd mewn gwirionedd. Rhai twpsod, y morwyr penwthnos, chi'n eu nabod nhw, heb glymu'u cychod yn ddigon sownd a finne'n gorfod mynd mas peth cynta i arbed ambell ddolc. Ar wahân i hynny, dim byd."

"Dwi'n meddwl hwylio lawr i gyfeiriad Cei a falle ymhellach. Beth yw'r rhagolygon diweddaraf? Oes unrhyw rybuddion penodol?"

Camodd Taylor i mewn i'w swyddfa a throi at y cyfrifiadur, ond cyn iddo gael cyfle i agor y sgrin canodd y ffôn. Deallodd Gerald Rees yn fuan mai'r heddlu oedd yno ac ar ôl ychydig eiriau gadawodd yr harbwrfeistr y swyddfa a chroesi i'r llecyn o laswellt ar lan y cei. Archwiliodd y badau bychan oedd yno, dychwelyd ar ei union ac ailafael yn y ffôn.

"Na, ma dingi *Bonny Belle* a'r lleill yn dal yno. Dim byd yn *missing*, hyd y galla i weld."

Daeth yr alwad i ben a throdd Taylor at ei ymwelydd.

"Polîs Aberystwyth, wedi ca'l galwad gan y Capten am rywun yn hongian obwti'r lle tua dau o'r gloch y bore. Gwedwch chi wrtho i, pwy fydde mas fan'na nithwr yn y gwynt a'r glaw, yn trial dwyn cwch? Ond 'na fe, jyst fel y Capten, yn neud ffys am ddim byd. O'dd ei gwch e'n un o'r rhai achubes i rhag wal yr harbwr bore 'ma. Dyle fe dalu mwy o sylw i'r fflipin iot 'na yn lle gwastraffu amser yr heddlu a'n amser i. Fe a'i blwmin *Bonny Belle*. Paned?"

Doedd dim rheswm i wrthod. Prysurodd Taylor at y dasg ac o fewn llai na dwy funud gosododd ddau fŵg o hylif brown, cryf yr olwg ar y ddesg. "Paned o de cryf, dim rhyw biso cath. Siwgir?"

"Dim diolch… Rhagolygon y tywydd, Jack?"

"O ie." Ailgyfeiriodd Taylor ei sylw at y cyfrifiadur a symud y llygoden i ddatgelu map o Fae Aberteifi. "Dyma ni, *forecast* heddi. Gwynt yn chwythu o'r de/de-orllewin, graddfa chwech yn codi i saith, cadw'n sych a chlir ond posibilrwydd o law fory." Symudwyd y llygoden a daeth map manylach i'r golwg. "Dim rhybuddion tanio heddi na fory o safle MoD Aberporth. Fyddwch chi 'nôl erbyn hynny?"

"Fwy na thebyg. Os bydd hi'n cadw'n braf falle a' i mor bell ag Abergwaun a chysgu yn y cwch."

"A throi 'nôl am Aberaeron wedyn?"

"Ie. Mae galwadau gwaith yn golygu nad ydw i'n cael llawer o amser i hwylio. Rhaid gwneud y gore o bob munud sbâr pan ddaw'r cyfle."

"Deall yn iawn, Syr Gerald. Dyw trip lawr i Abergwaun yn ddim byd i forwr profiadol fel chi. Cofiwch gadw mewn cysylltiad â Gwylwyr y Glannau a dod 'nôl ata i os oes problem." Taflodd yr harbwrfeistr gipolwg ar y cloc. "Chwarter wedi deg, fe noda i'r amser gadael yn y dyddiadur. Nawr 'te, er mwyn i chi ddal y llanw a' i mas â chi at *Gwynt Teg*."

"Chi'n siŵr?"

"Mae dal i fod un neu ddau o jobsys i'w gwneud yn yr harbwr. Pan ddewch chi 'nôl, gallwch chi 'ngalw i ar y radio."

Gadawodd y ddau y swyddfa, cerdded at y lanfa a chamu i mewn i fad bychan. Taniodd Jack Taylor yr injan a llywio'n ofalus rhwng y cychod eraill i gyfeiriad *Gwynt Teg*, cwch Syr Gerald. Cornish Shrimper ydoedd, pedair troedfedd ar bymtheg o hyd, a gallech weld yn syth mai dyma un o'r cychod harddaf a drutaf oedd wedi'u hangori yn harbwr Aberaeron. Roedd y corff wedi'i beintio'n las tywyll, yr enw mewn gwyn ar y pen blaen a'r farnais golau ar bren y dec yn sgleinio fel gwydr. Arafodd Taylor yr injan i gyrraedd yn ddestlus wrth ymyl *Gwynt Teg*.

"Jiw, mae'n gwch pert, Syr Gerald. Clasur, i weud y gwir. Lot gwell na *Bonny Belle* y Capten. Dyw honna'n ddim byd ond *gin palace*, iawn am drip bach rownd y bae. Ond mynd â hi mas i'r môr? Dim diolch – man a man i chi fod yn bàth Mam-gu!"

Sadiodd Taylor y bad i roi cyfle i Gerald Rees estyn at raff drwchus a dringo i'r dec.

"Diolch, Jack. Rhaid i chi ddod gyda fi tro nesa. Bydden i wrth 'y modd yn gweld hen law fel chi yn trafod *Gwynt Teg*. Meistr wrth ei waith."

Wrth i'r harbwrfeistr adael at ei orchwylion, camodd Rees i gaban *Gwynt Teg* a chychwyn ei baratoadau ar gyfer y fordaith. Roedd y cyfan yn daclus ac o'r safon orau: dau wely yn y pen pellaf, cyfleusterau coginio, a nesaf at y llyw roedd cwmpawd electronig a radio VHF soffistigedig. Cododd iPhone o fag wrth ei ymyl, ei gysylltu â'r cwmpawd a throi at y radio.

"*Gwynt Teg* calling Milford Haven Coastguard."

Daeth yr ateb ar unwaith. "Milford Haven Coastguard responding. Please state your position and intentions, *Gwynt Teg*."

"Aberaeron harbour. Leaving now and sailing towards Newquay and possibly further south."

"Ultimate destination, please?"

"If weather is favourable, I may sail as far as Fishguard, anchor there and then return to Aberaeron."

"Thank you, *Gwynt Teg*. Your exact departure from Aberaeron is timed at 10.36. Sea conditions are calm at the moment with possibility of changes to moderate. Tidal outflows mean that anchorage at Cardigan is problematic. You should also be aware that there are variations in the arrival and departure times of Stena Europe ferry from Fishguard harbour with warning to support maximum visibility in harbour area. Maintain radio contact and inform us further as to final voyage plan and likely return to Aberaeron."

"Will do."

Tsieciodd lefel y diesel yn y tanc, gwasgu botwm ar y dashfwrdd ac ar ôl un pesychiad ymatebodd yr injan bwerus, a'i grwndi dwfn yn ergydio drwy'r caban. Pwysodd at gefn y cwch i godi'r angor, ac ar ôl iddo wasgu lifer, cododd *Gwynt Teg* yn y dŵr a symud yn araf tuag at geg yr harbwr. Gyda chymaint o gychod eraill ar y ddwy ochr roedd angen gofal a sylw manwl ond ar unwaith bron roedd gyferbyn â muriau'r porthladd a Bae Aberteifi yn agor o'i flaen. Cododd law ar ddau gyfaill o'r clwb hwylio oedd yn sipian diod tu allan i westy Morawel, ychwanegu at sbid yr injan a theimlo grym y peiriant a nerth y llanw yn gwthio'r cwch drwy'r tonnau. Roedd yn hen gyfarwydd â chyfarwyddiadau gadael yr harbwr ac mewn llai na deng munud roedd allan yn y môr agored. Camodd o'r caban i godi'r hwyl flaen ac wedyn yr hwyl fawr. Ailafaelodd yn y llyw ac wrth i'r gwynt gydio yn y cynfasau coch, dechreuodd ar y dasg o igam-ogamu i ddal pob awel a throi i gyfeiriad y de.

Gan sefyll yn stond ar y dec, ceisiodd ymlacio a rhoi ei holl sylw i'r pleser o hwylio'r cwch, ond methodd. Ymwelydd neithiwr oedd ar fai. Roedd e wedi disgwyl i rywun alw, gan fod y trefniadau wedi'u gwneud a chytundeb wedi'i daro. Nid yr ymweliad oedd y broblem ond yr ymwelydd a'i ymddygiad bygythiol. Pwy oedd e, a beth ar wyneb daear oedd y rheswm am y gwn? Doedd dim angen hynny. Bargen oedd bargen, ac roedd pawb wedi derbyn yr amodau. Cyfnewid y pecyn am ddiogelwch a chadw cyfrinachau, rhoi gwybodaeth am guddio gwybodaeth, dyna oedd y ddêl. Felly pam y gwn, a beth oedd wrth wraidd geiriau olaf yr ymwelydd, nad oedd ganddo ddewis? Wel, doedd Gerald Rees ddim wedi'i drechu o bell ffordd ac os oedd ei bartneriaid am chwarae gêm front gallai yntau droi'r min yn yr un modd ac atgoffa'r diawled o'r union gyfrinachau *oedd* yn ei feddiant.

Teimlai'n well yn sgil y ddos o ymresymu mewnol a bwydodd gwrs ei daith i'r cwmpawd gyda phendantrwydd newydd, cyn disgyn i'r caban a gosod y tegell ar y stof fechan. Arhosodd am y chwiban cyn arllwys y dŵr berwedig ar y coffi ac ychwanegu joch dda o wisgi o fflasg boced. Yna dringodd 'nôl i'r dec. Gallai weld traeth a harbwr Ceinewydd yn y pellter ac wrth iddo rowndio'r penrhyn gwelodd fod nifer o forwyr eraill wedi manteisio ar y tywydd a bachu'r cyfle am fore o hwylio. Cydiodd yn y llyw i symud allan i gyfeiriad y bae ac mewn dim roedd y Cei tu cefn iddo. Roedd y tonnau'n uwch, nid bod hynny'n mennu dim arno. Nid oedd prin fyth yn dioddef o salwch môr a chadwodd ei gydbwysedd yn berffaith wrth i *Gwynt Teg* esgyn a disgyn o dan ei draed. Pasiodd Gwm Tydu a Llangrannog a dod at Aberporth mewn rhyw hanner awr. Cofiodd am rybuddion Jack Taylor wrth nesáu at y safle arbrofi a'i faes tanio. Ar y clogwyni gallai weld y tiwbyn hyll o goncrit a arweiniai'n serth o ben y clogwyn i'r harbwr gwneud ar lan y dŵr. Gwyddai Gerald Rees ddigon am y gwaith a wnaed yno – digon, ond nid popeth chwaith. Roedd ei gwmni, Condor Technology, wedi ennill cytundeb i baratoi meddalwedd i'r drôns dibeilot a chofiodd am ei gyfres o gyfarfodydd â bosys Celtiq, un o gwmnïau arfau'r safle. Swyddogaeth y meddalwedd oedd arwain y rocedi bychain at dargedau yn Affganistan a Gaza, at filwyr y Taliban ac weithiau at deuluoedd diniwed oedd yn crafu byw ar faes y gad. Ond pa ots am hynny? Busnes oedd busnes, ac os oedd rhyw anffodusion yn dioddef mewn twll o le ym mhen draw'r byd, wel, hen dro! Pe na bai Condor Technology wedi cyflenwi'r meddalwedd byddai llu o gwmnïau eraill wedi neidio at y cyfle.

Wrth ochr *Gwynt Teg* sylwodd ar un o'r bwiau a ddynodai ffiniau'r maes tanio. Llywiodd oddi wrth y bwi a glynu at ei gwrs deheuol. Yn sydyn, ymddangosodd haid o wylanod uwchben y cwch, eu llygaid slei yn sbecian am argoel o bysgod. Anwybyddodd eu protestiadau gwichlyd, newid onglau'r hwyliau i ddal mwy o wynt a chyflymu llithriad y cwch drwy'r dŵr. Cyn bo hir gwelodd eglwys wyngalchog y Mwnt ac yn fuan wedyn daeth Ynys Aberteifi i'r golwg, a thu hwnt i honno benrhyn Gwbert ac aber afon Teifi. Nesaodd yn ofalus at glogwyni'r ynys, gostwng yr hwyliau a gollwng yr angor. Dyma derfyn ei fordaith am y tro.

Disgynnodd eto i'r caban ac o gwpwrdd bychan rhwng y ddau wely estynnodd yr offer pysgota. Clymodd linyn neilon wrth y rheilen ar gefn y cwch, ychwanegu abwyd a'i daflu wedyn mor bell ag y gallai o'r starn. Gan eistedd ar yr astell gul wrth y llyw gosododd un darn o wialen ffeibr carbon at y llall, rhoi abwyd ar y bachyn a defnyddio nerth bôn braich i gastio allan i'r môr. Fel pob pysgotwr, gwyddai fod angen dau beth – tawelwch ac amynedd. Yr unig synau oedd slap rythmig y tonnau yn erbyn corff y cwch a chri'r gwylanod yn hofran uwchben. Roedd ganddo fwy na digon o amynedd a gwerthfawrogodd y synnwyr o fod ar goll i'r byd. Ni wyddai neb yn union ble roedd e. Tu hwnt i begynau'r porthladdoedd, doedd gan neb syniad. Lle perffaith i fod ar goll, lle i ymgolli ynddo a lle i ddianc iddo.

Torrwyd ar ei fyfyrdod gan glec o'r radio. "Milford Haven Coastguard calling *Gwynt Teg* at 14.12. Are you receiving me?"

"Receiving loud and clear."

"Update on warning of approach to Fishguard harbour. Stena

Europe service Rosslare to Fishguard now expected at 23.45, that is thirty minutes late due to adverse weather conditions in St George's Channel. Please state your position and confirm that ultimate destination is still Fishguard."

"South of Cemaes Head. In light of likely change in weather, will make for Newport and anchor overnight. Will keep you posted."

Diffoddodd Gerald Rees y radio a rhoi ei holl sylw i'r pysgota. Teimlodd blwc ar linyn y wialen, gadael iddo redeg am ychydig ac yna ei ddirwyn i mewn. Lleden sylweddol oedd ar ben y lein – y gyntaf o sawl dalfa. Taflodd y pysgod trwm i focs a'r rhai llai yn ôl i'r môr, er mawr werthfawrogiad y gwylanod. Bu wrthi am yn agos i ddwy awr cyn codi angor a symud i safle ychydig ymhellach o'r lan.

Yn hwyr yn y prynhawn clywodd sŵn a gweld bad pleser Cardigan Dolphin Trips yn rowndio'r swnt. Roedd y cwch yn llawn, a sŵn y clebran a'r gweiddi ar y bwrdd yn ddigon i frawychu'r dolffin mwyaf byddar. Rhoddodd ffug salíwt i'r capten yn boléit a gollwng ochenaid o ryddhad wrth i hwnnw droi'r cwch mewn cylch a llywio am Aberteifi. Tawelwch eto, diolch i'r drefn, ac yn y llonyddwch gwelodd, mewn byr o dro, yr union olygfa y bu'r twristiaid yn ysu amdani – haid o ddolffiniaid yn neidio a phrancio lai na hanner canllath i ffwrdd. Rhyfeddodd at eu gallu i blymio'n ddidrafferth i'r ewyn gwyn, eu cyrff du yn sgleinio'n osgeiddig yn yr haul. Daeth y sioe i ben yn llawer rhy fuan ac aeth ati i gasglu'r offer pysgota. Bu'n eistedd am yn agos i awr yn pwyso a mesur, cyn datgysylltu'r iPhone o'r cwmpawd. Yna, mewn gweithred o hanner tristwch a hanner rhyddhad, chwiliodd am y rhif cyfarwydd, llunio neges destun, ailddarllen y geiriau a gwasgu'r botwm danfon. A hithau'n dechrau nosi, cyneuodd y golau rhybudd a disgyn i'r gali i baratoi swper o gawl tun. Ar ôl bwyta, camodd yn ofalus ar hyd y dec i ben blaen *Gwynt Teg*, sefyll wrth y rheilen a syllu ar y tonnau islaw. Gan synhwyro'r tonnau yn codi ac yn disgyn o dan ei draed, gofynnodd iddo'i hun am y canfed tro a oedd ei benderfyniad yn un doeth. Dim iws, dim iws yn y byd, meddyliodd, doedd dim troi 'nôl.

PENNOD 3

Y N NIWL Y bore roedd hi'n anodd dod o hyd i gewyll y cimychiaid. Yng nghaban y *Laura* llaciodd Ossie Morris gyflymdra'r injan fel nad oedd y cwch pysgota prin yn symud. Sbeciodd drwy'r gwydr llaith o'i flaen a gweld y ddau aelod arall o'r criw, Bob Evans a Gethin Wilson, yn camu ar hyd y dec.

"Slow bach, Oss, slow bach!" gwaeddodd Gethin. "Ma un fan hyn. Dal hi fan'na."

Plygodd Bob a Gethin dros ymyl y cwch i godi'r cawell. Gwagwyd y ddalfa i fwced blastig enfawr lle cropiai'r cimychiaid un dros y llall mewn ymdrech ofer i ddianc yn ôl i'r môr.

"Hei, go lew," dywedodd Bob. "Ma sawl un jogel o seis fan hyn. Gewn ni bris da am y job lot. Reit, cer mlân, Oss, ma cawell arall yn agos. Damo'r blwmin niwl 'ma. Sai'n gweld mwy na deg llath. Ysgafn ar y *throttle*. Tro dam' bach i'r whith."

Ufuddhaodd Ossie a daethpwyd yn fuan at gawell arall ac wedyn un arall eto. Llwythwyd cynnwys y cewyll i'r bwcedi ac ar ôl i Gethin gadarnhau iddyn nhw ddod o hyd i'r cyfan, llywiodd Ossie allan i'r môr a throi am adref. Cynyddodd ychydig ar y cyflymdra, a'i gyfeillion yn cadw llygad barcud o'r dec rhag ofn i'r *Laura* nesáu at y creigiau.

Gethin oedd y cyntaf i weld gwawl y golau. "Watsha, Oss! Ma rywbeth reit o'n blaene ni. I'r dde, i'r dde! Neu fe ewn ni smac miwn i'r diawl!"

Trodd Ossie'r llyw gymaint ag y medrai, a gogwyddodd y *Laura* yn isel i'r môr gan daflu Geth a Bob ar y dec. Drwy ffenest ochr y caban gwelodd Ossie rith cwch yn agosáu drwy'r niwl. O drwch blewyn yn unig y llwyddodd i osgoi gwrthdrawiad.

Canolodd yr olwyn i sadio'r *Laura* a rhoi cyfle i'w gyfeillion godi a rhuthro i'r rheilen.

"Be ffyc?!" protestiodd Bob. "Rhywun ddim yn gwbod *bugger all* am reolau diogelwch. Tyn hi rownd, Oss, cer 'nôl ac fe geith pwy bynnag sy 'na bryd o dafod!"

Arweiniodd Ossie y *Laura* mewn cylch eang cyn llywio'n araf at y cwch arall. Teimlodd yr ysgytwad, clywed sŵn pren yn taro'n erbyn pren ac ar unwaith gwthiodd lifer yr injan i'r man canol i gynnal safle'r cwch. Er i bawb weiddi, ni chafwyd unrhyw ymateb ac aeth Bob i'r starn, gafael mewn rhaff drwchus a llwyddo i glymu'r naill gwch wrth y llall. Arhosodd i'r tonnau ostegu ac yna, gyda gallu morwr profiadol, llamodd ar draws y bwlch. Roedd y niwl yn araf glirio a gwyliodd Ossie a Gethin eu cyfaill yn troedio 'nôl ac ymlaen cyn diflannu i'r caban bychan.

"Bob!" gwaeddodd Ossie. "Pwy sy 'na? O's rhywun 'di ca'l dolur?"

Ailymddangosodd y pysgotwr. "Sneb 'ma. Ma'r cwch yn wag."

"Cer draw i'r ochr arall i weld os o's siaced achub," gorchmynnodd Ossie. "Daw Geth draw â'r tortsh. Drychwch am siaced achub, a mas at yr ogofâu a'r creigie nes lawr."

Yr un mor chwimwth, neidiodd Gethin Wilson drosodd i'r ail gwch. Aeth rhyw funud neu ddwy heibio wrth i Ossie edrych ar y lleill yn penlinio i archwilio'r tonnau a gwylio'r fflachlamp yn taflu ei phelydr ar draws y creigiau ac i dyllau'r ogofâu.

"Chi'n gweld rwbeth?"

Bob atebodd. "Dim byd. Sdim golwg o neb. Ond enw'r cwch, *Gwynt Teg* – y boi 'na sy'n graig o arian, Syr bechingalw, sy pia hi?"

"Syr Gerald Rees? O's rhyw awgrym o be sy 'di digwydd?"

"Dim byd. Ma bocs o bysgod ac olion pryd o fwyd,

cwmpawd, radio mor farw â hoelen. Be ddylen ni neud, Oss? Ti yw'r bòs!"

Ystyriodd Ossie Morris am ennyd cyn ateb yn bendant, "Tanio'r injan a mynd â hi 'nôl i Aberaeron."

Roedd Gethin yn amheus. "Ti'n siŵr? Falle bydde'n well galw Gwylwyr y Glannau a'r polîs ac aros fan hyn nes bo nhw'n cyrraedd?"

"Beth am y cimychiaid, Geth? Gallen ni fod yn aros am oes pys, ac erbyn hynny bydd yr holl ddalfa 'di sbwylo. Ma gwerth tua mil o bunne yn y bwcedi 'na. Alla i byth fforddio colli arian fel'na, sai'n gwbod amdanoch chi."

"Pam na newn ni ollwng yr angor, nodi'r safle, ei gadel hi fan hyn a reporto'r cyfan yn Aberaeron?"

"Y llanw, Geth. Ma teid bore 'ma'n arbennig o uchel. Hyd yn oed a hithe wedi'i hangori, bydd *Gwynt Teg* yn codi yn y dŵr, malu'n rhacs ar y creigie a'r dystiolaeth i gyd yn diflannu dan y dŵr. I'r un lle â'i pherchennog, fwy na thebyg."

Bu ysbaid o dawelwch a gwelodd Ossie ei gyfeillion yn trafod.

"Allwn ni ddim bachu o 'ma heb neud dim," dywedodd Gethin. "Falle bod y pŵr dab rywle wrth law yn brwydro am ei fywyd. Dere, Oss, gwna alwad Mayday am berson ar goll, ma raid i ti. Ti'n gwbod beth yw'r rheol."

Cytunodd Ossie Morris. "Wrth gwrs. Cyn gynted ag y byddwn ni ar ein ffordd 'nôl fe gysyllta i â Gwylwyr y Glannau. Dewch mlân, taniwch yr injan."

Cafwyd sawl pesychiad o'r injan ac yna gwaedd gan Bob. "Sdim gobaith tanio hon, ma'r tanc diesel yn hollol wag."

"Reit, symuda i'r *Laura* draw atoch chi. Clymwch y rhaff yn dynn ac fe lusgwn ni *Gwynt Teg* i Aberaeron. Geth, arhosa di fan'na i lywio."

Ac ar ôl deng munud o symud yn ôl a blaen, cyplyswyd y ddau gwch, neidiodd Bob i ddec y *Laura* ac o dan rym injan y cwch pysgota cychwynnwyd ar y daith yn ôl. Gyda Bob yn llywio, trodd Oss at y radio ar ochr dde'r caban. Dewisodd y sianel galwadau brys a chlywed yr ymateb ar unwaith. Trosglwyddodd y neges – person ar goll yn y môr, Syr Gerald Rees fwy na thebyg – a rhoi union safle darganfod *Gwynt Teg*.

"Thank you, *Laura*. Scrambling emergency services now. State current position and intentions, please."

"Approximate position, two miles north-east of Cardigan Island. Sailing to Aberaeron with abandoned boat in tow."

"Thank you again, *Laura*. Contact Aberaeron harbourmaster on channel six to advise of arrival. Otherwise, stay on this channel."

Ciliodd y niwl ac mewn llai na hanner awr pasiodd bad achub Ceinewydd ac yna gwelodd y tri physgotwr yr hofrennydd melyn yn sgubo drwy'r awyr las uwchben. Ni ddywedwyd 'run gair. A hwythau'n hen gyfarwydd â pheryglon Bae Aberteifi, gwyddai pob un ohonynt mai bychan oedd y siawns o ddarganfod Syr Gerald Rees yn fyw. Rhoddodd Bob ei holl sylw i gynnal cwrs y cwch, gydag Ossie yn taflu golwg tua'r cefn bob hyn a hyn.

Roedd Jack Taylor yn aros wrth furiau'r harbwr a gwyliodd y *Laura* yn symud yn araf i'w hangorfa arferol. Heb oedi, dringodd i lawr yr ysgol fetel i fwrdd y cwch pysgota a gwrando ar y manylion gan Ossie cyn rhoi ei rybudd:

"Reit, bois, hastwch i ddadlwytho. Mae'r polîs ar eu ffordd a byddan nhw isie siarad â chi."

PENNOD 4

YMDRECHAI MEG i gynnal llwybr syth rhwng y clawdd a'r llinell wen ond roedd rhyw wendid sigl-di-gwt yn llyw y Transit yn tynnu'r fan tuag at y chwith. Mater o ffydd a ffwmblan oedd defnyddio'r gerbocs, ac roedd y brêcs yn frawychus o feddal. Daeth lori wartheg i'w chwrdd; rhoddodd blwc hegar i'r llyw a theimlo'r fan yn disgyn i'r ffos. Bu'n ysgytwad go iawn i'r llwyth ac roedd Meg yn ofni y byddai'r cerbyd yn moelyd. Gwasgodd y sbardun ac ymatebodd yr injan, a'r teiars yn ailafael yn wyneb yr hewl. Diolch i'r drefn. Byddai damwain fan hyn, ymhell o bobman, yn difetha'r holl gynlluniau, a byddai'r ymgyrch a drefnwyd dros fisoedd lawer ar chwâl.

Gan gymryd y ddihangfa fel rhybudd, arafodd a phwyso botwm y radio. Diflasodd wrth wrando ar adroddiad am ddyn busnes yn diflannu oddi ar ei gwch ym Mae Aberteifi a dewisodd orsaf gerddoriaeth glasurol. Clywodd lais crachaidd yn mwmial rhywbeth am 'choral evensong' a llanwyd y caban gan sain 'Miserere' gan Allegri. A hithau'n gyrru ar hyd lôn droellog yng nghefn gwlad Sir Gaerfyrddin, roedd nodau'r 'Miserere' yn ei hudo'n feddyliol i gyngerdd mewn eglwys hynafol yn Fflorens. Tarodd y llyw i waredu'r darlun gan ei gorfodi ei hun i roi ei holl sylw i'r gyrru. Daeth at riw oedd yn brawf ar nerth y brêcs, dilyn sawl troad siarp ac yna gweld tref farchnad Castellnewydd Emlyn.

Yn hytrach na mynd i mewn i'r dref dewisodd yr hewl am Aberteifi a chyrraedd pentref Cenarth a'i raeadrau enwog mewn llai na deng munud. Arafodd eto a throi i'r chwith cyn y bont. Roedd y ffordd yn gyfarwydd iddi a phob milltir yn ei harwain ar lwybr oedd yn gyfoethog o brofiadau plentyndod.

Ar wastad hir gwelodd yr arwydd a'r gât wen ymhell cyn dod atynt. Newidiodd i gêr is, llywio'n araf i'r bwlch, stopio a mynd allan i agor y gât. Prin bod yr arwydd, a oedd gynt mor loyw, yn ddarllenadwy, ac roedd y weiren a ddaliai'r arwydd wrth y postyn yn rhydlyd. Bu raid iddi wthio sawl gwaith i ryddhau'r gât ond o'r diwedd llwyddodd i'w hagor yn ddigon llydan i allu gyrru'r fan at y bwthyn.

Wrth iddi gamu at y tŷ llifodd yr atgofion yn ôl. Y Goetre, cartref ei mam, er i honno ddianc o'r tyddyn cyn gynted ag oedd yn bosib. Dymp, twll tin pen draw'r byd, dim bywyd, dim sbri, dyna diwn gron ei mam, a ruthrodd i'r coleg celf i ysbrydoli'r hyn a alwai'n 'dalent naturiol'. *Roedd* ganddi dalent – nid talent i roi paent ar gynfas ond talent i roi paent ar wyneb i wneud yr hardd yn harddach fyth. Gwallt tonnog melyn, llygaid glas tywyll, gwên chwareus a hoeliai sylw, gan ddenu dynion fel clêr i bot jam. Dianc wedyn gyda'i phartner i fywyd bohemaidd y ddinas, i fodoli mewn twlc o atig, y naill yn canmol artistwaith y llall, eu synhwyrau wedi'u pylu gan y fodca a'r hash. Blinodd ar y cymar a chanfod partner newydd, yr ail mewn cyfres, ac o un o'r partneriaethau y ganed Meg. Mistêc oedd Meg. Gwyddai hynny oherwydd i'w mam ddweud wrthi'n aml. Doedd babi ddim yn ffitio, yn niwsans, yn rhywbeth roedd angen ei fwydo a newid ei glwt ac a roddai stop ar bleserau'r partïon a'r clybiau. Rhyw *beth*, nid person.

Dyna pam y cymerodd ei mam bob cyfle i'w danfon i'r Goetre – gwyliau i ddechrau ac yna'n ddisgybl llawn-amser i Ysgol Gyfun Emlyn. Mewn gwirionedd, Dats a Mam-gu a'i magodd, ac roedden nhwythau'n awyddus i wneud hynny wedi iddynt sylweddoli na ellid mentro gadael i'w merch ysgwyddo'r cyfrifoldeb. Treuliodd Meg flynyddoedd bodlon yma yn rhoi help llaw gyda gorchwylion y tŷ a thasgau'r fferm fechan. Ei hannwyl Dats a'i dysgodd i werthfawrogi cefn gwlad, i ddeall bod gan bob creadur ei le ac i dderbyn mai plygu i drefn natur oedd ddoethaf. Anghofiodd hi fyth ei wersi tawel. Profodd ddedwyddwch a chariad ar yr aelwyd glòs a doedd dim syndod mai hi, ac nid ei mam, a etifeddodd y tyddyn, er i'r weithred esgor ar chwerwder a gagendor terfynol rhwng y ddwy.

Safodd am ennyd i edrych. Yng ngolau gwan y prynhawn a'r cymylau'n trymhau, ni allai lai na meddwl mai rhith o le oedd y Goetre bellach. Roedd y muriau cerrig a'r to llechi yr un mor solet ond roedd paent y ffenestri a'r drws wedi treulio i haen denau o'r coch gwreiddiol. Roedd y beudy bychan ar yr ochr dde yn ddi-raen ac un o chwareli'r ffenest yn deilchion. O flaen y tŷ roedd yr ardd, a dendiwyd mor ofalus gan Mam-gu, yn anial gyda'r ychydig friallu yn ymladd brwydr amhosib yn erbyn tagfa'r chwyn.

Rhoddodd yr allwedd yn nhwll y clo i agor y drws. Ar unwaith fe'i trawyd gan arogl tamprwydd a llwydni tŷ gwag. Ochneidiodd ac mewn ffit o dymer fe gamodd at y sinc i gau ei dwrn am y gwe pry cop oedd yn hongian rhwng y tapiau a'r wal. O ganlyniad i'r dyrnu brysiodd sawl corryn a mintai o bryfed lludw i guddio tu ôl i'r sinc. Roedd llwch yn drwch ar y dodrefn, ac ar y petheuach a ddaeth o'i fflat yn Henffordd a'r darnau gwreiddiol oedd yn rhan annatod o'r tŷ – cadair siglo Dats yn ei chornel arferol wrth y grât a'r bwrdd a sgwriwyd yn wyn gan Mam-gu yn sefyll yng nghanol y gegin o hyd. Syllodd yn wag ar yr olygfa ac, er gwaethaf ei hymdrechion i'w cadw draw, daeth dagrau i'w llygaid. Callia, er mwyn Duw, meddyliodd. Cer at dy waith yn hytrach na sefyllian mewn pwll o sentiment.

Treuliodd y pum munud nesaf yn cario bagiau cynfas a bocsys o'r fan, ond wrth i'r glaw gychwyn rhoddodd y gorau iddi a chau'r drws. Tynnodd fflachlamp o'i bag i oleuo'r ffordd i'r pantri, gwasgu swits y blwch ffiws a llanwodd y lle â golau. Roedd y llwch yn fwy amlwg ond naw wfft i hynny, roedd paratoi rhywbeth i'w fwyta yn bwysicach. Berwodd y tegell ac ar ôl glanhau'r sinc yn frysiog aeth ati i baratoi pryd o fwyd syml – bara a menyn, cornelyn o gaws, letys a thomato. Ailferwodd y tegell a gwerthfawrogi'r modd yr oedd y baned yn lleddfu rhywfaint ar oerfel yr ystafell. Roedd hi'n rhy hwyr ac yn rhy wlyb i fynd allan i'r beudy i chwilio am goed, felly rhaid fyddai bodloni ar y tân trydan heno. Symudodd y glustog ar y gadair siglo, cynhesu ei thraed wrth fariau'r tân ac mewn byr o dro roedd yn pendwmpian. Ddwy awr yn ddiweddarach, roedd stiffrwydd ymhob cymal o'i chorff a chric yn ei gwddf. Estynnodd am sach gysgu o un o'r bocsys, brwsio ei dannedd wrth y sinc a dringo'r grisiau. Ei hen ystafell, y bwrdd gwisgo syml, y wardrob fawr dderw a'r gwely cul. Camodd i gau'r llenni ond prin bod rhaid. Doedd neb yno i'w gweld, neb ar wahân i hen atgofion yn rhythu ar ei hadlewyrchiad yn y gwydr.

Sŵn y moto-beic a'i dihunodd. Neidiodd o'r sach gysgu, sefyll ar flaenau'i thraed wrth y ffenest a gweld Joel a Debs. Brysiodd i wisgo cyn rhedeg at y drws a'u cyfarch drwy blannu cusan ar fochau'r ddau. "Chi'n gynnar!"

Gwenodd Joel. "Cynnar? Mae bron yn ddeg, Meg, ti sy wedi cysgu'n hwyr! Dim problem dod o hyd i'r lle. Siwrne ardderchog o'r Fenni mewn llawer llai na thair awr. Roedd Debs yn cwyno'i bod hi'n oer ar y beic ond, wel, be ti'n disgwyl yn y gorllewin gwyllt?!"

"Brecwast? Mae 'na ffrwythe, bara a jam a llond tebot o de poeth."

"Perffaith," atebodd Debs. "Tŷ bach a stafell Joel a finne?"

"Mae toiled a'r lle molchi yng nghefn y tŷ gyferbyn â'r pantri. Chi'n cysgu yn y cefn, troi i'r chwith ar dop y stâr."

Wrth i Meg hulio brecwast aeth y ddau arall ati i gario eu hychydig bethau i'r llofft. Mewn llai na hanner awr eisteddai'r tri wrth y bwrdd a gofynnodd Joel, "Pryd mae'r lleill yn cyrraedd?"

"Hanner awr wedi un ar y bws i Gastellnewydd. Bydda i'n

mynd i'w nôl nhw. Sy'n atgoffa fi, rhaid gorffen dadlwytho'r fan."

Roedd glaw neithiwr wedi cilio a'r haul yn gwenu rhwng y cymylau. Dechreuwyd ar y gwaith o symud gweddill y bocsys a'r offer o'r fan i'r beudy ac ar ôl cwblhau'r dasg gwthiodd Meg follt y drws a gosod y clo newydd yn ei le.

"Beth am y ffenest?" holodd Joel gan bwyntio at y twll yn y chwarel wydr.

"Sneb byth yn dod 'ma, ond gwell rhoi rhywbeth dros y gwydr, rhag ofn. Mae 'na dŵls ar y silff. Alli di ddod â choed tân mewn wedyn? Bydd hi'n oeri heno."

Morthwyliodd Joel y planciau yn eu lle, tsiecio'r clo unwaith yn rhagor a chario llond sach o goed i'r tŷ. Eisteddodd yn y gadair siglo a gwylio'r merched yn tacluso, ac wrth ei gwylio'n rhoi'r llestri mewn cypyrddau sylweddolodd fod Meg yn gwbl gyfarwydd â'r lle. "Bwthyn hyfryd," dywedodd, "ac mewn lle mor dawel. Ti'n lwcus, Meg. Ti yw'r perchennog?"

Yn yr ysbaid o dawelwch, synhwyrodd Joel a Debs amharodrwydd Meg i ateb. "Ie, fi yw perchennog y cyfan, y Goetre ei hun, y llethr tu ôl i'r tŷ a'r ddau gae. Roedd 'na fwy o dir ond mae wedi'i werthu. Y mudiad fydd yn elwa, cofia. Mae'r Goetre mor gyfleus a fydd neb yn gallu ein rhwystro. Mae unrhyw un sy'n agosáu at y tŷ ar hyd y caeau neu heibio'r iet yn tresmasu."

"Ble mae'r cymdogion agosa?" gofynnodd Debs.

"Mae'r tŷ agosa yn dŷ haf, yn eiddo i deulu o Essex. Nesa atyn nhw mae dyn yn byw ar ben ei hunan, swyddog gyda'r Parc Cenedlaethol. Dwi'n nabod e ers blynydde ac mae siawns dda fod gyda fe gydymdeimlad â'r achos."

Ailgydiodd Joel yn yr holi. "Pryd nest ti ddod i'r Goetre gyntaf, felly?"

Synhwyrwyd yr un amharodrwydd eto, a brysiodd Debs i lanw'r bwlch. "Gad hi fod, Joel. Paid busnesa."

"Na, na, mae'n iawn. Cartref Dad-cu a Mam-gu oedd hwn. O'n i'n arfer byw yma pan o'n i yn yr ysgol uwchradd ac ar ôl eu hamser nhw fe wnes i etifeddu'r lle." Sychodd y llestr olaf a throi am y grisiau. "Mae angen nôl ychydig o bethe o Gastellnewydd. Fe wna i rywfaint o siopa ac wedyn codi'r lleill. Beth amdanoch chi?"

Joel atebodd. "Awn ni mas i gerdded, dilyn ein trwynau."

"Mae llwybr cyhoeddus yn arwain o'r bancyn yn syth lawr i'r Teifi. Mae'r golygfeydd yn fendigedig a falle welwch chi nyth dyfrgwn."

Symudodd Meg yn robotaidd rhwng silffoedd yr archfarchnad. Doedd hi ddim yn hoff o siopa a'i harfer oedd estyn am y nwyddau yn ddifeddwl er mwyn gorffen y job mor fuan â phosib. Ond canlyniad hynny oedd troli yn llawn pethau nad oedd eu gwir angen arni, ac anghofio'r hanfodion. Ceisiodd roi ei meddwl ar waith, anwybyddu'r bargeinion ffals a cherdded yn bwrpasol o un adran i'r llall. Daeth o'r diwedd at y man talu, a dyna pryd y clywodd y llais. "Meg, Meg, ffansi gweld ti fan hyn! Ti heb newid dim."

Gloria Jones, disgybl o'r un flwyddyn â hi yn yr Emlyn. Gloria, yr wyneb a'r dannedd ceffyl na allech fyth eu hanghofio a'r llais a'r chwerthiniad ceffylaidd hefyd. Gloria â'i huchelgais o rwydo Mr Perffaith, dyn a fedrai ei chynnal mewn moethusrwydd. Ar sail y modrwyau aur, y dillad drud a'r oriawr Gucci, ymddangosai fel petai Gloria wedi llwyddo i wireddu ei huchelgais. A'i chalon yn suddo, gwelodd Meg fod Gloria yn aros amdani yr ochr draw i'r man talu.

"'Ma beth yw syrpréis! Ni heb gwrdd ers oese. Shwt wyt ti? Mor dene â styllen, jyst fel yr hen Meg. Dere, awn ni am goffi i ddala lan ar y clecs."

Ceisiodd Meg wneud esgusodion, ond doedd dim pwrpas.

Fe'i llusgwyd ar draws y ffordd i gaffi o'r enw Cwpan Ciwt. Aeth Gloria i'r cownter i archebu a dychwelyd â dwy gwpanaid. "Latte double shot. Dyna beth dwi wastad yn ca'l. Byddi di'n lico fe."

Roedd y coffi'n llaethog ac yn felys. Fel y rhaeadr grymusaf, aeth Gloria yn ei blaen. "Dwi'n Gloria Lewis nawr, Meg, yn fenyw barchus, briod â thri o blant. Wel, mor barchus â galla i fod! Beth amdanot ti?"

Mwmiodd Meg rywbeth am 'dim eto' cyn i'r rhaeadr eiriol ddechrau ail-lifo. Rhestrodd Gloria fanylion am Morys y gŵr, yr ast o fam yng nghyfraith, y fferm, y plant. Yna'n sydyn, bu newid tac. "Clywes i ti etifeddu'r Goetre. Tyddyn bach neis. Roedd Morys wedi meddwl gofyn am brynu'r lle ond ar ôl clywed fod cymaint o'r tir wedi'i werthu doedd dim pwynt, oedd e? Be sy'n dod â ti 'nôl fan hyn, Meg?"

Dyma'r cwestiwn yr oedd hi wedi'i ofni. "Brêc bach, a dod i chwilio am saer i neud rhywfaint o waith ar y tŷ." Casglodd ei bagiau. "Sori, Gloria, rhaid i fi fynd, mae un o'r seiri'n galw mewn hanner awr."

"Dim probs, Meg, gerdda i gyda ti i'r maes parcio."

Damo, shwt i gael gwared ar hon cyn cyfarfod â'r lleill? Mwy o siarad, mwy o holi, y ddynes yn glynu fel gelen – ac yna, gwaredigaeth. Yn sŵn ei chwerthiniad aflafar, cododd Gloria law ar berchennog siop trin gwallt, croesi'r hewl a gadael.

Mitch oedd y cyntaf i ddisgyn o'r bws. Mitch oedd y cyntaf bob tro. Wedyn, rhyw Saeson yn swnian am arafwch y daith o Gaerfyrddin, gwraig yn cario caets cath ac yna, o gefn y bws, daeth y ddau arall, Charlotte a Sanjay. Gan nad oedd am dynnu sylw gormodol atynt, bodlonodd Meg ar gyfarchiad swta cyn arwain pawb yn gyflym i'r Transit. Heb 'run gair, eisteddodd y tri ar lawr y fan a chychwynnodd Meg y siwrnai i'r Goetre.

Ar ôl swper arhosodd pawb o gwmpas y bwrdd, a Meg yn y gadair ar y pen. Roedd Joel wedi cynnau tân a'r ystafell yn gynnes braf. Gwyddai Meg mai hon oedd y foment anodd ond fe'i hetholwyd yn arweinydd y gell ac felly aeth ati mewn llais awdurdodol. "Ni gyd yn gwbod pam r'yn ni yma. Mae Llywodraeth Cymru wedi penderfynu difa moch daear drwy eu saethu, gyda'r gwaith i ddechre mewn llai nag wythnos. Rhaid i ni atal y cynllun, yn heddychlon. Dyna sy wedi'i gytuno a dyna fydd patrwm y gweithredu. Iawn?"

Distawrwydd.

"Mae'r frwydr yn dechre fory gan fod y Gweinidog Amaeth yn cwrdd â ffermwyr yng Nghaerfyrddin i esbonio manylion y cynllun difa. Ni'n gwbod nad yw'r heddlu'n disgwyl trafferth, sy'n fantais i ni. Mae sicrwydd hefyd o bresenoldeb criwiau teledu. Cyfle gwych, felly, am gyhoeddusrwydd – ond dim cyfweliadau, dim gair i'r wasg, dim ond gweithredu. Mae'r placardie'n barod yn y beudy, a phawb i wisgo 'run peth ag arfer, jîns a hwdis du. A phawb i ddod â chwiban, wrth gwrs. Bydd celloedd Castell Nedd a Hwlffordd yno hefyd."

Mitch, pwy arall, oedd y cyntaf i siarad. "A beth os bydd y moch neu'r hambons yn ymosod? Beth y'n ni fod i neud? Jyst eistedd?"

"Mitch, ni dim yn mynd i ennill y frwydr drwy alw enwau ar bobol. Bydd yr heddlu yno i gadw trefn ac arestio unrhyw un fydd yn ymosod."

"Hy, mae 'da ti fwy o ffydd yn yr heddlu na fi. Byddan nhw'n ochri gyda'r hambons. Dyna mae'r diawled yn neud bob tro. Dwi wedi protestio sawl gwaith gyda'r sabs hela llwynogod. Cicio gynta, arestio, wedyn holi, dyna batrwm yr heddlu. Dwi'n cofio un tro—"

Torrodd Meg ar ei draws. "Iawn, ti 'di neud dy bwynt. Fy mhwynt *i* yw does neb i ga'l ei arestio fory. Cam cynta yw hi fory. Fe fydd sawl cam arall a fedrwn ni ddim fforddio colli neb."

"Dyna i gyd fydd yn digwydd?" gofynnodd Joel. "Bach yn ddi-ffrwt, nag yw e?"

Oedodd Meg cyn dweud, "Mae 'na un weithred arall. Cyfrifoldeb unigolyn mewn cell arall. Tua hanner ffordd drwy'r cyfarfod bydd holl systemau trydan y neuadd yn cael eu diffodd a'r larwm tân yn canu. Bydd rhaid i bawb fynd mas, gan gynnwys y Gweinidog, lle byddwn ni'n cynnal ail brotest."

Pesychodd Charlotte, y ferch addfwyn a garcharwyd droeon am ei safiad dros hawliau anifeiliaid. "Pryd fyddwn ni'n gadael? Beth am y trefniadau cyn y brotest?"

"Mae'r cyfarfod i ddechre am ddeg. Byddwn ni'n teithio gyda'n gilydd yn y fan ac yn gadael am wyth oherwydd bod honno mor araf. Mynd yn syth i safle'r cyfarfod a ffurfio gyda'r celloedd eraill. Mae'r manylion llawn ar y daflen fan hyn. Neb i fynd â hon fory a dim un ffôn symudol. Protest heddychlon, cadw o fewn y gyfraith a phawb i ddod 'nôl yn saff."

Trwy gydol y siarad, ni chafwyd gair gan Sanjay. Eisteddai ar ben pellaf y bwrdd, yn tynnu llaw dros ei farf ddu, ei lygaid treiddgar yn gwibio o un person i'r llall. Edrychodd Meg arno wrth gloi'r drafodaeth. Gwyddai mai Sanjay oedd aelod tawelaf ond peryclaf y grŵp.

PENNOD 5

EISTEDDAI INSBECTOR GARETH Prior yng nghyntedd Llys y Goron Abertawe. Roedd y lle'n brysur: cyfreithwyr a bargyfreithwyr yn difrifol drafod, clercod y llys yn casglu ac yn bugeilio tystion pryderus, a phlismyn mewn lifrai yn cwnsela a pharatoi am yr achos nesaf. Daeth ditectif o Heddlu De Cymru at Gareth ac roedd ar fin cychwyn sgwrs pan glywyd y cyhoeddiad dros system sain y llys:

"Case 201433. Jury about to return to Court Four."

Esgusododd Gareth ei hun a brasgamu at y grisiau. Gwthiodd heibio'r dorf a chymryd ei sedd ar feinciau'r heddlu. Roedd hwn yn achos a ddenodd gryn sylw cyhoeddus ac roedd y llys yn prysur lenwi. Yn oriel y wasg gallai weld y gohebwyr lleol, cenedlaethol a Phrydeinig a'r criwiau teledu, pob un yn barod i adrodd y bennod olaf yn yr hanes trasig. Arhosai'r bargyfreithwyr yng nghorff y llys, eu hymdrechion nawr ar ben a dim ond golygfa glo y ddrama ar ôl. O un i un, camodd aelodau'r rheithgor i'w seddau, golwg ofidus ar amryw ohonynt a phawb yn ddifynegiant wrth iddynt ymdrechu i guddio'r hyn oedd i ddod. O'u blaen safai'r tri diffynnydd, llygaid y tri'n gwibio i bob cornel o'r llys a gwarchodwyr yn cadw llygad gwyliadwrus am unrhyw smic o brotest. Taflodd yr hynaf o'r tri olwg iasol at Gareth, golwg a fynegai ei gasineb yn huotlach nag unrhyw eiriau.

Clywyd y floedd "Pawb ar eu traed!" a cherddodd y barnwr yn bwyllog i'w sedd yng nghanol y fainc. Casglodd ei ŵn coch amdano, syllu dros ei hanner sbectol ar y rheithgor a gofyn, "Foreman of the jury, have you reached a verdict and is that the verdict of each member of the jury?"

Safodd y pen-rheithiwr. "We have, my lord."

"In the case of the first defendant, Dragan Ilic, accused of murder, rape of an under-age girl and of dealing in drugs, what is your verdict?"

"Guilty, my lord."

"In the case of the second defendant, Ruza Lesar, accused of rape of an under-age girl and of dealing in drugs, what is your verdict?"

"Guilty, my lord."

"And in the case of the third defendant, Stepan Gora, accused of rape of an under-age girl and of dealing in drugs, what is your verdict?"

"Guilty, my lord."

"I thank all the members of the jury for the conscientious way in which they listened to testimony which at times bordered on the inhuman and showed the way in which the accused behaved in a depraved manner towards young persons." Trodd y barnwr at y diffynyddion. "You came to this country from eastern Europe, two of you fleeing from war zones and granted political asylum. You repaid the support and assistance given by using young girls, some of low intelligence, to gratify your sexual wishes and forcing them into prostitution. For you, these girls were no more than flesh to be sold, with the profits financing your dealing in drugs, resulting in widespread dependency across west and south Wales. I would like to thank those girls for their bravery in presenting testimony before the court. It is sad that one of their midst paid with her life in her effort to tell the truth. Before sentencing, I wish to congratulate Inspector Gareth Prior and his team – their sterling police work has ensured that this case has been brought before the court."

Oedodd y barnwr cyn symud ymlaen mewn llais clir a phendant. "Stepan Gora, you are sentenced to jail for seven years, and Ruza Lesar for ten years. Dragan Ilic, a life sentence, to serve at least twenty-five years. At the end of these sentences you will each be deported to the country of your birth."

Ar hyn cafwyd sgarmes ymhlith y diffynyddion a bloeddiodd Ilic, "You shit bastard, Prior! My good friends will find you. My enemy is their enemy. You are dead, Prior, you hear me? Dead!"

Yn ddiseremoni, gafaelodd y gwarchodwyr yn Ilic a'i wthio ef a'r lleill i lawr y grisiau. Pellhaodd y bygythiadau croch ac o'r diwedd cafwyd tawelwch yn y llys.

Llwyddodd Gareth i osgoi criw'r wasg a safai tu allan i'r llys. Aeth yn syth at y Merc ac roedd ar fin cychwyn yr injan pan ganodd ei ffôn symudol. Ditectif Sarjant Clive Akers oedd ben arall y lein.

"Gareth, mae digwyddiad yn Aberaeron. Ddim yn siŵr beth yw e'n hollol ar hyn o bryd."

Gwrandawodd Gareth ar y manylion. "Dwi'n gadael Abertawe nawr, Akers. Wela i di mewn rhyw awr a hanner."

*

Prin oedd y sgwrs rhwng DS Clive Akers a DC Teri Owen ar y daith i Aberaeron, a hynny'n bennaf oherwydd bod Akers mewn hwyliau drwg. Roedd ei gariad ddiweddaraf newydd roi cic-owt iddo a'i adael am gyfarwyddwr cwmni cysylltiadau cyhoeddus. Gŵr bonheddig, digon o arian ac yn gwybod sut i drin menyw, yn ôl y cariad. Coc oen yn dangos ei hun yn ei siwtiau crand a'i Audi TT, yn ôl Clive.

Hoeliodd ei holl sylw ar y ffordd o'i flaen, gwasgu'r sbardun a sgrialu'r Volvo i mewn i gornel.

Protestiodd Teri. "Arafa, er mwyn Duw, Clive. Jyst achos bod ti'n grac, sdim rhaid gyrru fel ffŵl. Watsha, deg milltir ar hugain."

"Galwad frys, Teri. Mae hawl 'da fi i yrru ar sbid."

"Nag oes, Clive. Beth petaet ti'n taro rhywun, plentyn?"

"Mae'r plant i gyd yn yr ysgol, Teri."

"Ocê, hen berson 'te. 'Detective Injures Pensioner.' Dyw hon ddim yn alwad frys beth bynnag."

Ufuddhaodd Clive ond roedd ei afael dynn ar lyw y car, ei wep sarrug a'i holl osgo yn bictiwr perffaith o ddyn blin. Mewn ymgais i dawelu'r dyfroedd a chodi gwell hwyl ar ei phartner, newidiodd Teri'r testun. "Dwed eto beth sy 'di digwydd yn Aberaeron."

"Person wedi mynd allan mewn cwch ddoe a'r cwch wedi'i ddarganfod bore 'ma a neb ar ei fwrdd. Pysgotwyr wedi dod o hyd iddo."

"Ydyn ni'n gwbod pwy yw e neu hi?"

"Syr Gerald Rees."

Chwibanodd Teri a chodi ei haeliau. "Gerry Rees! Siarc o ddyn busnes. Fydden i ddim yn trystio'r dyn gyda chadw-mi-gei babi drws nesa. Unrhyw ddêl amheus neu dric brwnt, bydd Gerry ar flaen y ciw."

"Ti'n ei nabod e?"

"Dad, dim fi. Aelodau yng Nghlwb Golff Eglwys-wen. Does gan Dad ddim un gair da amdano fe. Mae e a sawl cleient iddo wedi bod yn agos at losgi'u bysedd oherwydd cyngor dan din Syr Gerald Rees."

Cofiodd Akers i Teri sôn mai gobaith ei rhieni, y ddau'n gyfreithwyr, oedd gweld eu hunig blentyn yn ymuno â'u practis yng Nghaerdydd. Gwrthryfelodd Teri a dewis gyrfa o ddal ac erlyn dihirod yn hytrach na'u hamddiffyn mewn llys barn.

Yna gofynnodd Teri, "Beth y'n ni fod i neud? Holi'r pysgotwyr?"

"Na, diogelu'r cwch i'r arbenigwyr fforensig ac aros am Gareth cyn cychwyn holi. Mae e am holi'r pysgotwyr ar wahân i weld a yw stori'r tri yn gyson."

"Gest ti gyfle i ofyn i Gareth beth ddigwyddodd yn y llys?"

"Mae'r tri'n euog, dedfrydau hir. Ilic, carchar am oes, a'r tri mas o'r wlad yn syth o'r carchar."

"Maen nhw'n haeddu pob owns o'r gosb ar ôl rhacso bywydau'r merched 'na. Lwcus i ni achub tair o'r pedair a'u perswadio i roi tystiolaeth. Rhy hwyr i'r llall, druan. Bydden i'n cloi'r diawled yn y gell fwyaf uffernol a thaflu'r allwedd bant."

Teri ddarganfu'r bedwaredd ferch ac roedd yr olygfa erchyll wedi'i serio ar ei chof fel craith na fyddai byth yn gwella. Llwybr cul rhwng tecawe a siop fetio yn un o drefi'r gorllewin. Roedd sbwriel a sbarion prydau parod dan draed ac yng nghanol y domen roedd y ferch, honno hefyd yn ddim mwy na rhywbeth i'w defnyddio a'i thaflu o'r neilltu. Prin yn bymtheg oed, ei choesau ar led a'r clwyf o dan ei bron yn diferu o waed. Gwaed ymhob man a'i arogl metalaidd yn gryfach na drewdod y llwybr. Aethai Teri ati ar unwaith i drio achub ei bywyd ond llithrodd y ferch o'i gafael, a'i gweithred olaf oedd cydio'n dynn ym mraich Teri a sibrwd y geiriau, "Mam, dwi isie Mam."

Daeth cyrion Aberaeron i'r golwg ac yng nghanol y dref trodd Akers i'r dde ac yna i faes parcio ger yr harbwr. Roedd fan yr heddlu a dyrnaid o unigolion yn sefyll ar lan y cei yn sbecian dros yr ymyl. Parciwyd y Volvo yn agos at yr haid, ychydig yn rhy agos i ddweud y gwir, gan orfodi i rai neidio i'r ochr. Gwthiodd Akers a Teri drwy'r dyrfa fechan a syllu i lawr i'r dŵr. Bu bron i Akers ffrwydro pan welodd ddau blismon yn troedio dec *Gwynt Teg*.

"Oi, chi! Mae fan'na'n *scene of crime*. Mae'r criw fforensig ar eu ffordd. Bachwch hi o 'na a dewch i gadw'r bobol 'ma 'nôl. Gobeithio'r nefoedd nad y'ch chi wedi cyffwrdd â dim!"

Gwridodd y plismyn, dringo'r ysgol haearn a dechrau symud y gwylwyr o ymyl y lanfa. Brathodd un ohonynt o dan ei anadl, "Pwy sy wedi piso ar ei tsips e?" gan edrych yn syth at Akers.

Camodd y ditectif ato a sefyll wyneb yn wyneb ag ef. "Os oes unrhyw beth wedi'i styrbio ar y cwch 'na, byddi di a dy fêt mewn trwbwl. Bydd cwyn swyddogol, deall? Nawr, ewch o 'ngolwg i!"

Ar fainc ychydig i'r dde o'r dorf eisteddai pedwar dyn yng ngwres yr haul – tri ohonynt yn amlwg yn bysgotwyr a'r llall yn gwisgo jîns, siwmper wlân a chapan â phig. Croesodd Akers a Teri atynt a chyflwyno eu hunain. Akers agorodd y drafodaeth. "Chi ffeindiodd y cwch?"

Nodiodd y tri.

"A chi, syr?"

"Jack Taylor, harbwrfeistr. Weles i Syr Gerald yn gadael ddoe ac ro'n i'n ei ddisgwyl e 'nôl heddi. Fi ffoniodd yr heddlu."

"Iawn, bydd angen holi pob un ohonoch chi ar wahân. Ni'n aros i Insbector Gareth Prior gyrraedd o Abertawe."

Daeth fflach o anfodlonrwydd i lygaid y pysgotwr hynaf, llygaid oeraidd, llwydlas wedi'u plannu'n ddwfn yn ei wyneb. Dyn unplyg, meddyliodd Teri, na hidiai fotwm corn am farn eraill. Edrychodd ar ei ddwylo llydan a'i gorff cyhyrog, oedd yn dyst i flynyddoedd o lafur fel morwr, a synhwyro mai ymladdwr ydoedd, ymhob ystyr o'r gair.

Cododd y dyn o'r fainc ac roedd pendantrwydd ei eiriau'n cyfleu ei fod yn siarad ar ran y lleill. "Ma 'da ni waith i neud. Allwn ni ddim sefyllian fan hyn drwy'r dydd. Faint o amser fydd y blydi Insbector 'ma?"

"Mae 'da ni i gyd waith i neud, syr," atebodd Clive. "A'n gwaith ni ar hyn o bryd yw ymchwilio i ddiflaniad Syr Gerald Rees, a'r cam cyntaf yw canfod ble'n union ddaethoch chi o hyd i'r cwch a beth weloch chi. Dwi'n siŵr eich bod chi'n awyddus i gynorthwyo. Byddai'n help cael enw pawb i ddechrau."

"Ossie Morris," atebodd y cwynwr, a'r ddau arall yn ychwanegu "Bob Evans" a "Gethin Wilson."

"Diolch, byddwn ni gyda chi mor glou â phosib."

Ar hynny gwelwyd Merc yn troi i mewn i'r maes parcio a Gareth yn camu o'r car. Cododd law ar y ddau dditectif ac aethant draw ato. Roedd golwg flinedig arno, a'r dyddiau poenus yn y llys, siwrnai ar ffordd brysur a mynd yn syth i mewn i achos ac iddo broffil uchel yn gadael eu hôl. Gofynnodd yn dawel, "Reit, beth sy gyda ni? Rhywbeth mwy na'r hyn wedest ti ar y ffôn, Clive?"

"Nesa peth i ddim. Mae'r rhai ddath o hyd i'r cwch draw fan'na gyda'r harbwrfeistr, Jack Taylor, gysylltodd â'r heddlu."

"A'r cwch?"

Arweiniodd Clive y lleill at ymyl y cei a phwyntio at *Gwynt Teg*. Erbyn hyn roedd y criw fforensig mewn siwtiau gwynion wedi cyrraedd ac yn taenu pob modfedd o'r dec â phowdwr nodi olion bysedd. "Gobeithio y byddan nhw'n canfod rhywbeth fydd yn rhoi rhyw amcan o beth ddigwyddodd," meddai Gareth.

Soniodd Akers am bresenoldeb y plismyn ar fwrdd y cwch, gan ychwanegu, "Fydden i ddim yn codi 'ngobeithion, syr. Yn ôl yr hyn ddywedodd Taylor, roedd un o'r pysgotwyr ar ddec *Gwynt Teg* bob cam o'r daith 'nôl i Aberaeron."

"Damo! Felly ar hyn o bryd does 'da ni ddim syniad. Teri?"

"Mae tri phosibilrwydd – Rees wedi cyflawni hunanladdiad, syrthio dros ochr y cwch ar ddamwain, neu lofruddiaeth."

Temtiwyd Gareth i ddatgan bod hynny'n amlwg, ond brathodd ei dafod. "Gewch chi daclo'r pysgotwyr. Holwch am y penderfyniad i lusgo'r cwch 'nôl yn hytrach nag aros am y gwasanaethau achub. Beth wnaethon nhw a beth welon nhw? Unrhyw wahaniaethau yn straeon y tri. A' i i siarad â'r harbwrfeistr."

Gweithred gyntaf Jack Taylor oedd cynnig paned, cynnig a dderbyniwyd yn llawen gan Gareth. Cafwyd oedi am ychydig wrth i'r ddau flasu'r ddiod boeth ac yna gofynnodd Gareth ei gwestiwn cyntaf. "Beth allwch chi ddweud wrtha i am Syr Gerald Rees? Ers faint y'ch chi'n ei nabod e?"

"Dyn busnes yw e, rhedeg cwmni mawr yng Nghaerdydd, rhywbeth i neud â chyfrifiaduron. Digon o arian, car smart a *Gwynt Teg* yw'r cwch drutaf yn yr harbwr. Dwi'n ei nabod e ers pan brynodd e dŷ draw fan'na. Aeron Villa o'dd enw'r lle bryd hynny ond nath Syr Gerald newid yr enw i Manod."

Myfyriodd Gareth am yr ailenwi cyn gofyn, "Tŷ haf, felly?"

"Wel ie, mae'n siŵr. Ro'dd ei gartref lawr yn y De a bydde fe'n dod i Manod bob ryw chwech wythnos. I hwylio, yn fwy na dim."

"Morwr profiadol?"

"Profiadol iawn. Ro'dd cwch 'dag e yn y bae yng Nghaerdydd hefyd, rhywbeth tipyn llai. Prynodd e *Gwynt Teg* a dewis Aberaeron fel man angori. Ro'dd e 'di bod ar gyrsie hwylio lan ar bwys Caernarfon, Plas Menai, medde fe. Llond drôr o dystysgrife a digon o allu a gwybodaeth i hwylio draw i Iwerddon a rownd arfordir Prydain. Morwr gofalus iawn, a 'na pam alla i ddim deall be sy 'di digwydd."

"Pryd oedd y tro diwethaf i chi weld Syr Gerald?"

Aeth yr harbwrfeistr drwy'r hanes. Yna estynnodd am ddyddiadur trwchus, troi at dudalen y diwrnod cynt a dangos iddo nodi chwarter wedi deg fel amser ymadawiad *Gwynt Teg*.

"Oedd offer diogelwch ar y cwch?"

"Popeth. Cwmpawd electronig, radio VHF, siacedi achub, ffaglau. 'Na reswm arall pam na alla i ddeall. Tase Syr Gerald 'di ca'l dolur neu rywbeth wedi digwydd i'r cwch, bydde fe 'di tanio ffagl. Ond sdim adroddiad, dim byd."

"Pryd glywoch chi am y ddamwain?"

"Damwain? Dewch nawr, Insbector, fe ddaethoch chi 'ma ar hast. Mae rhywbeth mwy na damwain wedi digwydd, bownd o fod?"

"Ar hyn o bryd rhaid cadw meddwl agored, Mr Taylor."

"Hmm... Dwi wastad yn cadw'r sianel galwadau brys ar agor ar y radio adre ac fe glywes i Ossie Morris a'r lleill yn neud yr alwad Mayday bore 'ma. Des i mewn i'r offis ar unwaith a chlywed gan y *Laura* eto eu bod nhw ar y ffordd 'nôl ac yn llusgo *Gwynt Teg.*"

"Beth am yr ymdrech achub?"

"Ma bad achub y Cei yn y man lle daeth y criw o hyd i *Gwynt Teg* a hofrennydd o'r Fali yn chwilio'r arfordir."

"Mae 'da chi lawer mwy o brofiad o'r môr na fi, Mr Taylor. Beth y'ch *chi*'n tybio sy wedi digwydd i Syr Gerald?"

"Fel chi, Insbector, dim fflipin syniad. Ond, o nabod Bae Aberteifi, dwi ddim yn meddwl gwelwn ni e'n fyw. Corff ddaw i'r lan, yn hwyr neu'n hwyrach."

"Oedd e'n ddyn poblogaidd?"

Syllodd Jack Taylor i waelodion ei fŵg o de a bu'n hir yn ateb. "Ro'dd Syr Gerald wedi bod yn hael i Aberaeron, yn cyfrannu i'r clwb hwylio a'r ŵyl bysgod. Ond pethe pobol ddŵad yw'r rheiny a dyn dŵad o'dd Rees. Do'dd e ddim cweit mor boblogaidd gyda hen stejars y dre a'r harbwr, yn arbennig y pysgotwyr."

"Pam?"

Culhaodd llygaid gwyliadwrus yr harbwrfeistr cyn datgan yn bwyllog, "Well i chi ofyn iddyn nhw, Insbector. 'Na'r peth gore."

*

Teri dynnodd y blewyn cwta a chael y dasg o holi Ossie Morris. Eisteddodd y ddau goes wrth goes ar astell gul yng nghaban y *Laura*. Rowliodd Morris stribed o faco mewn papur, tanio'r sigarét a gwylio'r ditectif. Ni ddywedodd air ac ni wnaeth unrhyw ymdrech i guddio'r ffaith ei fod yn llygadu botwm uchaf agored ei blows. Ymdrechodd Teri i daflu pob rhagfarn o'r neilltu a chanolbwyntio.

"Mr Morris, ga i'ch fersiwn chi o'r hyn ddigwyddodd bore 'ma?"

"Be chi'n feddwl, 'fersiwn'? Gewch chi'r gwir 'da fi, gwir

pob gair. Jyst ar ôl saith, wrth ochre Ynys Aberteifi, mewn niwl trwchus, ro'n ni'n chwilio am y cewyll ola a dyma Geth yn gweiddi ein bod ni'n agos at daro rwbeth. Plwc caled ar yr olwyn a shafo heibio'r diawl. Dim gole arni, dim byd. Tynnu'r *Laura* rownd, jwmpodd Bob ar y cwch arall, gweld nad oedd neb arni a sylwi mai cwch Gerry Rees, sori, *Syr* Gerald Rees, oedd hi."

"A beth wedyn?"

"Trafod, a phenderfynu 'i llusgo hi 'nôl fan hyn."

"A dyna farn y tri ohonoch chi?"

"Ie."

"Fydde fe ddim wedi bod yn gallach i aros?"

"Na. Am ddau reswm. Y cyntaf yn hunanol, falle, ond mae pysgota'n waith caled ac, fel ym mhob job, mae amser yn golygu arian. Ro'dd gwerth mil o bunne o gimychiaid ar y *Laura*. Bydden ni 'di colli'r helfa gyfan tasen ni 'di aros. Ac yn ail, problem y llanw."

"Sori?"

Chwarddodd Morris ac roedd y gwatwar yn eglur yn ei ymateb. "Chi ddim yn gyfarwydd â materion y môr, y'ch chi, Cwnstabl? Tasen ni 'di gadael *Gwynt Teg* bydde'r cwch ar drugaredd y llanw ac wedi taro'n erbyn y creigie. A wedyn fydde dim byd, uffar o ddim byd, i chi a'ch mêts fynd drosto fodfedd wrth fodfedd."

"Ond roedd *Gwynt Teg* wedi'i hangori, do's bosib?"

"O, chi *yn* deall rhywfaint 'te. Faint o raff oedd ar yr angor, 'na'r cwestiwn. Fwy na thebyg bydde *Gwynt Teg* yn codi yn y llanw uchel a whalu'n rhacs jibidêrs."

"Weloch chi gwch arall?"

"Na."

"Beth am gyflwr y môr?"

"Weddol llonydd, rhywfaint o donnau. Digon arferol, i weud y gwir."

"Wnaethoch chi edrych o gwmpas y cwch? Weloch chi siaced achub?"

"Wrth gwrs. Pwy fath o bobol chi'n meddwl y'n ni?"

"Dwi ddim yn gwybod, Mr Morris, dwedwch chi wrtha i."

Caledodd y llais. "Morwyr y'n ni, ocê? Ni'n gwbod yn well na neb am beryglon y môr a ni'n cadw at y rheolau. Os oes cyfle i achub rhywun, y siawns lleiaf, chi'n bachu'r siawns 'nny. Do'dd neb i weld yn y dŵr ac es i ar y radio i gysylltu â Gwylwyr y Glannau. Tsieciwch gyda nhw yn Aberdaugleddau ac fe gewch chi amser a chynnwys y neges."

"Siŵr o neud, Mr Morris. Un pwynt bach arall, pam na fyddech chi wedi dod â *Gwynt Teg* 'nôl ar yr injan yn hytrach na'i llusgo?"

"Do'dd dim diesel yn y tanc. Dim dropyn. Miliwnydd fel *Syr* Gerald Rees yn rhy fên i sicrhau digon o *juice* i gyrraedd adre."

Cododd Teri o'r sedd gul, camu at ddrws y caban a gwerthfawrogi awyr iach y cei. Trodd yn ei hôl wrth y drws. "Mae gen i deimlad, Mr Morris, nad o'ch chi'n or-hoff o Gerald Rees."

Pesychodd y pysgotwr a phoeri fflemsen drwy'r ffenest agored. Chwarddodd rhyw chwerthiniad cras heb arlliw o hiwmor. "Shwt yn y byd gethoch chi'r syniad 'na?"

*

Daeth canol y prynhawn, gan roi cyfle i rannu ac ystyried canlyniadau'r holi. Cadarnhawyd manylion canfod *Gwynt Teg* gan Bob Evans a Gethin Wilson, gydag un gwahaniaeth sylfaenol. Roeddent hwy'n awyddus i aros gyda'r cwch tan i'r gwasanaethau brys gyrraedd, ond gan mai Morris oedd y capten, fe oedd â'r gair olaf. O glywed am agwedd Morris tuag at Rees, ac ar sail y wybodaeth gafwyd gan yr harbwrfeistr, sylweddolwyd bod angen ymchwilio ymhellach i'r elyniaeth bosib rhwng Rees a physgotwyr Aberaeron.

Ar derfyn y drafodaeth edrychodd Gareth i gyfeiriad y stryd y tu hwnt i faes parcio'r harbwr a gweld fan criw teledu. Roedd y wasg wedi glanio'n barod ac yn awchu am sylw i lenwi'r bwletinau chwech o'r gloch. Cerddodd atynt yn anfoddog gan ymateb i'w cwestiynau gyda'r "No comment" ystrydebol a mwmial rhyw sylw cyffredinol am ddyddiau cynnar. Yna canodd ei ffôn symudol a symudodd ychydig gamau oddi wrth y criw i dderbyn yr alwad. Dilwyn Vaughan, y Prif Gwnstabl, oedd ben arall y lein.

"Prior? Gair sydyn am helynt Syr Gerald Rees. Dwi am i chi ddeall bod Rees yn ddyn o statws, yn gyn-wleidydd ac yn bennaeth ar gwmni mawr, Condor Technology, sy'n cyflogi yn agos at ddau gant ac sydd wedi derbyn grantiau sylweddol gan Lywodraeth Cymru. Mae'n hanfodol trin y cyfan yn sensitif ac osgoi unrhyw awgrym o ansicrwydd." Distawrwydd am ennyd cyn i Vaughan ychwanegu, "Mae yna hefyd agweddau o gyfrinachedd."

"Cyfrinachedd, syr?"

"Y cyfan fedra i ddweud yw fod Condor yn gyfrifol am waith sy'n ymwneud â diogelwch cenedlaethol. Nawr, os yw'r neges dderbynies i gan Gyfarwyddwr BBC Cymru yn gywir, mae 'na griw teledu eisoes yn Aberaeron. Dwi am i chi roi pob cymorth iddyn nhw a gwahodd y cyhoedd i drosglwyddo unrhyw wybodaeth am ddiflaniad Syr Gerald. Diflaniad, cofiwch, dim gair am lofruddiaeth."

"Ond, syr…"

"Dim un 'ond', Prior! Bydda i'n gwylio'r cyfweliad heno. O ie, llongyfarchiadau ar ganlyniad yr achos llys."

Daeth y sgwrs i ben a rhythodd Gareth ar sgrin fechan y ffôn. Cyfarwyddwr y BBC! Cyfrinachedd a diogelwch cenedlaethol! Beth ar y ddaear? O wel, roedd hi'n rhy hwyr i ufuddhau i orchymyn Vaughan – roedd y cyfweliad eisoes yn y can a'r criw teledu yn prysur bacio'u hoffer. Dim pwynt codi pais ar ôl piso. Croesodd at Clive a Teri. "Galwad gan Dilwyn Vaughan, ac ordors i osgoi'r gair 'llofruddiaeth'. Felly, diflannu yw'r lein swyddogol."

Clywyd sŵn esgid yn taro yn erbyn metel a dringodd Edgar Mitchell, arweinydd y tîm fforensig, dros ymyl y cei. Dyn yn ei chwedegau cynnar oedd ar fin ymddeol oedd Mitchell, ymddeoliad a fyddai'n gadael bwlch enfawr ar ei ôl. Roedd yn brofiadol, yn ofalus ac yn enwog am ei hiwmor sych a'i ymadroddion Beiblaidd. Cerddodd atynt yn bwyllog, gosod sbectol aur ar ei drwyn a darllen o lyfr nodiadau bychan o'i flaen.

"Dim byd llawer, rwy'n ofni. Mae 'na olion bysedd dros y cwch i gyd, rhai Rees, fwy na thebyg. Rhai gwahanol ar y llyw a'r ochrau. Bocs o bysgod drewllyd. Gweddillion paned o goffi a phryd o fwyd. Siartiau môr, ffaglau, siacedi achub, y stwff arferol. Mae nifer y siacedi yn cyfateb i'r hyn fyddech chi'n ei ddisgwyl ar gwch fel hyn."

"Can diesel?" holodd Teri.

"Na, dim byd fel 'na. Dim un smotyn o waed a dim arwydd o ymladd na ffrwgwd."

Fel côr cydadrodd, ochneidiodd y tri ditectif.

Cilwenodd Mitchell. "Dewch, gyfeillion, na thralloder eich calon! Dewch at ymyl y cei, os gwelwch yn dda."

Pwyntiodd Mitchell at y rheilen ar ben blaen *Gwynt Teg*. "Mae 'na dolc yn y rheilen. Gallai'r tolc fod wedi bod yno ers amser ac am sawl rheswm. Taro'n erbyn craig neu ochr harbwr neu wrth i rywun roi cic eger iddi. Ond ar y rheilen mae marciau diweddar esgid rwber. Dim rhyw lawer, ond digon i gael sampl."

PENNOD 6

TŶ PÂR RHYW ddau gan llath o'r harbwr oedd Manod, cartref Syr Gerald Rees. Wrth i Gareth yrru'r Merc ar hyd y lôn gul sylwodd ar blwc yn llenni ystafell wely'r tŷ drws nesaf. O ddeall ei fod wedi sylwi, daeth ail blwc ac yna diflannodd dynes tu ôl i'r llenni. Llywiodd Gareth i'r dreif a pharcio wrth ymyl Range Rover newydd sbon, y model drutaf, ei baent gwyn yn sgleinio yn yr haul. Gan gamu heibio'r car, daeth at ardd helaeth wedi'i chynllunio i bwrpas cyn lleied o gynnal a chadw â phosib. Patio hirgul, rhyw ffug ffynnon yn ei ganol ac i'r chwith roedd borderi o lwyni a phlanhigion bytholwyrdd. Roedd cwt o goed a tho gwyrdd yn y pen pellaf, ond mwy na chwt hefyd. Cerddodd Gareth ato i sbecian drwy wydr y ffenestri dwbl ar y geriach arferol – dodrefn gardd, ymbarél a barbeciw soffistigedig. Taflodd olwg at y tŷ a gweld bod estyniad deulawr modern wedi'i ychwanegu at yr adeilad Fictoraidd gwreiddiol. Clamp o le, a thipyn mwy na thŷ haf, meddyliodd.

Clywodd leisiau a daeth Clive a Teri i'r golwg. Edrychodd y ddau ar y Range Rover a'r tŷ a chwibanodd Akers yn isel. "Sdim prinder arian fan hyn! Mae'r bois fforensig ar eu ffordd. Awn ni mewn? Biti rhacso'r drws ffrynt derw hyfryd 'na!"

"Drychwch, ffordd symlach o lawer," atebodd Gareth gan bwyntio at ffenest oedd yn gilagored ar lawr isaf yr estyniad. "Teri, rwyt ti dipyn teneuach na Clive."

Gwenodd Teri, cerdded at y ffenest, codi'r bachyn a'i hagor yn llawn. Gosododd fainc goed o dan y ffenest, sefyll arni a chodi ei hun drwy'r bwlch. Glaniodd ychydig yn drwsgl ar beiriant golchi a gwasgaru pacedi o bowdwr a defnyddiau glanhau. Neidiodd oddi ar y peiriant, dringo ychydig risiau i goridor, troi a chael ei hun gyferbyn â'r drws ffrynt. Trwy'r panel o wydr yn y drws gallai weld cysgod dau berson. Agorodd y drws ac arwain y ffordd i'r lolfa, gyda Gareth a Clive yn ei dilyn. Yma eto roedd ôl cyfoeth: paentiadau olew haniaethol ar y muriau gwyn; soffa ledr a chadair wrth ei hymyl yn llenwi un gornel; cwpwrdd diod yn llawn gwirodydd ar wal o dan ffenest lydan; a sgrin deledu yn hongian o wal arall uwchben y tân. Y lle tân oedd yr unig beth y gellid ei ddisgrifio'n draddodiadol ac wrth i Clive lygadu'r grât gwelodd foncyffion yn gorwedd yn y lludw.

"Rhyfedd cael tân coed mewn stafell mor fodern," dywedodd. "Yn enwedig â gwres canolog drwy'r lle."

"Roedd Syr Gerald Rees yn hoffi tosto'i draed, falle?" awgrymodd Teri. Croesodd at y cwpwrdd diod. "Pob math o ddiod – wisgi, brandi, fodca – a gwydr wrth ymyl y botel fodca."

Safodd Gareth yng nghanol y lolfa yn taflu golwg dros yr ystafell cyn rhoi'r gorchymyn, "Reit, mae rhyw ddeg munud cyn i'r fforensics gyrraedd. Dwi am i ni archwilio'r tŷ'n sydyn o un pen i'r llall. Teri, cer di i'r llofftydd, a Clive a finne yn gyfrifol am y llawr gwaelod. Unrhyw beth anarferol, unrhyw beth allai roi syniad o batrwm bywyd Rees ac unrhyw beth allai roi awgrym o beth sy wedi digwydd iddo."

Gwisgodd y tri fenig rwber a chychwyn ar y dasg. Gareth aeth drwy'r lolfa, gan fyseddu pentwr o gylchgronau hwylio a chasgliad o lyfrau, y rhan fwyaf ohonynt yn nofelau ditectif neu'n fywgraffiadau gwyddonwyr. Roedd yr ystafell fechan gefn wrth gefn â'r lolfa wedi'i dodrefnu fel stydi; mwy o lyfrau ar y silffoedd a desg o bren golau o dan y ffenest. Safai iMac ar y ddesg, ac er i Gareth lwyddo i ddihuno'r cyfrifiadur methodd fynd gam ymhellach heb y cyfrinair hollbwysig.

Agorodd ddroriau'r ddesg a gweld allweddi'r Range Rover, pymtheg punt mewn arian papur a phetheuach fel cerdyn aelodaeth y clwb hwylio a gwahoddiadau i bartïon. Roedd ar fin rhoi'r gorau iddi pan sylwodd ar ffotograff – llun o res o blant yn sefyll fel sowldiwrs ar iard ysgol gyda mynyddoedd a chreigiau serth yn y cefndir. Ond doedd dim ar y llun i nodi ble y'i tynnwyd na phwy oedd ynddo.

Prin y gwyddai Clive ble i gychwyn wrth ryfeddu at faint a nifer y cypyrddau yn y gegin. Roedd unedau gwyn yn gorchuddio pob modfedd o'r waliau, a'r un nifer ar y llawr, a'r rheiny â thopiau marmor du. Yn ymestyn fel adain o un o'r topiau roedd bar brecwast gyda phedair cadair o ledr gwyn wedi'u gosod yn daclus o dan y bar. Roedd popeth fel newydd ac o wneuthuriad Almaenaidd. Agorodd nifer o'r cypyrddau, gweld rhai'n hollol wag ac eraill yn cynnwys tuniau a nwyddau cyffredin megis te a choffi. Trodd at yr oergell a chael honno bron yn wag hefyd – sudd oren, peint o laeth, ychydig o gaws a photel o siampên. Roedd y rhewgell oddi tani yn llawn prydau parod. Pam y buddsoddiad mewn cegin grand heb argoel nac arwydd o ôl coginio?

Camodd o'r gegin, disgyn tair gris a dod at y golchdy. Crensiodd ei sgidiau yn y powdwr a ddymchwelwyd gan Teri, ac yn hongian ar ddrws a arweiniai i'r ardd gwelodd ddillad pysgota ac oddi tanynt bâr o fŵts rwber. Gafaelodd yn y bŵts a'u cario'n seremonïol at Gareth, oedd yn aros amdano yn y lolfa.

Ffeindiodd Teri nifer o bethau arwyddocaol yn y brif ystafell wely a'r faddonfa *en-suite*. Yn y gawod roedd hylif ymolchi a siampŵ i ddynion ond hefyd hufen trochi drudfawr i ferched. Yr un fath ar wyneb y bwrdd gwisgo – stwff ôl-eillio a photel o bersawr Chanel. Dillad dynion yn unig oedd yn y wardrob ond wrth iddi godi cwrlid y gwely dwbl ffroenodd arogl cryf y Chanel. Penliniodd i sbecian o dan y gwely a gweld nicers bychan, slip o ddefnydd sidan a fyddai prin yn sicrhau parchusrwydd. Doedd dim o bwys ar y ddwy gist isel oddeutu'r gwely ond o agor drôr darganfu focs condoms. Dychwelodd at y lleill.

"Mae gan Syr Gerald gariad, cariad mae'n ei gwarchod rhag cael 'damwain'."

"Shwt ti'n gwbod mai cariad yw hi?" dadleuodd Akers. "Falle taw ei wraig e sy'n dod 'ma."

"Nicers merch ifanc yw'r rhain, Clive, merch sy'n ymweld nawr ac yn y man i elwa ar haelioni a chwmni ei siwgr dadi."

"Diolch, Teri!" dywedodd Gareth. "Pwy bynnag sy wedi aros yma, mae siawns dda bod rhywun wedi'i gweld hi. Anodd cadw cyfrinach mewn tre fach fel Aberaeron. Gaiff y fforensics gymharu'r bŵts i weld ai ôl rhain sydd ar reilen *Gwynt Teg*. Set sbâr, wrth gwrs, ond gwell gwneud archwiliad. Bydd angen mynd i grombil y cyfrifiadur yn y stydi, ac wedyn roedd hwn yn yr un stafell." Dangosodd y ffotograff. "Ble tynnwyd y ffoto a phwy sy yn y llun? Reit, unrhyw sylw arall, rhyw argraff o'r lle?"

"Amhersonol iawn, on'd yw e?" atebodd Akers. "Mae ffortiwn wedi'i wario yma ond eto mae rhyw deimlad nad oes neb yn byw yma go iawn."

Nodiodd Teri a dangosodd Gareth ei fod yntau'n cytuno. "Dyna dwi'n teimlo hefyd. Nawr, mae rhywfaint o dystiolaeth fuddiol ond beth am yr hyn sy ddim yma? Roedd Rees yn bennaeth cwmni enfawr, felly byddai gofyn cadw cysylltiad cyson, ond does dim golwg o ffôn. A hyd y galla i weld, prin dim arian na chardiau banc. Cymaint o gyfoeth, ond ychydig bunnoedd yn unig yn y ddesg. Bron fel petai rhywun wedi sgubo'r lle yn fwriadol gan roi awgrym o ffarwelio ac ymadael. Ar y llaw arall, mae allweddi'r car yn y ddesg a'r Range Rover yn y dreif yn cryfhau'r syniad o berson sydd jyst wedi mynd ar drip pysgota ac sy'n bwriadu dychwelyd. Clive, y dasg gyntaf fydd tsieco cyfrifon banc a darganfod rhifau ffôn Rees. Teri, rhybuddio'r porthladdoedd a'r meysydd awyr."

*

Y bore canlynol roedd y wasg yn llawn straeon am ddiflaniad Syr Gerald Rees. Glynai tudalen flaen y *Western Mail* at y ffeithiau, gan ddatgan 'Fishing Trip Ends in Tragedy'. Roedd yr hanes yn nifer o bapurau Llundain, a'r *Daily Mail* yn disgrifio Rees fel 'a leading Welsh businessman' ac yn mentro ymhellach drwy holi 'Did he fall or was he pushed?' Cafwyd fflyd o alwadau i bencadlys yr heddlu yn Aberystwyth. Roedd rhywun tebyg i Rees wedi'i weld yn yfed mewn tafarn yn Nhyddewi, yn talu'r doll ar Bont Cleddau ac yn prynu petrol o garej ar yr M4, y cyfan o fewn awr i'w gilydd. Gwastraff amser bob un, ond fe gafwyd gwybodaeth ddefnyddiol gan nifer o drigolion Aberaeron – nifer wedi cyfarch Rees ar y lôn o'i dŷ i'r cei, amryw wedi sylwi ar yr harbwrfeistr yn cludo Rees allan i'w gwch a dau gyfaill yn cofio iddo godi llaw wrth iddyn nhw eistedd tu allan i westy Morawel.

"Braidd yn od," awgrymodd Teri. "Mae'n union fel petai'r dyn *am* gael ei weld. Gwneud sioe o adael yr harbwr a'r cyfan yn dwt, pytiau bach blasus i ni eu ffeindio."

"Ti'n dweud fod pob un yn dweud celwydd?" gofynnodd Clive.

"Na, ond pam roedd Rees mor awyddus i ddweud helô a chynnal sgwrs?"

"Ti ddim yn cyfarch ffrindie 'te? Cym on, Teri, mae ffactorau pwysicach na nonsens fel'na."

Wrth i'r ddadl boethi daeth Gareth i mewn i'r swyddfa yn cario allbrint cyfrifiadur. "Copïau o'r negeseuon radio rhwng Rees a Gwylwyr y Glannau yn Aberdaugleddau. Mae'r gyntaf yn cadarnhau iddo hwylio allan o'r harbwr am 10.36, a'r ail am 14.12 yn rhybuddio Rees am newidiadau yn amseroedd glanio fferi Abergwaun ac yn gofyn am ei leoliad. Mae e'n ateb, 'South of Cemaes Head' ac yn sôn am ei fwriad i hwylio i Drefdraeth ac angori yno dros nos."

"A'r pysgotwyr yn dod o hyd i *Gwynt Teg* mewn man hollol wahanol i'r gogledd o Ynys Aberteifi," dywedodd Akers.

Cododd Teri o'i desg at fap o Fae Ceredigion. "Ie, ond ddim tan yn gynnar y bore wedyn. Does fawr o bellter rhwng y ddau le. Bwriad Rees oedd hwylio i Abergwaun. Mae'n dod at Cemaes Head ac am ryw reswm yn troi 'nôl."

"Ond pam? Dwi ddim yn gwybod lot am hwylio, ond oedd digon o wynt i Rees hwylio *lawr* yr arfordir, troi ar ei gynffon *a* chael digon o wynt o gyfeiriad arall i hwylio 'nôl?"

"Galle fe fod wedi tanio'r injan. Bydde hynny'n esbonio'r tanc gwag."

Gwelodd Gareth y gwrid yn codi ar wyneb Teri. Roedd yn hen gyfarwydd â'r arwyddion ac yn ymwybodol y gallai'r ferch ffrwydro mewn chwinciad. "Mae 'na ffactor arall. Dwi newydd dderbyn galwad ffôn gan foi sy'n cynnal tripiau pleser o Aberteifi – Cardigan Dolphin Trips. Mae'n bendant iddo weld Rees ychydig ar ôl pedwar yn agos at yr union fan lle cafwyd hyd i *Gwynt Teg*. Rees wedi codi llaw."

"Ac felly," dywedodd Clive, "mae Rees yn dweud celwydd. Sôn wrth Wylwyr y Glannau am fod ger Cemaes Head ac yn anelu i'r de at Drefdraeth ac yn hwyrach yn y prynhawn yn cael ei weld gan y cwch pleser wrth Ynys Aberteifi, i'r gogledd!" Methodd ag osgoi'r nodyn o fuddugoliaeth. "Hyd yn oed â thornado'n chwythu, ffaele fe fynd i'r ddau gyfeiriad yr un pryd, Teri."

Y gwrid eto, ac yn ddyfnach. Brysiodd Gareth i dawelu'r sefyllfa.

"'Na ddigon o gecru. Ond *pam* y celwydd? Diflaniad neu beidio, mae Rees yn cuddio rhywbeth. Oes rhywbeth am y cyfrifon banc a'r ffonau, Clive?"

"Mae Heddlu De Cymru yn archwilio'r cyfrifon. Mae sawl un. Dim byd amheus ond maen nhw'n dal i edrych. Dim manylion hyd yn hyn am unrhyw alwadau o rif ffôn symudol Rees."

"A dim golwg o'r ffôn yn y tŷ nac ar fwrdd *Gwynt Teg*. Ocê, dyma'r camau nesaf. Teri, rhaid treulio gweddill y bore yn tyrchu i hanes y dyn. Popeth am ei gefndir, gyrfa, o ble ddaeth yr arian a manylion am Condor Technology. Yn ôl y Sarjant Tom Daniel, derbyniwyd galwad ffôn yn cwyno am styrbans yn ardal harbwr Aberaeron y noson cyn y digwyddiad. Dilyna di'r trywydd yna, Clive. A dwi wedi cael ordors i riportio i Sam Tân i roi gwybod am y cynnydd hyd yn hyn."

Sam Tân oedd y Prif Arolygydd Sam Powell, pennaeth gorsaf yr heddlu, a'i lysenw yn tarddu o'i arfer o gloi pob trafodaeth gyda'r geiriau "Tân i'r bryniau, tân i'r bryniau!" Cnociodd Gareth ar ddrws y swyddfa, aros am y floedd "Mewn!" ac eistedd wedyn gyferbyn â'r ddesg daclus. Cofiodd am un arall o ymadroddion y Prif Arolygydd, "Desg daclus, meddwl taclus." Ond y gwir reswm am wacter arwynebedd y ddesg oedd tueddiad Powell i osgoi trafferthu'n ormodol â rhediad cyffredinol yr orsaf o ddydd i ddydd. Na, ei job oedd rhoi gorchmynion a sicrhau bod eraill yn gwneud y gwaith.

"Wel?" ebychodd Powell.

"Wel beth, syr?"

"Y datblygiadau yn achos Syr Gerald Rees, Prior. Dyn allweddol, a dda i chi gofio'r 'Syr'. Mae'r Prif Gwnstabl yn cnoi ar yr un asgwrn, felly'r manylion, plis."

"Siarades i â Mr Vaughan ar y ffôn ar lan y cei ddoe yn Aberaeron. Wnaeth e hefyd bwysleisio proffil uchel yr ymchwiliad a sensitifrwydd yr achos."

"Sensitifrwydd, Prior? Dwi ddim gyda chi nawr."

Deallodd Gareth nad oedd Powell yn ymwybodol o'r agweddau yn ymwneud â diogelwch cenedlaethol. Cofiodd am rybudd y Prif Gwnstabl am gyfrinachedd. Taw pia hi. "Roedd Syr Gerald yn bennaeth Condor Technology ac wedi derbyn grantiau gan Lywodraeth Cymru. Nawr, mae'n ddyddiau cynnar ond r'yn ni eisoes wedi cyfweld harbwrfeistr Aberaeron a'r pysgotwyr ddaeth o hyd i'r cwch. R'yn ni wedi gwneud archwiliad cyflym o gartref Rees, mae'r fforensics wedi mynd drwy'r lle yn fanylach a'r bois hefyd wedi archwilio'r cwch â chrib fân."

"Unrhyw beth?"

Penderfynodd Gareth na fyddai'n sôn am yr anghysonderau a ddarganfuwyd ym Manod. Byddai hynny'n gyrru Powell ar siwrnai seithug. "Dim byd pendant. Bydd gwell syniad gyda ni ar ôl cael adroddiad llawn y fforensics."

Cododd Powell i sbecian drwy ffenest ei swyddfa ac yna, fel petai newydd ganfod ysbrydoliaeth o'r maes parcio, cyhoeddodd yn hyderus, "Mae'n 'y nharo i, Prior, bod tri phosibilrwydd – diflaniad, llofruddiaeth neu hunanladdiad. Ond pam fydde Rees, un o ddynion cyfoethocaf Cymru, yn lladd ei hun a beth fydde'r rheswm dros ddiflannu?"

"Cweit, syr. R'yn ni wedi hysbysu'r meysydd awyr a'r porthladdoedd. Os hunanladdiad, fe ddaw corff i'r lan yn hwyr neu'n hwyrach. O ran llofruddiaeth, does dim sail i'r dybiaeth honno ar hyn o bryd."

"Reit, adroddiadau cyson, Prior, a tân i'r bryniau! O ie, newyddion da am yr achos yn Abertawe. Tipyn o bluen yn 'ych het."

"Diolch, syr."

*

Pwysai'r Sarjant Tom Daniel ar y cownter yng nghyntedd yr orsaf. O'i flaen safai dynes gegog yn cwyno am fyfyrwyr yn cerdded heibio'i thŷ yn oriau mân y bore. "Y fath sŵn, gweiddi'n uchel, pob un yn feddw gaib a phwy sy'n talu am yr addysg maen nhw'n ei chael? Chi a fi! Wedyn, reit tu fas i'r ffenest ma rhai'n dechre cusanu, a'r hyn ddigwyddodd wedyn, wel, o'dd e ddim i lyged parchus, hyd yn oed am dri y bore. Dwi 'di ca'l digon, felly beth chi'n mynd i neud?"

Anadlodd Daniel yn ddwfn. Roedd y ddynes yn ymwelydd cyson a'i chŵyn yn ddigyfnewid. Temtiwyd y sarjant i awgrymu y dylai gysgu yng nghefn y tŷ ond gwyddai na fyddai'r ateb yn tycio. Gwnaeth sioe o gofnodi'r gŵyn gan addo y byddai patrôl yn cadw golwg ar ei chartref. Gadawodd y ddynes yn dal i frawlan ei chŵyn, "Pwy sy'n talu? Chi a fi, chi a fi, 'na pwy!"

"Neis gweld bod trigolion parchus y dre yn cadw ti'n brysur, Tom," dywedodd Akers.

"Hy, honna! Yr unig sbri mae honna'n ga'l yw pipo ar stiwdants yn ca'l hanci-panci. Heb y myfyrwyr bydde Aber mor farw â hoelen. Hen sguthan grintachlyd! Bydd hi yma 'to wthnos nesa, blwmin niwsans. Beth alla i neud i ti, Clive?"

"Dair noson yn ôl, derbynioch chi gŵyn am helynt ger harbwr Aberaeron."

Trodd Daniel at gyfrifiadur ar y cownter, symud y llygoden a syllu ar y sgrin. "Do, derbyn y gŵyn am hanner awr wedi dau. Drwy lwc, roedd patrôl yn agos at y dre ar ôl damwain ffordd. Noson stormus, os wyt ti'n cofio. Aeth y bois i tsieco a gweld dim byd o'i le. Bore wedyn daeth ail gŵyn yn awgrymu'r posibilrwydd bod dingi wedi'i ddwyn. Ffonio'r harbwrfeistr, Jack Taylor, ac ynte'n adrodd bod y cyfan yn iawn. Gwastraff amser, i ddweud y gwir."

"Pwy nath y cwynion?"

"Arhosa di nawr. Dyma ni, Capten Harry Flint, poeni am ei gwch, y *Bonny Belle*."

"Ydy Flint yn byw yn Aberaeron?"

"Ti ddim yn nabod Capten Flint, un o hoelion wyth y gymuned hwylio?" Chwarddodd Daniel. "Chi ddim yn troi yn yr un cylchoedd, mae'n amlwg. Na, mae e'n byw fan hyn, uwchben y dre. Tŷ mawr yn edrych dros y môr, Westhaven os dwi'n cofio'n iawn. Enw twp, sdim tamed o gysgod, a'r gwynt yn dal y tŷ o bob cyfeiriad."

Bu raid i Clive gadw mewn gêr isel wrth yrru ar hyd Fosset Road a Hillcrest Avenue cyn dod at Graigddu, lleoliad Westhaven. Parciodd y Volvo gyferbyn â'r tŷ a chroesi at y drws ffrynt. Roedd Tom Daniel yn iawn am y diffyg cysgod – hyd yn oed ar fore cymharol braf roedd y gwynt yn llym a chododd Clive goler ei siaced wrth chwilio am y gloch. Gwasgodd y botwm a rywle yn nyfnderoedd y tŷ clywodd dincial ysgafn. Ymhen hir a hwyr agorwyd y drws a daeth dynes i'r golwg. Edrychodd ar Clive fel petai'n rhyw greadur islaw ei sylw a chafodd y ditectif y teimlad y byddai'n gorchymyn iddo fynd rownd i'r drws cefn. "Yes?" dywedodd yn siarp.

"Mrs Flint, Detective Sergeant Clive Akers, Dyfed-Powys Police. I'd like a word with your husband."

"You have some proof of identity? You can't be too careful these days."

Dangosodd Clive ei gerdyn gwarant a gwaeddodd y ddynes i bellafoedd y tŷ, "Harry, a policeman to see you. Akers."

Roedd Harry Flint yn fwy croesawgar. Tywyswyd Clive i lolfa ym mhen blaen Westhaven ac ar wahoddiad eisteddodd ger y ffenest enfawr. "Quite a view, Captain Flint."

"Dwi'n siarad Cymraeg, dysgwr, ond dwi'n gwella drwy'r amser. Yn anffodus dyw Marjorie ddim mor... how do you say, enthusiastic."

"Brwdfrydig."

"Ie, dyna chi, brwdfrydig. Beth yw'r rheswm am eich galwad, Constable? Mae'n flin gen i, ydy Constable yn gywir?"

"Ditectif Sarjant Akers, syr. Ychydig nosweithiau 'nôl fe

ffonioch chi'r heddlu i sôn am broblem ger harbwr Aberaeron, a gwneud ail alwad y bore wedyn."

"Do, o'n i'n poeni am *Bonny Belle* ac am y dingi. Roedd y noson yn stormus ac mae sawl lleidr, sori… lladrad wedi bod. Ond ro'n i'n credu bod y cyfan wedi'i ddatrys."

"Ydy, mae e. Dwi yma fel aelod o'r tîm sy'n ymchwilio i ddiflaniad Syr Gerald Rees. R'yn ni'n awyddus i gasglu ffeithiau am unrhyw beth neu unrhyw un amheus yn ardal yr harbwr cyn ac ar ôl y diflaniad. Beth oedd natur y broblem?"

"Wrth gwrs, do'n i ddim yno. Mae gen i ffrind sy'n byw mewn bwthyn wrth ochr yr harbwr. Ffoniodd e yma tua dau y bore a dweud bod rhywun yn *hanging around*."

"Allwch chi fod yn fwy penodol, syr?"

"Penodol? Sori, heb ddysgu'r gair eto."

"Exact, precise."

"Penodol, da iawn, rhaid i mi gofio. Wel, i fod yn benodol, sarjant, roedd car yn gyrru rownd yr harbwr, 'nôl ac ymlaen, 'nôl ac ymlaen, fel petai'r gyrrwr yn chwilio am rywbeth. Od, chi ddim yn meddwl, yr amser yna, ar noson mor stormus?"

"Oes manylion am y car?"

"Wnes i ddim gofyn, sori. Beth bynnag, aeth dau o'ch ffors chi i weld a ffonies i eto yn y bore a chlywed nad oedd dim o'i le. End of story, Sergeant."

"Diolch, syr. Chi'n byw yma yn Aberystwyth ond yn cadw cwch yn Aberaeron. Pam hynny?"

"O, mae'r ateb yn syml. Y ffrind ffoniodd, r'yn ni'n rhannu *ownership* o *Bonny Belle*. Busnes drud yw cadw cwch, felly *half and half*. Fe bia'r ffrynt lle mae'r olwyn a fi bia'r cefn lle mae'r injan! Ha, ha!"

Gwenodd Akers er cwrteisi'n unig. "Diolch, Capten Flint, fe allai'r wybodaeth fod yn ddefnyddiol. Un cwestiwn arall, o'ch chi'n gyfarwydd â Syr Gerald Rees?"

"Nabod e, dim byd mwy. Bach yn *flash*, taflu arian o gwmpas yn y clwb hwylio. Always trying to impress, know what I mean? Cadw *at arm's length*, dyna'r ffordd orau gyda Rees."

Aeth y ddau at y drws ac ar y stepen cofiodd Akers am bwynt allweddol. "Weloch chi Syr Gerald yng nghwmni merch ifanc erioed?"

Myfyriodd Flint am eiliad. "Do, unwaith, blonden. Well-built young lady, if you follow me?" ychwanegodd gydag winc awgrymog.

*

Ailgyfarfu'r tri yn ystafell bwyllgor yr orsaf. Dosbarthodd Teri ffolder yr un i Gareth a Clive, tywyllu'r golau a gwasgu botwm ar daflunydd. Ymddangosodd llun o ŵr yn ei bedwardegau ar y sgrin o'u blaen. Syllai'n hyderus i'r camera, ei lygaid treiddgar yn lliw glas tywyll. Roedd ei wallt tonnog wedi britho ond yn daclus ac wedi'i dorri mewn steil ffasiynol. Nid oedd arlliw o rychau ar yr wyneb llydan, ac roedd y wên yn datgelu rhes o ddannedd perffaith. Siwt lwyd, crys hufen a thei borffor batrymog. Ar fys bach ei law dde gwisgai fodrwy aur, ac arfbais y tair pluen a'r llythrennau 'GR' yn amlwg arni. Eisteddai wrth ddesg fodern o fetel a gwydr ac ar y ddesg roedd petheuach dyn busnes yr unfed ganrif ar hugain – dau ffôn, gliniadur a lamp Sgandinafaidd ei chynllun. Ar y wal tu ôl i'r dyn roedd arwydd ac arno'r geiriau 'Condor: The Company That Flies Higher'. Roedd y cyfan yn cyfleu un neges: 'Drychwch arna i a rhyfeddwch at fy llwyddiant.'

"Syr Gerald Rees," cyhoeddodd Teri. "Ganed 1970 ym Manod, Blaenau Ffestiniog, unig blentyn Gwenno a Douglas Rees, felly mae'n 44 oed. Rhieni'n cadw tafarn y White Hart. Disgybl yn Ysgol y Moelwyn, mynd i Goleg Imperial Llundain yn 1988 i astudio Mathemateg a Chyfrifiadureg. Graddio gyda dosbarth cyntaf, ennill ysgoloriaeth i Brifysgol Carnegie Mellon,

Pittsburgh, doethuriaeth oddi yno yn 1994 mewn *fuzzy logic*, beth bynnag yw hwnnw. Gweithio i IBM yn America ac yna ym mhencadlys Prydeinig y cwmni yn Portsmouth, adran Security and Resilience. Yn 1998 cael ei ddewis fel ymgeisydd Llafur ar gyfer sedd Eryri ac ennill y sedd mewn isetholiad yn 1999.

"Dringo'n gyflym yn San Steffan, cyfnod byr yn y Swyddfa Gymreig ac erbyn 2003 yn is-Weinidog yn y Swyddfa Dramor. Mae'n ymddiswyddo o'r llywodraeth yn 2005 ac yn gadael gwleidyddiaeth – neb yn siŵr pam. Cael ei urddo'n farchog yn rhestr anrhydeddau'r flwyddyn newydd ac yna sefydlu Condor Technology. Condor yn cyflogi tua dau gant ar stad ddiwydiannol tu allan i Gaerdydd, swyddi arbenigol, *high-tech*, a'r gweithwyr yn cynhyrchu systemau diogelwch cyfrifiadurol ac offer clustfeinio. Y cwmni yn uchel ei fri gyda Llywodraeth Cymru ac wedi derbyn grantiau o dros ddwy filiwn. Mae amheuaeth o ble ddaeth yr arian i sefydlu Condor yn y lle cyntaf. Cytundebau gyda'r Weinyddiaeth Amddiffyn yma ym Mhrydain a gwledydd fel Israel a Ffrainc. Mae Rees yn gyfarwyddwr nifer o gwmnïau eraill, yn Ganghellor Prifysgol Glannau Taf ac yn Gadeirydd Asiantaeth Technoleg Cymru.

"Mae toriadau o'r wasg a data am y cwmni yn y ffolder. Ac mae Rees yn briod, Lady Alwen Rees, dim plant. Mae'n siŵr fod Heddlu De Cymru wedi cysylltu â hi'n barod?"

"Ydyn, dwi wedi siarad â nhw peth cynta bore 'ma," dywedodd Gareth. "Diolch, Teri, gwaith da. Mae nifer o gwestiynau'n codi o'r adroddiad. Ar ôl llwyddiant syfrdanol, mae Rees yn cefnu ar wleidyddiaeth. Pam? Yn ail, ffynhonnell yr arian i sefydlu Condor? A'r cefndir. Mae man geni Rees yn esbonio enw'r tŷ yn Aberaeron – angen gwybod mwy am ei orffennol. Clive, angen cysylltu â Heddlu Gogledd Cymru, dod o hyd i rieni Rees a mynd i Flaenau Ffestiniog. Dal i tsieco ffonau Rees a chyfrifon banc. Teri, dosbarthu'r llun i holl heddluoedd Prydain, porthladdoedd a meysydd awyr. O ie, beth am y sgwrs â'r dyn gwynodd am yr helynt yn yr harbwr?"

"Capten Harry Flint, byw yma yn Aber, yn Graigddu uwchben y dre. Poeni am gar yn gyrru rownd yr harbwr y noson cyn diflaniad Rees. Dau blismon yn yr ardal yn chwilio, ond yn gweld neb. Dim lot o Gymraeg rhwng Flint a Rees – disgrifiodd Flint e fel rhywun oedd yn trio'n galed i greu argraff. Hefyd, mae Flint wedi gweld Rees yng nghwmni merch ifanc."

Ystyriodd Gareth y wybodaeth cyn penderfynu. "Fy nhasgau i am weddill y dydd fydd holi'r ddau blismon am y car a thaclo Taylor a'r pysgotwyr unwaith eto am y drwgdeimlad tuag at Rees. A'r cariad. Wrth i fi yrru at Manod ddoe weles i lenni'n symud yn stafell wely'r tŷ drws nesa. Cer i siarad â'r gymdoges, Teri, menyw fusneslyd, betia i ganpunt. Os oes rhywun wedi gweld ffrind Syr Gerald, mae honna wedi. Clive, cadarnhau'r sgyrsiau gyda Gwylwyr y Glannau a ffonio dyn y Dolphin Trips i ganfod beth yn union welodd e a gwybodaeth am unrhyw gychod eraill."

*

Syllai'r ddynes drwy ffenestri hirgul yr ystafell. Yn y pellter gallai weld awyren oedd wedi esgyn o faes awyr Caerdydd, ei chorff arian yn eglur yn erbyn glesni'r môr. Meddyliodd am y teithwyr oedd yn setlo yn eu seddau, yn ymlacio wrth i'r weinyddes gerdded ar hyd yr eil, ei gwên a'i llais meddal yn tawelu'r nerfau. Y teithwyr yn dianc ar wyliau pleserus yn Majorca neu'r Algarve, haul cynnes, pwll nofio, gwesty crand, potel o win gwyn a dim gofidiau. Mor ffodus, mor ffodus.

Camodd o'r ffenest i eistedd yn y gadair freichiau a thanio sigarét. Anadlodd yn ddwfn a mwynhau'r ysgafnder yn ei phen wrth deimlo ffics y nicotîn. Roedd wedi rhoi'r gorau i ysmygu ers chwe mis ond ildiodd dan y straen a rhuthro i siop y pentref i brynu pum pecyn. Roedd pawb yn ei nabod yno ac yn barod gyda'u geiriau o gydymdeimlad ond o dan yr wyneb gallai synhwyro'r gwacter, y prinder ymdeimlad. Dychmygai'r clecs ar ôl iddi adael. Druan ohoni, ar ei phen ei hun yn y palas uwchben y bae, pob moethusrwydd, ond y lle'n wag. Ddim cweit mor dlws ag y buodd hi, dechrau dangos ei hoed, powdwr a phaent yn methu cuddio'r brychau. Wel, bygro nhw, roedden nhw'n ddigon parod i gymryd ei phres ond erioed wedi'i derbyn hi go iawn – chwerthin ar ei hacen, gwatwar ei harfer o gloi sgwrs gyda "Thanciw, del." Ia, damia a dwbl damia, bygro nhw. Pwy uffar oedden nhw i edrych i lawr eu trwynau arni hi?

Daeth at stwmpyn y sigarét a thanio un arall. Dyna'r ddegfed heddiw, ond pa ots? Pwy arall oedd yn cyfri, pwy oedd yno i sylwi? Pesychodd yn drwm, yr hen elyn yn gafael am ei brest. Cofiodd am rybudd yr arbenigwr – calon wan, curiad afreolaidd, rhowch y gorau i smygu ar unwaith neu… Hy, digon hawdd i hwnnw siarad. Yr eiliad hon roedd rhaid bachu pob cysur, ac os mai'r ffags oedd yn taro deuddeg, wel, ffags amdani. Cododd yn llesg o'r gadair a chroesi ar draws yr ystafell cynllun agored i gyrraedd y gegin. Gweddillion brecwast ar y bwrdd derw – *cafetière* o goffi bron yn llawn, y tost oer a'r wy wedi'i ferwi ar y plât. Aroglodd yr wy ac wrth iddi syllu ar y melynwy cododd surni i'w cheg. Rhuthrodd at y sinc a chyfogi yn y fan a'r lle. Chwyrlïodd yr ystafell o'i chwmpas a gafaelodd yn dynn yn ymylon y sinc rhag iddi syrthio. Ar ôl iddi sadio, sychodd y chwys oer o'i thalcen.

O dipyn i beth daeth ati ei hun. Gwthiodd lanast y brecwast i ben pellaf y bwrdd ac yfed gwydraid o ddŵr oer i waredu'r blas cas. Ceisiodd ymresymu. Byddai hi'n iawn, wrth gwrs y byddai'n iawn. Beth bynnag oedd wedi digwydd iddo fo, byddai *hi'n* iawn. Roedd y tŷ'n werth cannoedd o filoedd, y cyfri banc, yr Alfa Romeo yn y garej, y gemwaith, y cyfan yn ei henw hi.

Pwff, gallai brynu rhywle arall, ymhell o'r twll lle hwn – pentref yn drewi o snobyddiaeth, yn llawn crach ag enwau baril dwbl.

Clywodd sŵn olwynion car yn crensian ar raean y dreif. Dychwelodd at y ffenestri a gweld mai nhw oedd yno eto. Neno'r tad, faint o weithiau oedd rhaid galw? Llonydd a phreifatrwydd roedd dynes eu heisiau ar adeg fel hyn, nid rhyw holi di-bendraw. Dywedodd y cyfan wrthynt eisoes. Anghywir. Celodd rai ffeithiau, ond mae gan bob teulu gyfrinachau, on'd oes? Beth bynnag, camgymeriad fyddai eu disgrifio nhw fel ffeithiau – amheuon, dyna i gyd, a pha les mewn taenu amheuon?

Ding-dong, ding-dong – atseiniodd sŵn y gloch drwy'r tŷ gwag. Aeth at y drws a'i agor. Dau wahanol y tro hwn, nid oedd wedi gweld rhain o'r blaen. Damia, rhaid fyddai mynd drwy'r holl stori unwaith yn rhagor, fesul pwynt, gan ddychwelyd bob tro at pam, pam. Fel petai hi, hi o bawb, i fod i wybod pam.

"Prynhawn da. Ditectif Insbector Nick Reynolds a Ditectif Cwnstabl Brenda Archer, Heddlu De Cymru. Ychydig o gwestiynau eto, os nad y'ch chi'n meindio."

Yn anfoddog, tywysodd Alwen Rees y ddau dditectif i'r lolfa.

*

Brwnt, dyna'r disgrifiad gorau o ffenestri'r tŷ. Roedd y gwydr yn gymylog a phŵl a doedd dim pwynt i'r ddynes dreulio hanner awr yn sgwrio a chrafu'r baw trwchus. Gallai fod wedi glanhau'r baw ond fedrai hi wneud dim am bydredd y fframyn, y paent oedd wedi hen ddiflannu a'r pren oedd yn wyn yng ngolau'r haul. Nid bod y tŷ yn cael llawer o haul. Na, yma roedd culni'r cwm a'r bryniau serth oddeutu yn taflu cysgod parhaus bron. Symudodd y llenni tenau i edrych ar yr olygfa. Golygfa?! Rhes o dai gyferbyn, a'r stryd yn llawn biniau a sbwriel yn arllwys o waelodion sachau plastig. Stryd dlawd yn arwain i dref dlawd, tref a fu unwaith yn llawn balchder a hyder ond a oedd bellach yn ddim mwy na sgerbwd o le a anghofiwyd gan bawb ar wahân i'r rhai nad oedd ganddynt ddewis ond aros yno. Stelciai ci ymhlith y sachau, gan bawennu un ohonynt. Ar ôl cryn ymdrech, llwyddodd i ryddhau asgwrn. Plannodd ei ddannedd yn yr asgwrn a rhedeg i lawr y stryd gan daflu golwg yn ôl yn awr ac yn y man fel petai'n ofni colli ei ysbail.

Trodd y ddynes o'r ffenest at unig ystafell y llawr isaf. Rhy garedig o lawer fyddai disgrifio'r gofod hwn fel un cynllun agored. Na, roedd y cyfan wedi'i wasgu i goridor hirgul – lolfa, cornel fwyta a chegin. Roedd ail ffenest uwchben y sinc yn y pen pellaf, a'r olygfa o hon yn fwy torcalonnus byth – stribed o dir wedi'i orchuddio'n llwyr gan chwyn, lein ddillad yn hongian o ddau bolyn rhydlyd ac adfail wal gerrig. Eisteddodd ar y gadair simsan wrth y bwrdd pin, teimlo'r oerfel a thynnu ei siwmper denau yn dynnach amdani. Fedrai hi ddim fforddio cynnau'r tân nwy ac er mwyn ceisio mymryn o gysur berwodd y tegell a pharatoi mygaid o goffi parod. Fe'i temtiwyd gan y pecyn sigaréts ond gwyddai fod yn rhaid i hwnnw bara tan ddiwedd yr wythnos.

Roedd holl furiau'r ystafell yn binc. Roedd yn casáu pinc â chas perffaith ond er aml alwadau methodd â pherswadio'r landlord i wario ar got o baent. Mwy difrifol oedd ei methiant hefyd i'w berswadio i drin y lleithder, a staen y marciau du yn dringo'n uwch o ddydd i ddydd ar hyd y wal wrth y drws cefn. O bopeth am y tŷ (a Duw a ŵyr, roedd 'na fwy na digon), y staen a achosai'r digalondid pennaf iddi. Gwelai ei ymlediad fel adlewyrchiad o'i bywyd – staen yn ei ailblannu ei hun dro ar ôl tro, yn gwrthsefyll pob ymdrech i'w lanhau. Dihangodd rhag staen ei chartref, rhag medd-dod ei mam a rhag tad a ymddiddorai'n ormodol yn ei chorff lluniaidd. Dianc, a glanio mewn carchar o ddibyniaeth ar hash a chocên a chrafangau'r pedleriaid cyffuriau. "Dope, love? Need something stronger?

Course you do." Cofiodd gyda braw am yr awgrym iasoer, "Can't pay for the fix? That should be no problem with a body like yours."

Yna, cyfle i dorri'n rhydd. Cwrdd mewn bar yng Nghaerdydd, noson yn y gwesty a'r penwythnos nefolaidd yn y dref ar lan y môr. Roedd yn hŷn na hi ond yn garwr ystyriol ac, yn bwysicaf oll, yn gyfoethog. Cyfarfu â dynion cyfoethog eraill ond roedd hwn yn wahanol – roedd yn gyfoethog ac yn barod i wario'n hael ar brydau bwyd, siampên, persawr a dillad. Cofiodd am y ddau yn prynu'r dillad isaf – y pleser o ddewis a'r pleser mwy o wylio'r wên lydan ar ei wyneb wrth iddo fwytho ei gwallt melyn, datod y bronglwm a gostwng y nicers. Gwyddai na allai ddisgwyl mwy na pherthynas ran-amser. Roedd dyn fel yna wastad yn briod ac wedi'i hen fachu. Doedd dim pwynt twyllo'i hun, ond gallai obeithio. Gall pob dynes sengl obeithio. Roedd dyfodol gwell o fewn ei gafael o'r diwedd. A nawr hyn. Shit, shit, shit!

Sipiodd y coffi a dod yn agos at dagu ar ei flas tsiêp. Mewn pwl o dymer ddrwg a hunandosturi, ildiodd i'r demtasiwn, estyn am y pecyn a thanio sigarét.

PENNOD 7

O FEWN LLAI na phum munud deallodd Teri fod Gareth yn agos at y marc yn ei ddisgrifiad o'r gymdoges fel dynes fusneslyd. Arweiniodd Mari Jones y ffordd i'r gegin, gwahodd Teri i eistedd wrth y bwrdd a dechrau parablu.

"O'n i'n meddwl byddech chi 'di galw cyn hyn a fynte'n byw drws nesa ond 'na fe, mae pobol bwysicach i'w holi, mae'n siŵr. Nawr 'te, dewch i fi weld, mae Syr Gerald wedi bod yn dod yma ers rhyw dair blynedd. Dyn eitha neis, wedi bod yn garedig i Aberaeron, wel, yn garedig i'r clwb hwylio a'r rhai o'dd yn trefnu'r ŵyl bysgota. Ddim mor hael i bethe eraill. Gofynnon ni am gyfraniad i ganmlwyddiant Bethel a rhoddodd e ugain punt. Ugain punt! Newid mân i ddyn fel'na. Mae e 'di hala ffortiwn ar y tŷ, fel weloch chi. Pensaer o Aberystwyth, sgwad o adeiladwyr yn gweithio bob awr o'r dydd, ac i beth? Dyw e ond 'ma unwaith y mis, os hynny. Tŷ haf yw hwn, chi'n deall, ma fe'n byw yng Nghaerdydd. Fyddech chi'n lico paned? Sori, bach, beth o'dd yr enw?"

"Owen, Mrs Jones, Ditectif Cwnstabl Teri Owen. Ie, bydde paned yn hyfryd."

"Wastad yn cael paned yn y prynhawn. Chi'n edrych braidd yn ifanc i fod yn dditectif, neu falle mai fi sy'n mynd yn hen. Nawr, ble o'n i? O ie, tŷ haf. Sai 'di bod miwn 'na eriôd, clywed pobol yn siarad, 'na i gyd. Chi 'di gweld yr ardd? Do, wrth gwrs. Weles i un ohonoch chi'n cewco ar y *summer house*. Buodd tipyn o ffws am hwnna. Towlu cysgod dros 'yn rhosod i. Wnes i gwyno, ond dim pwynt. Ro'dd Syr Gerald yn dweud alle fe osod y sied ble bynnag o'dd e moyn. Os bydde problem, allen i symud y gwely rhosod. Meddyliwch, y fath *cheek*! Y rhosod wedi bod

60

fan'na ers cyn i Wil farw. Fe o'dd wedi'u plannu nhw. Siwgr a llath?"

"Dim siwgr, diolch. Ers faint y'ch chi'n byw yma, Mrs Jones?"

"Ers i ni briodi. O'dd Wil yn byw 'ma gyda'i fam, ond buodd hi farw – hen sguthan, wastad yn cario clecs. Beryg bywyd. Wnaethon ni briodi dri deg tri o flynyddoedd yn ôl a symud i'r tŷ. Ro'dd Wil yn rheolwr yn y ffatri lath, gweithio'n rhy galed, o'n i bob amser yn dweud wrtho fe, 'Wil, ti'n gweithio'n rhy galed.' A faint o ddiolch gath e? Watsh aur, 'na i gyd. Druan â Wil, fuodd e byth 'run peth. Mewn llai na blwyddyn, gath e drawiad ar y galon a chwmpo'n farw fan hyn wrth y bwrdd, lle chi'n iste. Picen?"

"Diolch." Anesmwythodd Teri ychydig yn y gadair a phenderfynu bod angen cyfeirio'r sgwrs. "Pryd weloch chi Syr Gerald ddwetha?"

"O, 'nes i ddim dweud? Y bore cyn iddo fe fynd ar goll. O'n i mas yn brwsho ar ôl storom y noson cynt. Dyma fe'n dod yn ei ddillad hwylio a fi'n gofyn yn boléit i ble o'dd e'n bwriadu mynd a fydde fe adre nosweth hynny. Meddwl cynnig cadw golwg ar Manod os o'dd e bant am sawl diwrnod. Beth bynnag, ches i ddim gwbod. A wedyn bant ag e. O'dd e'n gallu bod yn od fel'na. Bach yn gyndyn i gynnal sgwrs."

Fentra i ei fod e, meddyliodd Teri, a dynes fel Mari Jones yn byw drws nesaf. "Shwt olwg oedd arno fe?"

"Be chi'n feddwl, bach? Sai 'da chi nawr."

"Oedd e'n edrych yn... normal? Wedi cynhyrfu, neu fel petai'n poeni am rywbeth?"

"Wedes i shwt o'dd e'n edrych, dillad hwylio. Jyst fel arfer, i weud y gwir. Bach yn siort, mewn hast ac yn sôn am ddal y llanw."

Blasodd Teri'r bicen a'i chael yn rhy felys o lawer. Pwyllodd cyn gofyn y cwestiwn nesaf. "Mrs Jones, dwi am i chi feddwl yn ofalus. Weloch chi ddynes yn aros drws nesa?"

Lledodd llygaid y wraig mewn syndod. "Do, wrth gwrs. Yn syth ar ôl iddyn nhw fennu'r gwaith ar y tŷ daeth Mrs Rees yma. Alwen, gogleddwraig. Menyw neis, bob amser yn barod i siarad, tua 'run oed ag e."

"Rhywun arall, yn ystod y mis dwetha falle?"

Gwnaeth Mari Jones sioe o glirio'r bwrdd a phwyllo cyn ateb. "Dwi ddim yn un i gario clecs…" Canodd ffôn y tŷ a diflannodd y wraig am ddeng munud cyn dychwelyd i ailgydio yn y sgwrs. "*Ro'dd* 'na ferch ifanc. Cyrraedd yn y Range Rover nos Wener ac aros tan bnawn Sul. Y tywydd yn braf a nhw'n iste mas yn yr ardd. O'n i'n dwsto fan hyn yn y gegin a digwydd sylwi ar y ddau ar y soffa haul." Crychodd y wraig ei gwefusau ac oedi eto cyn ychwanegu, "Tasech chi 'di gweld beth weles i, bach! Slobran dros ei gilydd fel tasen nhw yn eu seithfed nef. C'wilyddus, i weud y gwir. Aeth y ddau i'r tŷ cyn i'r cyfan droi'n embaras, diolch i'r drefen."

"Allwch chi 'i disgrifio hi?"

"Ugeiniau cynnar, ddim mwy na phump ar hugain. Eitha tal, tenau, gwisgo ffrog las, cuddio nesa peth i ddim. Gwallt melyn, mas o botel weden i. O ie, smoco drwy'r amser, un sigarét ar ôl y llall."

"Craff iawn, Mrs Jones. Wnaethoch chi ddigwydd clywed enw?"

Yn rhyfedd, cafwyd ymateb gan Mari Jones fel petai'r cwestiwn yn sarhad. "Clywed enw?! Chi'n meddwl 'mod i'n gwrando drwy dwll y clo?"

"Ddim o gwbwl. Meddwl falle i chi fod allan yn yr ardd a chlywed y ddau'n siarad, dyna i gyd." Gan synhwyro nad oedd gan y wraig fwy i gyfrannu, cododd Teri a pharatoi i adael. "Diolch, Mrs Jones, help mawr. Os cofiwch chi am rywbeth arall, dyma gerdyn a rhif ffôn. Mwy o unigolion fel chi a bydde gwaith yr heddlu dipyn yn haws."

Roedd Mari Jones wedi'i phlesio. Safodd wrth ddrws ei thŷ

a thaflu cipolwg ar y Range Rover. "Diolch, bach. *Mae* 'na un peth arall. Dwi ddim yn gwbod os yw e'n bwysig. Y noson cyn y ddamwain, glywes i sŵn yn orie mân y bore, sŵn tebyg i gar."

*

Bu prynhawn Gareth yn hollol ddi-fudd. Roedd criw'r *Laura* allan yn pysgota a Jack Taylor mor gyndyn ag erioed i ymhelaethu am wraidd y teimladau drwg rhwng Rees a charfanau o'r gymuned leol. 'Nôl yn y swyddfa cyflwynodd Teri'r ffeithiau a gafodd gan Mari Jones. "Ei disgrifiad manwl o ferch ifanc yn cadarnhau'r hyn gafwyd yn y tŷ. Mae dau berson felly, Capten Flint a Mrs Jones, yn cyfeirio at gar yn ardal yr harbwr ar y noson dyngedfennol."

"Rhywbeth pellach gan Wylwyr y Glannau a dyn y dolffins, Clive?"

"Glynu at yr un stori."

"Ac, yn anffodus, dim o werth gan y ddau blismon. Mae rhywfaint o waith papur gen i ar yr achos cyffuriau. Wela i chi bore fory."

Ac yntau ar ei ben ei hun, trodd Gareth at y ffeiliau ar ei ddesg. Cydiodd yn y gyntaf, gan ochneidio wrth weld y teitl 'PEDLERA CYFFURIAU – STRATEGAETH NEWYDD'. Y chweched strategaeth newydd o fewn llai na thair blynedd, meddyliodd. Gwyddai ef a llawer o'i gyd-weithwyr mai'r *unig* strategaeth oedd yn debygol o lwyddo oedd cyfreithloni rhai cyffuriau, yn enwedig canabis. Dechrau gyda'r wir broblem, y masnachu a lanwai bocedi'r gangiau a chreu dibyniaeth a thrasiedi y merched yn llys Abertawe. Bu'n ddigon dewr (neu'n ddigon ffôl) i leisio'r farn o flaen uchel-swyddogion a chael atebion dibrisiol. "Nefoedd wen, Prior! Bydd miloedd yn gaeth i'r stwff! Syniad hanner pan! Ble mae'ch gwerthoedd chi?" ac ati ac ati. Dyna'r drafferth gyda'r bosys, roedden nhw'n rhy agos at y gwleidyddion. Rhy agos o lawer. Heb iot o frwdfrydedd, ailafaelodd yn y ffeil gan ddarllen y paragraffau ystrydebol un ar ôl y llall.

Bu wrthi am yn agos i awr yn ymdrechu i ganolbwyntio. Gwnaeth rai nodiadau ond gwyddai nad oedd y geiriau'n gwneud synnwyr. Ar adegau fel hyn, doedd dim yn gwneud synnwyr. Gwaith papur? Pwy lwyddodd i ddwyn troseddwr o flaen ei well drwy waith papur? Sythodd a phenderfynu rhoi'r gorau iddi. Roedd ar fin gadael pan ganodd y ffôn. Bu sgwrs fer ac yna gwnaeth alwadau brysiog i Clive a Teri yn syth. Yr un oedd y neges i'r ddau – "Mae 'na gorff."

Pennod 8

ROEDD YR OLYGFA yn un swreal. Trac cul, caregog a arweiniai i nunlle, dibyn sylweddol ar yr ochr chwith a'r car yn gwegian ar ymyl y dibyn, ei gefn yn rhacs yn erbyn y graig. Nid car chwaith, ond ffrâm fetel wedi'i llosgi o un pen i'r llall, y paent euraidd yn bothellog, y teiars wedi toddi a'r sgrin a'r ffenestri yn fyglyd. Goleuwyd y cyfan gan lampau llachar y SOCOs, y tri yn eu siwtiau gwynion yn cylchu'r modur, dau'n cymryd mesuriadau a'r llall yn tynnu lluniau. Agorodd hwnnw ddrws y gyrrwr ac yn fflachiadau ei gamera gallech wylio siot ar ôl siot o'r corff fel clipiau o ffilm arswyd. Nid corff, ond yr hyn oedd yn weddill o gorff – y croen yn frowngoch, rhai o'r asennau i'w gweld yn glir lle nad oedd croen ar ôl, un fraich yn rhydd a'r geg yn agored mewn sgrech olaf o boen. A'r drewdod – cymysgedd o betrol, olew, rwber a chnawd.

Safai plismon o flaen y rhuban glas a gwyn – 'POLICE LINE DO NOT CROSS' – ac ar amnaid un o'r SOCOs camodd Gareth, Clive a Teri o dan y rhuban a cherdded tuag at y car. Sgleiniodd y plismon ei fflachlamp halogen ac er gwaethaf y glaw a chwipiai o gyfeiriad Bannau Brycheiniog ni ellid amau'r dystiolaeth. Ar asgwrn bys bach y fraich rydd roedd modrwy aur, ac arfbais y tair pluen a'r llythrennau 'GR' yn amlwg. Yma roedd yr arogl ar ei gryfaf – cymysgedd ffiaidd o losg a choginio – ac roedd yn ddigon i godi pwys. Ciliodd yr orymdaith fechan yn ôl yn ddiolchgar er mwyn gadael i'r SOCOs gwblhau eu dyletswyddau.

Trodd Gareth at y plismon. "Manylion?"

"Yn gynharach heno," edrychodd y plismon ar ei wats, "wel,

neithiwr erbyn hyn, tua hanner awr wedi wyth, derbynion ni alwad oddi wrth Mr Abe Griffiths. Roedd cymydog wedi dweud wrtho bod un o'r clwydi ar ei dir ar agor ac roedd e am ddiogelu'r defaid rhag crwydro i'r ffordd fawr. Gyrrodd i lawr ar hyd y trac a gweld y car. Yn naturiol, cafodd e dipyn o sioc, ond trwy lwc roedd ffôn gyda fe. Cyrhaeddon ni a'r frigâd dân o Aberhonddu ar yr un pryd. Fe wnaethon ni nabod y fodrwy o'r llun oedd wedi'i ddosbarthu, a chysylltu â chi ar unwaith."

"Beth am y lle 'ma, Cwnstabl? Mae'r ardal yn ddieithr i fi ac mae'n anodd gweld dim yn y glaw."

"Tua ugain metr o'r fan hyn mae'r ffordd sy'n arwain dros y top o Ddyffryn Tywi i'r Bannau. Mae 'na dro siarp wrth fwlch y trac ac olion sgid ar y tro. Gyrrwr y car wedi codi sbid a methu'r tro yw'r senario fwyaf tebygol. Wyneb y ffordd yn wlyb iawn ar ôl y glaw trwm. Roedd y glwyd ar agor ac wedi iddo fe fwrw'r trac doedd dim byd rhwng y pŵr dab a'r graig. Mae damweiniau eraill wedi digwydd fan hyn, ond dim byd mor ddifrifol. Anodd bod yn fwy pendant a hithau mor dywyll. Gewch chi adroddiad llawnach fory."

"Rhyfedd nad oedd neb wedi gweld y tân a'ch galw chi a'r frigâd yn gynt."

"Ddim mewn gwirionedd. Allwch chi byth â gweld y sbotyn o'r hewl achos y clawdd uchel a'r ffaith fod y trac yn disgyn at y dibyn. Ac mae'r traffig ar hewl fynydd yn brin iawn, cofiwch."

"Ble mae Abe Griffiths nawr?"

"Yn cysgodi yn y Land Rover."

"Rhaid rheoli mynediad a gwarchod y safle rhag ofn y bydd angen rhagor o waith fforensig. Mae'n bosib bod cliwiau ar y trac ac o dan y car. Ac, am nawr, dim gair am y posibilrwydd mai corff Gerald Rees yw hwn. Cadw'r cyfan yn dawel. Deall?"

Nodiodd y plismon a symudodd Gareth at Clive a Teri.

"Dwi'n mynd i holi'r ffarmwr, ewch chi i siarad â'r SOCOs."

Cnociodd Gareth ar ffenest y Land Rover. Clywodd gyfarth a gwaedd, "Lawr, Mot, bydd ddistaw!" Tawelodd y ci a dringodd Gareth i'r caban. Roedd arogleuon yma hefyd, ond arogleuon iach, cefn gwlad – defaid, gwair, bwyd anifeiliaid a'r ci. Wrth i Gareth eistedd, ailgydiodd hwnnw yn ei gyfarth tan i'w berchennog weiddi, "Mot, 'na ddigon, stopia myn diawl!"

"Mr Griffiths? Insbector Gareth Prior, Heddlu Dyfed-Powys. Ga i gownt o'ch symudiadau tan i chi gyrraedd fan hyn?"

"Dwi wedi dweud wrtho fe'n barod."

"Rwy'n gwbod, ond rhaid i fi gael darlun clir."

Mwmiodd Abe Griffiths rywbeth o dan ei anadl, estyn pib o boced ei siaced law a mynd ati'n hamddenol i'w llenwi a'i thanio. Goleuodd y baco gan daflu gwawl coch dros wyneb y ffermwr. Ar ôl sawl plwc, agorodd ei ffenest, poeri a chychwyn ar yr hanes, gan orffen gyda'r alwad i'r heddlu.

"Oedd y car ar dân pan yrroch chi lawr o'r ffordd?"

"Na, dim ond mygu, roedd y tân wedi hen ddiffodd. Fe weles i ar unwaith nad oedd gobaith achub neb."

"Beth am weld tân wrth agosáu?"

"Dim. O'n i wedi dod i tsieco'r gât. Mae'r *ramblers* yn gallu bod yn niwsans. Cerdded y ceie fel tasen nhw'n berchen y lle. A'r peth nesa, mae'r defaid ar yr hewl, yn bwrw mewn i gar a finne'n ca'l bil wrth yr insiwrans. Mae ffarmio'n ddigon caled heb ryw *wasters* fel 'na. Dylen nhw gadw at lwybre'r Parc, nhw a'u blydi hawlie."

"Aethoch chi at y car?"

"Do. Yffarn o sioc. Dwi'n hen gyfarwydd ag anifeiliaid marw ond roedd hyn yn brofiad gwahanol. Ffones i'r polîs ar unwaith."

"Cyffwrdd â rhywbeth?"

"Naddo. Dim lot i gyffwrdd, oedd e? A doedd dim isie doctor i ddweud fod y boi cyn farwed â hoelen."

"Wrth i chi agosáu, weloch chi rywbeth neu rywun amheus?"

Tynnodd Abe Griffiths y bib o'i geg a syllu ar Gareth. "Amheus? Be chi'n feddwl?"

"Rhywbeth ar y trac, rhyw sŵn, neu berson arall?"

"Na, dim byd." Roedd yr ateb yn sicr a chryf.

"Meddyliwch yn ofalus. Wrth i chi yrru yma, weloch chi rywun yn cerdded ar hyd y ffordd?"

"Neb."

"A beth am y llwybrau o'r safle?"

"Mae 'na lwybr dros y ceie sy'n mynd yn y pen draw at Grib y Bannau. Dyna'r llwybr mae'r *ramblers* yn defnyddio. Ond alla i byth gweld neb yn llwyddo i ddilyn hwnnw yn y gwynt a'r glaw. Alla i fynd nawr? Dwi bron â sythu."

"Iawn, Mr Griffiths, ond bydd rhaid i chi roi datganiad llawn. Ac un peth arall, peidiwch sôn wrth neb am y digwyddiad."

Aeth Gareth ar ei union i'r Volvo. Roedd yn oer ac yn wlyb drwyddo. Edrychodd drwy sgrin y car ar y lampau llachar a theimlo dryswch a syndod. Ei ddadansoddiad cyntaf oedd i Gerald Rees gael ei godi o'r cwch i'r lan, car yn disgwyl amdano ac yntau'n dianc. Yna'r ddamwain, neu weithred fwy sinistr? Ac os damwain, pam fan hyn? Roedd Bannau Brycheiniog tua 70 milltir ar draws gwlad o Fae Aberteifi a phrin bod y cyfeiriad yn ddewis rhesymegol fel llwybr dihangfa. Teimlai'r dryswch rhyfeddaf o fod yn ymchwilio i ddiflaniad, a nawr marwolaeth, yr un dyn o fewn rhyw bedair awr ar hugain.

Gwelodd Clive a Teri yn nesáu at y car, y ddau'n ymladd yn erbyn hyrddiadau'r gwynt. Neidiodd Clive i sedd y gyrrwr a Teri i'r cefn.

"Ar adegau fel hyn," dywedodd Clive, "rwy'n difaru

anwybyddu cyngor Mam i chwilio am job gyfforddus naw tan bump."

Daeth pwff o chwerthin o'r cefn. Bachodd Gareth ar y cyfle i atal y brotest. "Rhywbeth defnyddiol gan y SOCOs, Teri?"

"Mae'r glaw ac ymdrechion y frigâd dân wedi lleihau'r siawns o dystiolaeth. Falle bydd y profion fforensig yn fwy lwcus. Yn ôl y mesuriadau cyntaf, y dybiaeth yw i'r car sgidio o'r ffordd i'r trac a tharo postyn y gât – mae 'na baent aur ar y postyn. Yr ergyd wedyn yn achosi i'r car droi mewn hanner cylch a mynd am yn ôl at y graig. Roedd yr ail ergyd yn union ar y tanc petrol a rhaid bod rhyw sbarc wedi cychwyn y tân."

"Os oedd y tân yn ddigon cryf i losgi'r car a'r corff, shwt oedd y fodrwy'n gyfan, heb prin niwed?"

"Aha, ofynnes i hynna hefyd. Mae dau reswm. Pwynt toddi aur yw 1945°F. Tymheredd ucha'r tân oedd o gwmpas 700°F. Yn ail, erbyn i'r tân ledu i ben blaen y car lle roedd y corff, bydde'r glaw wedi gostwng y tymheredd. Digon i losgi'r corff ond nid y fodrwy."

"Amser y ddamwain?"

"Galwad Griffiths am hanner awr wedi wyth, a bois lleol yn cyrraedd o fewn ugain munud. Tân wedi llosgi allan – ychydig o fwg yn unig."

"A faint o amser gymer hi i gar o'r maint yna losgi'n ulw?"

"Yn ôl y SOCOs, gallai'r cyfan ddigwydd yn gyflym. Tanc petrol yn tanio a'r archwiliad cyntaf yn dangos olion lludw a phapurach yn y bŵt – stwff fyddai'n cydio i ledu'r tân."

"Pam roedd y gyrrwr yn dal yn y car?"

"Cael ei daro'n anymwybodol yn y ddamwain falle. Wedyn, anadlu'r mwg a dyna ni, ta ta. Roedd bwcwl y gwregys yn dal yn ei le."

"Rhywbeth am y car, Clive?"

"Mae'r criw yn weddol sicr mai Porsche Cayenne yw e. Car drud ac anarferol. Y *number plates* wedi llosgi ond mae'r rhif gwneuthuriad ar yr injan a thrwy hwnnw bydd gobaith uchel o ddarganfod y perchennog. Dylai'r profion fforensig ddatgelu mwy."

"Iawn, digon am heno. Mae'n hwyr. Tania'r injan, Clive, a 'nôl â ni i Aber."

*

Er ei flinder, bu Gareth yn troi a throsi tan y wawr, yn gorwedd yn nhir neb rhwng gorflino a methu cysgu. O'r diwedd, tua chwech y bore, syrthiodd i gwsg ysgafn a breuddwydio ei fod wedi ei gaethiwo mewn car oedd ar dân. Roedd pob drws ar glo, y gwregys diogelwch yn gwasgu fel feis a'r fflamau'n nesáu fodfedd wrth fodfedd. Yn gwenu arno ac yn dyst i'w hunllef roedd Gerald Rees. Wrth i Gareth weiddi am help estynnodd hwnnw fraich – braich frown, hyll a ddatododd ei hun o weddill y corff wrth iddo afael ynddi. Dihunodd mewn boddfa o chwys oer.

Cododd a chroesi i ystafell fyw ei fflat yng Nghilgant y Cei. Roedd yn dal i fwrw a'r cymylau'n fygythiol dros Fae Aberteifi. Syllai ar yr olygfa hon yn ddyddiol ac fel arfer roedd rhywbeth yno i godi calon – pysgotwyr yn dadlwytho'u helfa neu'n trwsio rhwydi, ambell fyfyriwr yn loncian ar hyd y prom, arwyddion o'r dref yn croesawu'r bore. Ond heddiw, panorama gwag a diflas a welai, a dim byd i ysbrydoli. Trodd ar ei sawdl i'r gegin i baratoi *cafetière* o goffi cryf.

Cyrhaeddodd yr orsaf yn gynnar ond roedd Sam Powell yn gynharach. Gwelodd nodyn ar y ddesg yn gorchymyn iddo ddod i gyfarfod ar unwaith a'r nodyn yn awgrymu bod Powell eisoes wedi darllen am y darganfyddiad ar y Bannau. Treuliodd Gareth hanner awr yn rhoi braslun o ddatblygiadau'r noson cynt iddo.

"Chi'n saff mai corff Rees oedd yn y car?"

"Amhosib dweud o'r corff ei hunan, ond fe fyddwn ni'n fwy

sicr ar ôl i Dr Annwyl wneud y post-mortem. Mae neges wedi'i danfon i'r *path lab* yn Ysbyty Bronglais. Yr unig dystiolaeth bendant ar hyn o bryd yw'r fodrwy."

"Modrwy debyg i'r un yn y llun o Rees. Ond nid *y* fodrwy, o angenrheidrwydd. A dyw'r ffaith fod y fodrwy ar y corff ddim yn golygu taw corff Rees yw e."

"Mae'r syniad o ganfod modrwy arall o'r union batrwm yn ormod o gyd-ddigwyddiad. Ocê, gallai fod yn gorff person gwahanol. Ond pwy yw'r ail berson 'te, a beth yw'r cysylltiad â Rees? Welodd Mr Griffiths, y tyst, neb yn agos at y lle."

"Chi'n anghofio am y methiant i osod amser pendant i'r ddamwain. Mae tystiolaeth Griffiths yn ddibwys os oedd rhywun wedi'i heglu hi awr neu fwy'n gynharach. Hefyd, mae digon o resymau pam y gallai fod wedi methu gweld rhywun – canolbwyntio ar y gyrru, noson stormus, ac roedd e'n dod i'r safle o'r un cyfeiriad. Beth am rywun yn dianc i gyfeiriad arall neu ar draws gwlad?"

"Annhebygol."

"Annhebygol ond ddim yn amhosib. Beth am ledu'r wybodaeth am y ddamwain?"

"Am nawr, dim ond blocâd. Mae'r plismyn, y ffarmwr a phawb arall wedi cael rhybudd i gadw'n dawel."

"Dwi'n anghytuno. Gallai rhywun fod wedi gweld y car – amserau a lleoliad. Car prin, yn ôl y manylion ar y cyfrifiadur. Sdim lot o Porsche Cayennes aur yng nghefn gwlad Ceredigion na Brycheiniog. Ydy mygu'r stori yn ymarferol? Mae yn agos at ddwsin yn gwybod yn barod. Damwain ddramatig, os damwain hefyd, yng nghanol nos mewn ardal wledig – bydd yr hanes ar led cyn pen dim."

"Gwybod am y ddamwain falle, ie, ond heb wybod pwy."

"Mae clecs yn cerdded yn gyflym, Prior. Ac am y rheswm yna mae cynhadledd i'r wasg wedi'i threfnu ar gyfer dau o'r gloch prynhawn 'ma. Dyna fy mhenderfyniad i a phenderfyniad y Prif

Gwnstabl. Roedd Mr Vaughan yn feirniadol o'ch cyfweliad ar lan y cei yn Aberaeron. Golloch chi gyfle i apelio am wybodaeth, ac rwy'n eich rhybuddio chi i roi gwell perfformiad heddi. Bydda i yno ond chi fydd yn arwain."

Erbyn i Gareth ddychwelyd i'r swyddfa roedd Clive a Teri yn disgwyl amdano. "A beth oedd gan ein dyn doeth i gyfrannu?" gofynnodd Clive.

"Prif awgrym Sam Tân oedd nad Gerald Rees oedd yn y Porsche ond person arall yn digwydd gwisgo modrwy yn union yr un patrwm. Fe gydiodd e yn y diffyg amser pendant ar gyfer y ddamwain a dadlau y gallai ail berson fod wedi gadael oriau cyn i'r ffarmwr nac unrhyw un arall gyrraedd."

"Dianc yng ngole dydd?" protestiodd Teri. "Mwy o siawns o gael ei weld, nid llai. Ond mae ganddo fe bwynt am y fodrwy."

"Cywir, a bydd rhaid aros am y post-mortem i gael sicrwydd. Er i fi ofyn i Angharad Annwyl roi blaenoriaeth, anodd disgwyl canlyniad am o leiaf ddeuddydd. Ac os nad Gerald Rees, pwy?"

Canodd y ffôn ar ddesg Clive. "'DS Akers, Aberystwyth... You're certain about that?... Yes, that's very helpful. Thank you.' Heddlu West Midlands. Roedd y Porsche wedi'i ddwyn o faes parcio ger maes awyr Birmingham tua deg diwrnod yn ôl. O'n i wedi gosod y manylion a'r rhif gwneuthuriad ar y system y peth cynta bore 'ma a chael canlyniad yn gynt na'r disgwyl."

"Shwt oedd y lladron wedi llwyddo i gael y car o'r maes parcio? Bob tro dwi wedi defnyddio un o'r rheina, rhaid talu a bwydo tocyn cyn gadael."

"Nid un o'r meysydd swyddogol ond siediau hen ffatri rhyw bum milltir o'r maes awyr. Digon o arian gan berchennog y Porsche i fforddio car drud ond yn rhy fên i dalu am barcio mewn man diogel. Dychwelyd ar ôl pythefnos o wyliau yn Gran Canaria a chanfod nad oedd y car yno, falle. Y gard heb weld neb a bois West Midlands yn amau ei fod e'n treulio hanner ei amser yn cysgu."

"Da iawn, Clive, a cham ymlaen. Mae'r ffaith i'r car gael ei ddwyn ddiwrnodau cyn diflaniad Rees yn dangos cynllunio a pharatoi ac am y tro cyntaf mae awgrym pendant o bobol eraill yn y brywes. Ond pwy oedd yr helpwyr?

"Iawn, dyma'r cynllun am heddi. Cynhadledd i'r wasg prynhawn 'ma. Apêl am rywun nath weld Porsche Cayenne aur, gofyn am dystion i'r tân a'r ddamwain ac, yn benodol, unrhyw olwg o berson yn cerdded ar hyd y ffordd – i gyd yn ardal Crib y Bannau. Tra 'mod i'n wynebu gwiberod y wasg, rwy am i chi tsieco'r camerâu cyflymder a holi'r patrôls am y Porsche."

*

Ystafell gynhadledd ar lawr cyntaf gorsaf yr heddlu yn Aberystwyth ac roedd Powell a Gareth yn eistedd ar lwyfan bychan ym mhen blaen yr ystafell, gyferbyn â'r gohebwyr a'r dynion teledu.

"Ga i gyflwyno'n hunan – y Prif Arolygydd Sam Powell. Diolch i chi am ddod. R'yn ni bob amser yn gwerthfawrogi cymorth y wasg. Insbector Gareth Prior sy'n arwain yr ymchwiliad i ddiflaniad Syr Gerald Rees. Fe fydd Insbector Prior yn rhoi crynodeb o'r camau hyd yn hyn ac yn barod i ateb unrhyw gwestiynau."

"Prynhawn da. Ar y 5ed o Fai hwyliodd Syr Gerald Rees allan o harbwr Aberaeron yn ei gwch, *Gwynt Teg*. Y bore canlynol daeth criw o bysgotwyr o hyd i'r cwch a neb ar ei fwrdd. Dangosodd archwiliad o'r cwch nad oedd unrhyw olion o ffrwgwd. Mae dau bosibilrwydd felly – damwain, a Syr Gerald wedi syrthio i'r môr a boddi, neu, fel yr awgrymodd y Prif Arolygydd Powell, diflaniad."

Cododd un o'r gohebwyr – bachgen ifanc o Radio Cymru – ei law.

"Fe ateba i gwestiynau ar y diwedd. Mae datblygiad pellach

wedi achosi i ni ailfeddwl. Neithiwr, canfuwyd sgerbwd car wedi'i losgi yn ardal Crib y Bannau, Bannau Brycheiniog. Roedd corff yn y car wedi'i losgi'n ulw. Amhosib ei adnabod ar hyn o bryd ond roedd tystiolaeth ar y corff yn gwneud i ni dybio mai corff Syr Gerald oedd e."

Saethodd twr o ddwylo i'r awyr ond aeth Gareth yn ei flaen.

"Allwn ni ddim bod yn sicr tan y post-mortem ac fe gewch chi gadarnhad cyn gynted ag y daw'r canlyniad i law. R'yn ni'n apelio am dystion i'r tân, unrhyw un welodd y car ac, yn arbennig, rhywun yn cerdded ar y ffordd yn ardal Crib y Bannau. Mae manylion y car – car anarferol, Porsche Cayenne lliw aur – gan gynnwys y rhif cofrestru a'r rhifau ffôn perthnasol, ar y daflen yng nghefn y stafell. Diolch."

Fel cynt, llanc Radio Cymru oedd y cyflymaf. "Sonioch chi am ddau bosibilrwydd, damwain a diflaniad. Gyda darganfod corff, ydych chi bellach yn diystyru'r rheiny?"

"Na. Rhaid aros tan y post-mortem."

"Ond os ydych chi wedi darganfod corff, on'd yw hi'n amhriodol i ddefnyddio'r gair 'diflaniad'?"

Glynodd Gareth at yr un geiriau, "Rhaid aros tan y post-mortem."

"Ydy cefndir Syr Gerald fel is-Weinidog a chyn-Aelod Seneddol yn ffactor yn yr ymchwiliad?"

"Ar hyn o bryd mae holl agweddau bywyd Syr Gerald yn ffactor. Bydd aelod o'r tîm yn cydweithio'n agos â Heddlu Gogledd Cymru."

Gohebydd y papur lleol ofynnodd am ddiogelwch y cychod yn harbwr Aberaeron. Roedd gorsaf heddlu'r dref wedi'i chau ers blynyddoedd, lleihad yn y patrôls, lladradau ar gynnydd, bygythiad i'r diwydiant ymwelwyr ac ati ac ati. Ymatebodd Gareth drwy ddatgan bod diogelwch preswylwyr y dref yn flaenoriaeth, gan ychwanegu'n gloff fod diogelwch holl drefi Ceredigion yn flaenoriaeth.

Cododd gŵr ifanc a eisteddai yng nghefn yr ystafell. Cyflwynodd ei hun fel Huw Norton, newyddiadurwr llawrydd yn cynrychioli *Headline Wales*, rhaglen fusnes y BBC. "Insbector Prior, beth yw perthnasedd cwmni Syr Gerald, Condor Technology, i'r ymchwiliad?"

"Fel pob mater cysylltiol, mae'n cael ei ystyried."

"Ydych chi wedi bod yn holi yng Nghaerdydd?"

"Na. Ar hyn o bryd mae Heddlu De Cymru yn delio â'r agwedd honno."

"Roedd enw gan Syr Gerald, yn ei fywyd personol ac mewn cylchoedd busnes, am chwarae'r ffon ddwybig. Ydy hyn yn ffactor?"

"Mae'n cael ei ystyried."

Dynes y *Western Mail* oedd nesaf, menyw beryg, yn fwy na pharod i bardduo enw da yr heddlu. "Pwy ffeindiodd y car a'r corff?"

"Ffarmwr lleol."

"Enw?"

"Alla i byth â datgelu'r enw."

"Ond beth sy'n gwneud i chi feddwl mai corff Rees oedd e?"

"Byddai datgelu'r wybodaeth yn peryglu'r ymchwiliad."

"Gyda phob parch, Insbector, dyw atebion swta fel 'na ddim lot o help. R'ych chi'n apelio am gymorth ac eto'n gwrthod datgelu'r nesa peth i ddim. Dwedwch fwy, wir."

Saib. Ymddangosai'r ddynes fel petai ar fin tewi, yna taniodd yr ergyd farwol. "Ocê, fe wna i roi'r manylion r'ych chi mor amharod i'w rhannu. Mr Abraham Griffiths, Ffald Isaf, Aberhonddu oedd y ffarmwr ac roedd modrwy Rees ar y corff. Bydd y stori'n llawn yn y *Western Mail* fory." Gwenodd yn sur ar Gareth. "Fersiwn tipyn llawnach na briwsion y gynhadledd. Insbector Prior, gaf i awgrymu nad y'ch chi gam yn nes at ffeindio beth yn union oedd ffawd Syr Gerald Rees?"

Roedd gwaed Gareth yn berwi ond cyn iddo gael cyfle i ymateb teimlodd fraich Powell ar ei ysgwydd. Cododd y Prif Arolygydd o'i gadair a chyhoeddi'n llyfn, "Diolch, gyfeillion. Mae paned a brechdanau drws nesa a chofiwch gymryd taflen."

*

Ar derfyn diwrnod anobeithiol eisteddai Gareth yn lolfa ei fflat yn magu gwydraid o Rioja. Roedd gweddillion ei swper ffrwt ar blât wrth ei ochr, cynigion y sianelau teledu'n uffernol a'i hoff gryno-ddisg Nina Simone am unwaith yn swnio'n gras a difywyd. Cafodd gerydd gan Powell am lanast y gynhadledd a gwyddai y byddai penawdau'r wasg a'r rhaglenni newyddion yn feirniadol. *Roedd* yr ymchwiliad yn gogr-droi ac ym mêr ei esgyrn ni allai lai na chytuno ag asesiad sguthan y *Western Mail* nad oedden nhw gam yn nes at ddatrys yr achos. Arllwysodd gynnwys gwaelodion y botel Rioja i'r gwydryn a chael ei flas yn chwerw a chaled.

Ar adegau fel hyn byddai'n diflasu ar y job. Doedd dim yn tycio, mwy o broblemau, llai o atebion, dilyn un trywydd ar ôl y llall a phob un yn arwain i gors o anobaith. Caeodd ei lygaid a chael ei ddihuno hanner awr yn hwyrach gan ganiad y ffôn. Yn syfrdan, gwrandawodd ar yr ail neges o fewn deuddydd a fyddai'n trawsnewid cyfeiriad yr ymchwiliad.

"Prior, Insbector Gareth Prior? Comander Craig Darrow, Heddlu'r Met. Chi sy'n arwain achos Syr Gerald Rees. Dwi am i chi ddod i gyfarfod yn Llundain fory. Mae 'na drên yn gadael Aberystwyth am chwarter wedi pump y bore ac yn cyrraedd Euston o fewn rhyw bum awr. Tu allan i orsaf Euston, ewch rownd y gornel i'r chwith i Eversholt Street. Bydd car yno yn aros amdanoch chi. Dyma rif os bydd y trên yn hwyr. Peidiwch sôn wrth neb am y cyfarfod."

Daeth yr alwad i ben ac wrth i Gareth ryfeddu at y gyfres

o orchmynion cofiodd am rybuddion Dilwyn Vaughan am gyfrinachedd, a'r cyswllt rhwng cwmni Condor a diogelwch cenedlaethol.

PENNOD 9

O GANLYNIAD I ymdrech arwrol, a dau gloc larwm, llwyddodd Gareth i ddal y trên. Roedd rhan gyntaf y daith yn dawel ond ar ôl Amwythig llanwyd y trên o orsaf i orsaf gan weithwyr swyddfeydd Birmingham. Croesi o un platfform i'r llall ym mwrllwch gorsaf New Street a chyrraedd Euston am chwarter wedi deg yn union. Dilynodd y cyfarwyddiadau a gweld Jaguar arian gyda marciau heddlu Llundain arno wedi'i barcio â'i hanner ar y palmant a'r hanner arall ar ddwy linell felen. Daeth plismones allan o'r car, gofyn am ei gerdyn gwarant ac agor y drws cefn iddo heb air ymhellach. Prin y cafodd Gareth gyfle i glymu ei wregys cyn i'r blismones danio'r injan bwerus, tanio'r seiren a'r goleuadau glas a llywio i brysurdeb y stryd. Gwibiodd y car heibio'r golygfeydd a oedd mor gyfarwydd iddo yn nyddiau coleg ac o fewn llai na deng munud parciodd y blismones wrth New Scotland Yard.

Safodd Gareth o dan yr arwydd cylchol a welodd droeon ar y teledu. Camodd ychydig yn betrus drwy'r fynedfa, ailddangos ei gerdyn a chael ei gyfeirio at bwynt ymholiadau. Dywedwyd wrtho y byddai rhywun yno'n fuan ac mewn byr o dro gwelodd ŵr ifanc yn cerdded tuag ato. Edrychai o gwmpas y pump ar hugain oed, ysgwyddau llydan, gwallt cyrliog brown a chanhwyllau ei lygaid tywyll a'i wyneb esgyrnog yn rhoi'r argraff o berson twyllodrus. Roedd wedi'i wisgo'n anffurfiol – jîns glas, crys denim a siaced ledr. Ei unig eiriau oedd gorchymyn i Gareth ei ddilyn.

Aeth y ddau allan, cerdded ychydig gamau ar hyd Dacre Street a dod at adeilad o'r enw Adastra House. Esgyn wedyn i'r pumed llawr, lle pwysodd y dyn gerdyn diogelwch yn erbyn drws gwydr a'i arwain i dderbynfa fechan. Roedd yno ddwy gadair esmwyth ar hyd un wal, a desg, ac fe'i gwahoddwyd i eistedd. Diflannodd ei dywysydd a threuliodd Gareth y munudau nesaf yn byseddu cylchgrawn, gan daflu cipolwg bob hyn a hyn ar wraig a weithiai ar gyfrifiadur tu ôl i'r ddesg. Doedd dim arwydd o fath i ddynodi swyddogaeth y lle ac roedd y tawelwch llethol yn cyfleu naws o ddirgelwch. Dychwelodd y gŵr ifanc a gorchymyn yn swta, "Ffordd hyn, plis."

Roedd yr ystafell ddigymeriad yn union yr un fath â channoedd o ystafelloedd cynhadledd mewn blociau swyddfa ledled Prydain – muriau gwyn, carped llwyd, tair ffenest ar y pen a thrwy un o'r ffenestri gallai Gareth weld tŵr a chloc Big Ben. Roedd bwrdd llydan yng nghanol y llawr ac ar y wal tu cefn i'r bwrdd roedd map o Lundain yn llawn pinnau coch, a thabl o dan y map. Ni allai Gareth ddarllen manylion y tabl ond roedd y pennawd 'STRATEGIC SECURITY RISK' yn eglur. Roedd cadeiriau o boptu'r bwrdd a dau ddyn yn eistedd yn y pen pellaf, un ohonynt mewn siwt lwyd, crys gwyn a thei streipiog a'r llall mewn iwnifform oedd yn frith o farciau rheng.

Cododd dyn yr iwnifform a chyflwyno'i hun mewn llais cryf, ei acen Albanaidd yn ddigamsyniol. "Comander Craig Darrow. Diolch am ddod ar fyr rybudd, Prior. Steddwch. Mae'n siŵr eich bod chi'n rhyfeddu at y gwahoddiad a phwrpas y cyfarfod." Trodd Darrow i giledrych ar ei gymydog. "Cyn i fi esbonio, dyma Cyrnol Maitland, MI5. Hoffwn bwysleisio bod yr hyn y bydda i'n ei ddweud yn gwbwl, gwbwl gyfrinachol.

"Fi sy'n arwain SO15, Uned Gwrthderfysgaeth Heddlu'r Met. Ein tasg ni yw milwrio'n erbyn terfysgaeth drwy ddod o hyd i unigolion a grwpiau eithafol a'u dwyn o flaen eu gwell. Mae talp o'r ymdrechion yn canolbwyntio ar Lundain ond mae gyda ni gyfrifoldeb dros Brydain gyfan a dwi'n siŵr i chi sylwi ar gyrchoedd mewn dinasoedd yng nghanolbarth a gogledd Lloegr. Ar yr adegau hynny byddwn ni'n cydweithio â ac yn dibynnu ar arbenigedd heddluoedd lleol. R'yn ni hefyd yn cydweithio'n agos ag MI5, partneriaeth sy'n esbonio presenoldeb Cyrnol Maitland yn y cyfarfod."

Agorodd Darrow ffeil oedd ar y bwrdd o'i flaen. "Achos Syr Gerald Rees. Gawn ni grynodeb o'r ymchwiliad, Prior?"

Soniodd Gareth am ddarganfyddiad y cwch gwag. Prin y cafodd gyfle i dynnu anadl rhwng dwy frawddeg cyn i Darrow ergydio'r cwestiwn nesaf. "A nawr mae 'na gorff. Corff Rees. Beth yw'ch damcaniaeth chi – damwain, diflaniad neu lofruddiaeth?"

"Amhosib dweud ar hyn o bryd," atebodd Gareth gyda gofal. "R'yn ni'n dal i aros am y post-mortem a thystiolaeth fforensig."

"Ond beth yw'r asesiad – damwain, dwy ddamwain falle, diflaniad neu lofruddiaeth?"

"Eto, mae'n anodd. Fe allai fod—"

Ni chafodd gyfle i orffen y frawddeg. "Pedwar diwrnod yn ddiweddarach, a dim cliw?"

Roedd Gareth yn teimlo cynddaredd yn crynhoi. Nid oedd wedi codi ar awr annaearol a theithio o un pen y wlad i'r llall i gael ei sarhau, ond gwyddai fod elfen o wirionedd yng nghyhuddiad Darrow. Beth bynnag, annoeth fyddai dadlau â pherson mor uchel ei statws. Pwyllodd a dweud, "R'yn ni wedi dilyn y canllawiau arferol—"

Torrodd Maitland ar ei draws. "A beth am yr *an*arferol, Prior?"

"Sori?"

"Mae Comander Darrow wedi sôn am ddamwain, diflaniad a llofruddiaeth. Ydych chi wedi ystyried yr anarferol – i Rees gael ei gipio falle?"

"Pam fydde hynny'n debygol?"

Distawrwydd o ochr arall y bwrdd, gyda Darrow yn troi

tudalennau'r ffeil ac yn craffu. "Faint ydych chi'n ei wybod am fywyd personol a chefndir Rees?"

"Cafodd ei eni ym Mlaenau Ffestiniog, ac mae aelod o'n tîm ni yno heddiw. Mae'n briod â Lady Alwen Rees, ac mae Heddlu De Cymru wedi'i holi, ac r'yn ni'n weddol sicr fod gan Syr Gerald gariad, os nad meistres."

"Hmm. Synnu dim. Beth am yr ochr fasnachol?"

Adroddodd Gareth y ffeithiau am sefydlu Condor, arbenigedd a gwaith y cwmni a'r manylion am y grantiau gan Lywodraeth Cymru. Wrth iddo roi ei adroddiad roedd Darrow yn cymryd nodiadau ac ar derfyn y llith cododd ei olygon i syllu'n heriol ar Gareth. "Ar sail hyn i gyd, Prior, beth sy'n eich taro chi'n rhyfedd? Pa gwestiynau sy'n codi?"

"Tri chwestiwn, yn fy marn i," meddai Gareth, gan bwyso a mesur pob gair. "Ac yntau wedi dringo'n uchel mor gyflym, pam y trodd Rees ei gefn ar wleidyddiaeth? Yn ail, o ble ddaeth yr arian i sefydlu Condor yn y lle cynta? Roedd angen miliynau i osod y cwmni ar ei draed. Yn drydydd, wrth gwrs, beth yw cysylltiad hynny â'r ymchwiliad i ddiflaniad Rees?"

Dywedodd Darrow, "Mae hynny'n dod â ni'n dwt at wraidd y mater. Fe ateba i'r cwestiwn cyntaf. Cafodd Rees ei ethol yn aelod i sedd Eryri mewn modd braidd yn anffodus. Lladdwyd yr Aelod Seneddol mewn damwain ddringo a bu raid i Blaid Cymru ddewis ymgeisydd arall ar fyr rybudd. Gwelodd Rees ei gyfle, elwa ar ei gysylltiadau â'r Blaid Lafur a'i arbenigedd mewn technoleg ac ennill y dydd. Serennu yn Nhŷ'r Cyffredin a llwyddo i gadw'r sedd o drwch blewyn yn Etholiad Cyffredinol 2001. Yna, daeth sgandal yn gynnar yn 2005. Ymosodiad rhywiol ar fyfyrwraig oedd yn gweithio iddo fel ymchwilydd – merch i deulu dylanwadol yn yr etholaeth. Cafodd y digwyddiad rywfaint o sylw yn y wasg ond nid dyna'r gwir reswm am ei ymadawiad. Fel y gwyddoch chi, roedd Prydain yn yr un cyfnod yn cynorthwyo America yn y rhyfel yn erbyn Irac ac roedd Rees yn is-Weinidog yn y Swyddfa Dramor. Yn sgil ymchwiliad mewnol, darganfuwyd ei bod yn debyg i Rees drosglwyddo gwybodaeth hynod sensitif i Israel, gelynion hirdymor Irac. Petai'r ffeithiau wedi cyrraedd y wasg gallai fod wedi trawsnewid holl falans y rhyfel. Llwyddwyd i fygu'r stori ac ymddiswyddodd Rees cyn etholiad 2005 'am resymau personol', fel maen nhw'n dweud. Doedd ei urddo'n farchog yn ddim mwy nag ymgais i gelu'r gwir."

"A beth oedd y wybodaeth hynod sensitif?" gofynnodd Gareth, gan sylweddoli nad oedd gobaith caneri ganddo o gael ateb.

Ddywedodd neb 'run gair tan i Gareth fentro ychwanegu, "Ac erbyn hyn, mae Israel yn un o brif gwsmeriaid Condor."

Maitland gydiodd yn y drafodaeth. "A'r dybiaeth yw mai o Israel y daeth talp o'r buddsoddiad i sefydlu Condor. Ond does dim sicrwydd o hynny. Mae Rees a'i gyfarwyddwyr wedi bod yn gyfrwys iawn drwy greu cyfres o is-gwmnïau yn Liechtenstein a gogledd Cyprus. Mae posibilrwydd hefyd fod Condor yn sianel i wyngalchu arian brwnt o Rwsia. Anodd felly yw bod yn bendant am ffynhonnell y cyllid.

"I ddod at gynnyrch Condor – dyma un o ddogfennau diweddaraf y cwmni." Pasiodd Maitland lyfryn ar draws y bwrdd ac edrychodd Gareth ar y lluniau lliwgar o'r teclynnau soffistigedig, â manylion technegol o dan bob llun. "Mae'r offer clustfeinio yn bwerus tu hwnt a gallwch ei osod yn lle cerdyn SIM cyffredin i wrando ar alwadau ffôn ar raddfa fyd-eang. Mae'r cwmni'n cynllunio systemau cyfrifiadurol all amddiffyn rhwydwaith neu hacio i rwydweithiau eraill. Mae gwasanaethau cudd gwledydd yr G7 yn sicr y bydd y rhyfel byd nesaf yn cael ei ymladd nid ar faes y gad ond ar hyd gwifrau cyfrifiadurol ac mai greal sanctaidd yr unfed ganrif ar hugain fydd meddalwedd gwarantu diogelwch seibr. Mae Condor hefyd yn gyfrifol am y meddalwedd sy'n gyrru awyrennau dibeilot."

"Y drôns sy'n lladd teuluoedd yn Affganistan a Gaza?" ebychodd Gareth.

Tarodd Darrow ei ddwrn yn erbyn y bwrdd. "Ac yn lladd Al-Qaeda, sydd wedi creu hafoc ar strydoedd Llundain a dinasoedd eraill ym Mhrydain ac ar draws y byd. Cofiwch hynny, Prior." Ymdawelodd cyn mynd yn ei flaen. "At y trydydd cwestiwn – beth yw cysylltiad hyn â'r ymchwiliad? Beth bynnag sydd wedi digwydd i Rees, does gan Condor ddim prif weithredwr bellach. A dyma ddod at y pwynt craidd – does dim golwg o'r data na'r meddalwedd offer clustfeinio chwyldroadol y mae Condor newydd ei gynhyrchu. Petai'r meddalwedd yn syrthio i ddwylo'r gelyn byddai'n fygythiad i ddiogelwch y wladwriaeth."

"Oes cysylltiad felly rhwng diflaniad Syr Gerald a diflaniad y meddalwedd?"

Plethodd Maitland ei fysedd fel petai'n pwyso a mesur cyn ateb. "Fel yr esboniodd Comander Darrow, mae'r data a'r meddalwedd clustfeinio yn allweddol. R'yn ni hefyd yn gwybod bod Condor yn llunio diweddariad mwy grymus fyth. Gobeithio'ch bod chi nawr yn gweld pam mae'n hanfodol i ddarganfod beth sy wedi digwydd i Rees mor fuan â phosib."

"Dyna oedd nod yr ymchwiliad o'r cychwyn, syr. Ond pam ydw i yn Llundain yn hytrach nag yn gweithio i gyrraedd y nod hwnnw? Hefyd, gyda nerth a galluoedd yr Uned ac MI5, a'r pwyslais ar ddiogelwch cenedlaethol, pam na fyddech chi'n cymryd cyfrifoldeb am yr ymchwiliad? Dwi ddim yn siŵr iawn pam rydw i yma."

Am y tro cyntaf, anesmwythodd y ddau a eisteddai yr ochr arall i'r bwrdd ac mewn fflach deallodd Gareth eu chwithdod. Cofiodd i Teri gynnwys y Weinyddiaeth Amddiffyn ymhlith y rhestr o gleientiaid Condor. Cam bach oedd cwmpasu'r gwasanaethau cudd a'r Uned Gwrthderfysgaeth o dan ymbarél y Weinyddiaeth. Rhyfeddodd at sinigiaeth y ddau ac ni fedrodd ymatal. "Wrth gwrs! R'ych chi'n gwsmeriaid i Condor! Dyna'r gwir reswm am y pryder am Rees. Os yw e wedi'i gipio, mae 'na beryg y bydd systemau clustfeinio Prydain yn syrthio i ddwylo'r gelyn, pwy bynnag yw'r gelyn. A nawr r'ych chi am i fi chwarae rhan yn y rhagrith!"

"Dyna ddigon!" bloeddiodd Darrow. "Rhaid i chi ddilyn ordors, Prior, gyda sêl bendith eich Prif Gwnstabl, nid hollti blew am foesoldeb. Yn yr achos hwn, r'ych chi a ni yn yr un cwch. Deall?"

"Deall."

"Reit. O hyn allan, Caerdydd fydd lleoliad swyddfa'r ymchwiliad ac fe fyddwch chi a'r tîm yn symud yno. Rwy'n derbyn bod rhai agweddau i'w dilyn yn Aberaeron, yn enwedig y dystiolaeth o'r cwch a hanes y car ar y noson cyn diflaniad Rees. Bydd angen holi Lady Alwen Rees, holi'r cariad a mynd i ffatri Condor ar gyrion Pontypridd. Mae'r rheolwr, Simon Stanfield, yn eich disgwyl. A rhowch sylw arbennig i bennaeth yr adran Dylunio Meddalwedd, Americanes o'r enw Zoe Helms."

"Beth am Heddlu De Cymru?"

"Maen nhw'n gwybod am y trefniadau ac wedi gwneud rhywfaint o waith ar yr achos o dan y Prif Arolygydd Vivian Morley, sydd wedi cael gorchymyn i roi pob cymorth. Ond chi fydd yn arwain yr ymchwiliad ac mae'r manylion llawn gan Laurence mewn amlen yn y dderbynfa. Mae ynddi ddau rif cyswllt hefyd, y cyntaf os oes problem a'r llall yn rhif argyfwng yn unig. Iawn?"

Nodiodd Gareth. Gwelodd nad oedd dewis ganddo ac i'r cyfan gael ei drefnu eisoes. "Fe sonioch chi fod y cyfarfod yma'n gyfrinachol. Beth ddweda i wrth y tîm felly?"

"Dim byd am gysylltiad MI5 a'r Uned Gwrthderfysgaeth," atebodd Maitland yn llyfn. "Ac am y penderfyniad i symud i Gaerdydd, wel, cam naturiol oherwydd rhesymau tactegol. Mae un tîm rheoli yn symlach, persbectif ffres, dwylo glân."

Caeodd Darrow'r ffeil a chododd y ddau a eisteddai yr ochr arall i'r bwrdd. Roedd y cyfarfod ar ben. Ni chafwyd unrhyw ymgais gan y naill na'r llall i ysgwyd llaw, dim hwyl fawr, dim gair o ffarwél, dim byd.

Digon hawdd gofyn i fi arwain yr ymchwiliad, meddyliodd Gareth. Gwyddai wrth adael mai nhw oedd y meistri ac yntau'n was bach.

Arhosodd Darrow i'r drws gau cyn gofyn, "Ydy'r cynllun yma'n ddoeth? Allwn ni ddibynnu ar Prior?"

"Beth yw'r dewis arall? Bydd modd cadw tabs ar yr Insbector a beth bynnag fydd y canlyniad, byddwn ni'n ddigon pell o'r baw. Mae'n bwysig cadw lled braich a gadael i Prior ysgwyddo'r cyfrifoldeb."

"Ond beth am y clod, Maitland?"

Crychodd y Cyrnol ei dalcen mewn syndod. "Fydd 'na ddim clod, chi'n gwybod hynny cystal â fi, Darrow!"

Fel ci defaid gwyliadwrus, roedd ei dywysydd yn aros am Gareth yn y dderbynfa. Eisteddai ar un o'r cadeiriau esmwyth ac roedd amlen ar dop pentwr o bapurau ar y bwrdd bychan wrth ochr y gadair. Cododd i estyn yr amlen i Gareth ac wrth iddo wneud llithrodd y papurau i'r llawr. Aeth ati'n gyflym i'w casglu, ond ddim cweit yn ddigon cyflym i atal Gareth rhag darllen y geiriau 'F.A.O. LAURENCE YOUNG – BRIEFING ON SABOTEURS' ar frig un o'r dogfennau. Arweiniwyd Gareth at y lifft ac wrth iddo gyrraedd y llawr gwaelod a mynedfa Adastra House gwelodd y Jaguar yn aros amdano.

Siaradodd y gŵr ifanc. "Mae'r car yn barod i fynd â chi 'nôl i Euston."

"Ond mae hi'n dal yn gynnar. Piti gwastraffu prynhawn yn

Llundain. Mae arddangosfa o waith Degas yn y Tate. Wna i ddal trên hwyrach, peidiwch poeni."

Wfftiodd y gŵr, fel petai'n ystyried ymweld ag oriel yn wastraff amser llwyr. Gyrrodd y car i ffwrdd a gadael Gareth ar ei ben ei hun. Cerddodd yn gyflym a dod mewn llai na phum munud at far coffi. Roedd dirfawr angen paned arno, felly aeth i mewn ac archebu *cappuccino* mawr. Nid oedd tyrfa tecawe'r brechdanau cinio wedi cyrraedd ac roedd y lle'n gymharol wag. Camodd i gefn y bar, eistedd a gwerthfawrogi blas a chryfder y coffi.

Meddyliodd am y cyfarfod. Roedd wedi treulio digon o amser yn yr heddlu i ddysgu pryd roedd unigolion yn dweud celwydd. Efallai mai annheg oedd disgrifio Darrow a Maitland fel celwyddgwn ond tybiai fod y ddau'n feistri corn ar guddio'r gwir. Rhyw hanner stori a gafodd ac roedd rhywbeth yn drewi. Roedd y rheswm dros symud safle'r ymchwiliad yn wan a gwyddai mai llugoer fyddai croeso Heddlu De Cymru iddo yntau a'i dîm. A beth oedd arwyddocâd y geiriau 'dwylo glân'?

Gafaelodd yn ei ffôn symudol, llithro drwy'r rhestr enwau a deialu rhif ei gyfaill, Bryn Howells. Arhosodd a meddwl y byddai'n gorfod gadael neges ond, o'r diwedd, clywodd lais cyfarwydd yn brwydro yn erbyn sŵn traffig. "Inspector Bryn Howells, how can I help?"

"Bryn, Gareth sy 'ma, Gareth Prior."

"Gar! Shwd wyt ti? Heb weld ti ers oes pys."

"Gwranda, Bryn, dwi yn Llundain. Fyddai hi'n bosib cwrdd am sgwrs?"

Safai'r Red Lion hanner ffordd rhwng y Senedd a Downing Street. A hithau bellach yn awr ginio, roedd y lle'n llawn gweision sifil ac Aelodau Seneddol. Dringodd Gareth y grisiau i'r ystafell fwyta a gweld ei gyfaill yn y pen pellaf.

"Gar, 'ma beth yw syrpréis! Dere, be ti'n yfed, a well i ni ga'l rywbeth i fyta."

Gwenodd Gareth wrth wylio ei gyfaill o ddyddiau ysgol yn brwydro ei ffordd tuag at y bar. Yr hen Bryn, yr un mor gartrefol yn chwarae i'r Aman ag oedd e ym mwrlwm y ddinas.

Dychwelodd Bryn, gosod dau beint ar y bwrdd a chyhoeddi y byddai'r bwyd yn dilyn mewn byr o dro.

"Ble ti'n gweithio nawr?" holodd Gareth.

"Belgravia. Ardal posh, yn llawn toffs, yn cynnwys Her Maj. Jyst y lle i fi!"

Ar ôl mân siarad dros bysgod a sglodion, gofynnodd Bryn, "Ocê, be ti moyn? Mas ag e!"

"Ti'n nabod tipyn o bawb yn y Met, siŵr o fod, wyt ti? Dwi 'di treulio'r bore mewn cyfarfod rhyfedd gyda Comander Darrow, pennaeth SO15, a dyn o'r enw Maitland o MI5."

Chwibanodd Bryn yn isel. "Blydi hel, Gar, ti'n cadw cwmni peryglus! Dwi ddim yn nabod Maitland yn fwy na gweddill sbŵcs MI5. Darrow, ma fe mor slip â llysywen, yn addo'r byd a wedyn rhoi cic yn dy geillie. Fydden i ddim yn ei drysto fe. Watsha dy hunan."

"Iawn, diolch! Un peth arall. Ydy'r enw Laurence Young yn golygu rhywbeth i ti?"

Ymatebodd Bryn drwy ysgwyd ei ben. "Sori, Gar. Dyw'r enw ddim yn gyfarwydd ond ma'r Uned i gyd yn berwi o ddiawled dodji sy'n barod i dorri pob rheol. Talu am wybodaeth, clustfeinio, sleifio i sefydlu presenoldeb mewn grwpiau terfysgol – dyna rai o'u triciau. Wastad yn troedio ffin denau rhwng y cyfreithlon a'r anghyfreithlon."

PENNOD 10

"STOP THE CULL! Stop the cull! What do we want? End to badger killing! When do we want it? Now! What do we want? End to badger killing! When do we want it? Now! Stop the cull! Stop the cull!"

Ymlaen ac ymlaen yr aeth y gweiddi. Roedd yn agos at ddeugain o brotestwyr ar y palmant gyferbyn â'r neuadd, a'r ffermwyr yn cerdded i'r cyfarfod. Safai llinell o blismyn rhwng y ddwy garfan, yn corlannu'r protestwyr ac yn eu hatal rhag camu i'r hewl ac yn atal y ffermwyr rhag croesi'r llinell i darfu ar y protestwyr. Er hynny, llwyddodd ambell ffermwr i fwrw ei lid ar griw'r palmant. "Townies! Be chi'n gwbod am gefen gwlad? Bygyrs diog, ewch i neud dwrnod o waith! Crafwrs, ffycin crafwrs." Cofnodwyd y cyfan gan y criwiau teledu.

Yna, yng nghanol y gweiddi a'r chwibanu clywyd sŵn ceir – Volvo'r heddlu ar y blaen a Mondeo'r Gweinidog yn dilyn. Wrth i'r olaf o'r ffermwyr frysio i'r neuadd, camodd y Gweinidog Amaeth o'i gar, ac ymgynghorydd gofidus yr olwg wrth ei sawdl. Roedd y Gweinidog yn newydd yn ei swydd ac yn grediniol y gellid dwyn y ddwy garfan at ei gilydd drwy resymeg a gwyddoniaeth. Nesaodd at y protestwyr ac aros wrth linell yr heddlu.

"Mae Llywodraeth Cymru wedi penderfynu bod angen difa moch daear i daclo ymlediad *bovine* TB. Mae astudiaeth wyddonol yn dangos y gallai ymgyrch ddifa ostwng lefel TB mewn gwartheg o rhwng 12 ac 16 y cant."

Daeth bloedd o'r dorf. "Ti'n llawn cachu! Bydd difa'n lledu'r haint. Ymgais i blesio'r ffermwyr yw'r holl beth. Alli di sicrhau y bydd pob saethwr yn taro i ladd, ac y bydd y cynllun yn effeithiol?"

"Dwi wedi derbyn sicrwydd gan Brif Wyddonydd Llywodraeth Cymru."

Taflwyd wy a laniodd sblat ar siwt y Gweinidog, siwt lwydlas a edrychai mor newydd ag yntau. Gan weiddi'n fwy croch fyth, gwthiodd y protestwyr yn erbyn y llinell a rhoddwyd rhybudd i'r Gweinidog mai'r cam doethaf fyddai iddo symud i ddiogelwch y neuadd.

Gyda diflaniad y gelyn, tawelodd y protestwyr a chlosiodd cell y Goetre am sgwrs fer i ystyried tactegau.

"'Na hwnna wedi dysgu ei wers," dywedodd Joel, "a'r gyntaf o sawl un. Y gamp nawr fydd dal y boi ar ben ei hunan heb y ffermwyr eraill a'i fêts yn y glas."

Edrychodd Debs ar ei phartner yn bitïol. "Hy, dim siawns. Welest ti e? Ma'r Gweinidog parchus wedi ca'l llond twll o ofn. Fydd *e* ddim yn dwyno'i fŵts ar unrhyw ffarm. Y gang â'r dryllie yw'r targed nesa."

"Watsha dy hunan," rhybuddiodd Meg. "Falle fod pawb fan hyn yn ymddangos yn gyfeillgar ond mae clustie mawr gan foch bach."

Ymhen rhyw ugain munud clywyd sgrech larwm tân. Roedd y plismyn wedi'u synnu ond nid felly'r protestwyr, a lledodd "Hwrê" uchel drwy'r dorf. Symudodd pawb i baratoi am ailymddangosiad y ffermwyr a'r Gweinidog, a dyna pryd y canfu Meg nad oedd Mitch na Sanjay yno. Sylwodd hefyd nad oedd Volvo'r heddlu na'r Mondeo bellach o flaen y neuadd.

Trodd at Charlotte. "Ble mae Mitch a Sanjay?"

"O'n nhw 'ma funud yn ôl."

Gofynnodd yr un cwestiwn i Joel. Gan mai ef oedd y talaf o'r criw, gwthiodd i'r pen blaen i weld a oedd y ddau wedi torri drwy'r llinell. Doedd dim golwg ohonyn nhw ond sylwodd yntau hefyd ar absenoldeb y ceir. "Ma'r cachwrs yn mynd i ddianc drwy'r drws cefn. Dim digon o gyts gan y blydi Gweinidog i wynebu ail brotest."

Ar amrantiad deallodd Meg fwriadau'r lleill. Roedd Mitch, y Mitch gwyllt, byr ei dymer, wedi perswadio Sanjay y dylent fachu ar y cyfle i greu ail gynnwrf wrth gefn y neuadd. Ni ellid amau'r canlyniad. Byddai'r plismyn yn arestio'r ddau ac yn eu holi a'u gwasgu am enwau, gan beryglu holl aelodau'r gell. Cydiodd Meg yn llawes Joel a sibrwd ei gofid. Aethant o wasgfa'r dorf at y lôn gul ar ochr dde'r neuadd lle roedd y Volvo a'r Mondeo a dau blismon yn gwarchod y ceir. Daeth y Gweinidog a'i ymgynghorydd i'r golwg, camu i'r Mondeo ac ar unwaith arweiniodd y Volvo y daith fer i'r hewl. Yno, tu ôl i lwyni, cuddiai Mitch a Sanjay, ac wrth i'r Volvo lithro ymlaen gan adael bwlch bychan rhyngddo a'r Mondeo neidiodd y ddau o'u cuddfan a gorwedd o flaen yr ail gar.

Cyn i'r glas gael cyfle i ymateb, rhedodd protestiwr ar draws yr hewl i lusgo Sanjay o'r neilltu yn ddiseremoni, a gwelodd Meg blismon yn gafael yn Mitch a'i arestio.

PENNOD 11

YM MEDDYLFRYD AKERS roedd 'y Gogledd' yn cychwyn rywle tu hwnt i Aberystwyth. Cafodd gadarnhad o hynny wrth iddo groesi pont afon Dyfi a gweld yr arwydd 'Gwynedd' ar ochr yr hewl. Gyrrodd yn ei flaen drwy Gorris, dringo heibio Cader Idris a chyrraedd y ffordd ddeuol gerllaw Dolgellau. Gwasgodd sbardun y Volvo gan roi ei holl feddwl i'r gyrru. Wel, nid ei holl feddwl chwaith. Ceisiai wneud synnwyr o'r neges destun a dderbyniodd oddi wrth Gareth y peth cyntaf y bore hwnnw:

Clive/Teri – wedi gorfod mynd i gyfarfod pwysig. Wela i chi bore fory. G

Y trefniant oedd i Teri a Gareth bwyso ar griw'r *Laura* unwaith eto ac ymuno â'r criw holi o ddrws i ddrws yn Aberaeron tra ei fod yntau'n teithio i Flaenau Ffestiniog i ganfod mwy am deulu Gerald Rees. Ond nawr roedd Gareth wedi cael ei alw i gyfarfod, a dim manylion am ble na pham. Beth allai fod yn fwy 'pwysig' na'r ymchwiliad, a pha fath o gyfarfod fyddai'n mynd â diwrnod cyfan?

Trodd i'r dde am y Blaenau a chyrraedd yno mewn llai na deng munud. Roedd yr haul yn gwenu a'i wres ar fore o Fai yn chwalu'r ddelwedd o dref oedd yn bodoli dan flanced o law mân o hyd. Gwyliodd drên Rheilffordd Ffestiniog yn mynd am Borthmadog, cyn troi oddi ar y ffordd fawr i stryd lai a gweld yr orsaf heddlu bron ar unwaith. Roedd yr adeilad yn un newydd, y muriau o gerrig a'r to o lechi ym mhrifddinas y garreg las, wrth gwrs. Parciodd y Volvo, gofyn yn y dderbynfa am y Sarjant Emlyn Dwyer a chael ei dywys i swyddfa yng nghefn yr orsaf.

Roedd y gŵr a eisteddai wrth y ddesg tua deg ar hugain oed, a chanddo gorff ac ysgwyddau llydan, dwylo fel rhofiau, ei wallt du wedi'i dorri'n fyr a'i ddau lygaid yn cuddio o dan bâr o aeliau trwchus a oedd, os rhywbeth, yn dywyllach na'i wallt. Safodd a chyflwyno'i hun, "Emlyn Dwyer. Croeso i'r Blaena. Panad, DS Akers?"

"Clive, plis. A diolch, bydde paned yn grêt. Coffi, plis."

Cododd Dwyer y ffôn ac o fewn dim daeth y blismones a gyfarchodd Akers wrth y dderbynfa i mewn a gosod hambwrdd a dau fŵg a bisgedi arno ar y ddesg. Cymerodd Akers sip o'r coffi a dweud, "Dwyer, cyfenw anarferol?"

Chwarddodd y dyn gyferbyn. "Dydi pawb ffor 'ma ddim yn Robaitsh neu'n Huws! Ydi, mae o'n rhyfadd. Taid ddoth yma o Werddon i weithio yn y chwaral. Dad yn ei ddilyn ond erbyn hynny roedd y diwydiant bron â chau a'r llechi'n rhy ddrud. Felly roedd rhaid i'w fab ynta, Emlyn bach, ffeindio gwaith arall a dod yn was ffyddlon i Heddlu Gogledd Cymru. Cofiwch, mae rhai o'r troseddwyr mor galad â'r llechan ei hun. Ond dyna ddigon amdana i. Dach chi yma i holi am Syr Gerald Rees. Be dach chi'n ei wybod yn barod?"

Rhestrodd Clive y ffeithiau gan gloi gyda'r hanes am ddarganfod y corff. Yna, daeth yn syth at y pwynt. "Oeddech chi'n nabod Syr Gerald?"

"Mae pawb yn y Blaena yn ei nabod o. Gerallt Rhys ydi ei enw iawn. Roedd Gerallt yn hŷn na fi ac wedi gadael Ysgol y Moelwyn cyn i mi ddechra yno. Fo oedd y disgybl disglair – wedi llwyddo'n academaidd, ym myd gwledyddiaeth ac mewn byd busnes. Mi gafodd ei roi ar bedestal, yr unigolyn perffaith i ni ei efelychu. Ond roedd ochr arall i'r dyn. Wnes i ddim dioddef o'i gastiau yn bersonol ond mae amryw yn y dre'n falch o glywed am ei ddiwedd o."

"Pwy oedd y rhai wnaeth ddioddef?"

"Waeth i chi heb â gofyn. Cael eu twyllo'n ariannol a'u denu i fuddsoddi wnaeth y rhan fwya. Dydi pobol ddim yn awyddus i sôn am eu mistêcs."

Doedd Akers ddim yn barod i ildio a holodd ymhellach. "Buddsoddi yn Condor Technology?"

"Na, cyn hynny, cwmnïau llai, ond chewch chi neb i gyfadda."

"Pam newidiodd e ei enw?"

"Pam mae unrhyw un yn newid ei enw? Enw gwreiddiol ein teulu ni oedd O'Dwyer. Ond doedd 'na ddim rhyw lawar o groeso i Wyddelod yma adag Taid – tincars yn dwyn swyddi'r Cymry, dyna be oeddan ni. Roedd Dwyer ychydig yn fwy derbyniol ac yn datod clymau'r gorffennol. A dyna dybia i wnaeth o. Haws deud Gerald Rees na Gerallt Rhys yng nghylchoedd crand Llundain."

"Sy'n dod â ni at ei yrfa wleidyddol. Fe ddringodd Rees yr ysgol yn gyflym ac yna fe gamodd o'r neilltu. Unrhyw syniad pam?"

Plethodd Dwyer ei ddwylo ar y ddesg fel person oedd ar fin adrodd ei bader. "Yn syml, mi wnaeth Gerallt, ein mab darogan, droi'n fab afradlon. Sleifio i sedd Eryri drwy elwa ar gontacts, esgyn yn is-Weinidog ac ymddiswyddo yn 2005, er syndod i bawb. Mi ddaeth y dillad budron yn hysbys yn reit fuan. Hanci-panci efo'i ymchwilydd, merch i deulu oedd wedi dylanwadu ar y pwyllgor dewis i sicrhau'r sedd i Gerallt. Roedd y teulu'n gandryll, yn naturiol, ac yn gweld y cyfan fel brad. Dyma'r enw a'r cyfeiriad."

Pasiwyd darn o bapur ar draws y ddesg. Darllenodd Akers y geiriau a chwibanu. Roedd enw un o gonglfeini'r Blaid Lafur yng ngogledd Cymru yn hollol gyfarwydd. "Fydd e'n fodlon siarad?"

"Anodd deud. Naill ai bydd yn siawns i ddial ar yr unigolyn a ddinistriodd fywyd ei ferch neu mi fydd yn gwrthod yn llwyr ailgodi hen grachen."

Nodiodd Akers. "Beth am rieni Rees – Gwen a Douglas? Ble alla i ddod o hyd iddyn nhw?"

"Ha – y nefoedd neu uffern! Mi gafodd y ddau eu lladd mewn damwain car ar yr A55. Maen nhw wedi'u claddu ym mynwant Salem."

"Oes unrhyw deulu arall?"

"Roedd Gerallt yn unig blentyn a does nesa peth i ddim teulu. Neb gwerth siarad â nhw. *Mae* yna un person arall, ffrind gora Gerallt yn Ysgol y Moelwyn, Trefor Parri." Edrychodd Dwyer ar ei wats. "Mae Tref yn ddyn deddfol iawn a'r munud yma mi fydd o'n mwynhau peint yn y White Hart."

Bu bron i Akers basio'r dafarn. Plygodd wrth y fynedfa isel a chael ei hun mewn coridor cul, a drws o'i flaen. Clywodd fwmial sgwrs ac wrth iddo wthio'r drws profodd yr ymateb diarhebol i ddieithryn mewn tafarn. Trodd pawb i syllu arno a phallodd y sgwrs. Ystafell hirgul oedd hi, a'r muriau heb weld cot o baent ers blynyddoedd, hen ffotos o chwarelwyr hwnt ac yma ac yn y pen pellaf, y naill ochr i'r lle tân, roedd silffoedd yn drymlwythog o jygiau a chanhwyllau pres. Roedd llinell o fyrddau ar draws canol yr ystafell a seddau coed wrth y muriau a oedd yn atgoffa Akers o feinciau capel. Chwe pherson oedd yno, pedwar yn eistedd wrth y byrddau, un ar fainc wrth y tân a'r tafarnwr tu ôl i'r bar.

"Peint o lagyr shandi, plis," gofynnodd Akers. Roedd ar fin ychwanegu "San Miguel" ond gwelodd nad oedd pwynt. Gosodwyd y ddiod ar y bar yn ddigon hwp-di-hap a derbyniwyd yr arian heb wên nac arlliw o ddiolch. "Ydy Trefor Parri yma?" Yr un mor swta, pwyntiodd y tafarnwr at y gŵr a eisteddai wrth y tân. Croesodd Akers yr ychydig gamau tuag ato.

"A, dyma chi," dywedodd Parri'n feddylgar. "Ddeudes i y byddach chi'n dŵad i sniffian ac i hel straeon. Fedra i nabod plismon o bell. Dowch drwadd i'r lownj, mae gormod o glustiau yma o'r hannar." Cododd Parri ac wrth basio'r bar gorchmynnodd, "Tyd â peint arall o chwerw, Bob, y gŵr bonheddig sy'n talu."

Doedd cyflwr y lolfa ddim llawer gwell na gweddill y dafarn. Roedd y seddau'n esmwythach efallai ond y lledr yn frwnt a'r perfedd yn byrstio drwy'r toriadau fel ffwng gwyllt. Eisteddodd Parri ger un o'r byrddau ac wrth i Akers setlo i'r gadair arall gwelodd na fu'r blynyddoedd yn garedig â'r gŵr gyferbyn. Edrychai'n hŷn na chanol ei bedwardegau, ei wyneb coch yn wead o wythiennau bychain a'r tyffiau o wallt gwyn uwchben ei glustiau fel plu tylluan gecrus. Gwisgai grys a fu unwaith yn wyn, siaced siwt a throwsus melfaréd du. Roedd hi'n amlwg nad oedd wedi trafferthu siafio cyn bwrw allan ar ei ymweliad boreol â'r White Hart.

Llyncodd Parri ddrachtiad dwfn o'r cwrw. "Siort ora. Yr ail bob tro'n well na'r cynta."

"Ditectif Sarjant Clive Akers, Heddlu Dyfed-Powys, Mr Parri. Chi am weld cerdyn?"

"Nac'dw. Sdim angen ponsio efo ryw nonsans. Dach chi'n edrych braidd yn ifanc, os ga i ddeud. Rhaid bo chi'n giamstar o dditectif!" Drachtiad pellach. "Felly, Clive, be sy wedi digwydd i fy hen fêt?"

Pwyllodd Akers cyn ateb yn ofalus, "Ni ddim yn siŵr eto. Damwain falle."

"Damwain, myn diain! Fasach chi heb deithio'r holl ffordd i'r Blaena i stilio am ddamwain. Na, ma rhywun wedi rhoi *heave-ho* haeddiannol i Gerallt."

"Haeddiannol, Mr Parri? Eiliad yn ôl fe ddisgrifioch chi Gerallt fel hen fêt."

"'Hen', Sarjant. Roeddan ni'n fêts yn yr ysgol ac am ychydig ar ôl hynny. Fydda i ddim yn colli 'run deigryn ar ôl y cythral."

"Fydd 'na *rywun* yn y Blaenau yn galaru?"

"Ei rieni, o bosib, tasan nhw'n fyw, heddwch i'w llwch. Roedd Douglas a Gwen wedi gweithio'n galad i roi'r addysg ora i Gerallt. Diolch i'r Bod Mawr fod y ddau yn eu bedd cyn triciau gwaethaf eu mab. Wyddoch chi mai eu tafarn nhw oedd y White Hart 'ma? Lle gwerth chweil. A rŵan sbïwch ar y dymp."

"Ac eto, r'ych chi'n dal i ddod yma?"

"Anodd tynnu cast o hen geffyl."

"Fe wnaethoch chi gyfeirio at ei driciau – pa fath o driciau?"

"Mi fydda unrhyw dditectif gwerth ei halen yn casglu i chi ddod yma ar ôl siarad efo Emlyn Dwyer. O nabod Emlyn, dydy o heb fanylu am y rhai yn y dre 'ma gafodd eu twyllo gan Gerallt, a dydw i ddim am neud hynny chwaith. Ond rydw i *yn* barod i sôn am un twyll. Drychwch ar hwn." Estynnodd Parri i'w boced, gosod waled ar y bwrdd a thynnu llun ohoni. Llun o ddosbarth ysgol, tua deugain o ddisgyblion, rhesi taclus o fechgyn a merched mewn iwnifform a dau athro difrifol yr olwg. Gosododd Parri ei fys ar ddau fachgen oedd yn sefyll ysgwydd wrth ysgwydd yn y rhes gefn. "Dyna fi, a dyna Gerallt."

Cofiodd Akers am y ffoto gafwyd ym Manod a nodi mai copi o'r un llun yn union oedd hwn. Cofiodd hefyd am y darlun yng nghyflwyniad Teri, a gweld y tebygrwydd digamsyniol rhwng Gerallt Rhys y disgybl a Gerald Rees y dyn busnes. Roedd y gwallt yn dduach yn y llun ysgol, ond ceid yr un llygaid glas, y rhes o ddannedd claerwyn a'r un osgo hyderus.

"Nesa ato fo ma targed y tric butraf chwaraeodd Gerallt erioed. Alwen Gruffudd, hogan dlysa'r dosbarth, hogan dlysa Blaena. Roedd Alwen a finna'n gariadon ac yn bwriadu dyweddïo ar ôl gadael ysgol. Ond be naeth y cont? Dwyn Alwen o dan 'y nhrwyn i a'i swyno hi efo llond trol o addewidion. A'i thrin hi fel baw ers hynny. Rhes o ferched, gan gynnwys honna roddodd stop ar ei yrfa wleidyddol. Marchog, myn diain – marchio oedd ei arbenigedd o, a'i bidlan yn brysurach na'i ddwylo blewog."

"Chi'n swnio'n chwerw, Mr Parri."

"Fasach chi ddim? A cyn i chi ofyn, Sarjant, ma gin i alibi am y noson pan ddiflannodd Gerallt. Dydw i ddim wedi gweld y diawl ers blynyddoedd. Taswn i yn y cwch efo fo, bydda, mi fydda'n demtasiwn i wthio'r sglyfath budr i'r môr. A taswn i yn y car efo fo, fi fydda'r cynta i danio'r fatsian."

Sipiodd Trefor Parri ei gwrw, ailafael yn y llun a phwyntio at fachgen yn y rhes ganol. Roedd hwn yn llai na'i gyfoedion, ei wallt wedi'i dorri'n grop a sbectol pot jam ar ei drwyn. Gwisgai siwmper lwyd yn hytrach na blaser fel y gweddill. "Mei druan." Cafwyd saib byr cyn i Parri barhau mewn llais sigledig, "Meirion Clement Williams, cefndar cyfa i mi, hogyn chwaer Mam. Mi gollodd ei dad mewn damwain yn y chwaral a marw o gansar gwta flwyddyn ar ôl tynnu'r llun. Pa reswm sy gin i i gwyno, dudwch? Os gwelwch chi Alwen, cofiwch fi ati."

Wrth adael Blaenau Ffestiniog myfyriodd Akers am y wybodaeth a gafodd gan Emlyn Dwyer a Trefor Parri. Cafwyd cadarnhad o'r portread o Rees fel twyllwr o ddyn busnes a thystiolaeth bellach ohono fel godinebwr. A nawr, gyda rhywfaint o lwc, byddai'n cyfarfod rhieni merch arall a aberthwyd ar allor Gerald Rees. Taflodd gipolwg ar y darn papur ar sedd y Volvo, ac o ddilyn cyfarwyddiadau Dwyer daeth at Borth-y-gest, rhyw filltir i'r de o Borthmadog. Roedd y pentref glan môr wedi'i adeiladu mewn powlen o dir ac yn disgyn i fae cysgodol. Doedd tyrfaoedd yr haf ddim wedi cyrraedd eto a chafodd Akers ddigon o le i barcio uwchben yr harbwr bychan. Cerddodd heibio rhes o dai Fictoraidd Stryd Peilot, dod at gaffi a llenwi'r amser drwy gymryd cinio ysgafn. Wrth fwyta ei frechdan granc sbeciodd ar lyfryn am atyniadau'r lle a dysgu ei fod yn edrych ar aber afon Glaslyn ac am beryglon y croesiad ar hyd yr arfordir i Harlech. Dychwelodd at y car, gyrru ar hyd Lôn Mersey heibio teras o fythynnod a dringo at linell o dai helaethach oedd yn sefyll ar eu tir eu hunain.

Roedd Gorwelion yn y pen draw, yn fwy na'r tai eraill ac yn edrych i lawr ar y môr. Gadawodd Akers y car wrth y garej ddwbl a dilyn y llwybr at y drws ffrynt. Oedodd i werthfawrogi'r olygfa ogoneddus, y lawnt a choed yr ardd islaw, a'r bae a'r mynyddoedd yn gefnlen berffaith. Cartref naturiol i sosialydd o fri, meddyliodd yn sinigaidd. Ar wahân i sisial y gwynt yn chwythu'n ysgafn drwy'r coed a chri ambell wylan roedd y lle'n hollol dawel tan i atsain cloch y drws darfu ar yr heddwch. Er iddo weld dau gar yn y garej, ofnai Akers iddo gael siwrnai seithug. Gwasgodd fotwm y gloch am yr eilwaith ac ymhen hir a hwyr clywodd sŵn cyfarth ac agorwyd y drws. Neidiodd labrador du tuag ato yn sgyrnygu a chamodd 'nôl mewn braw.

O glywed y floedd "Celt, heel!", tawelodd y ci fymryn a sefyll wrth draed ei feistr. Adnabu Akers y gŵr ar unwaith. Bu'n Aelod Seneddol, yn is-Weinidog ac roedd bellach yn Nhŷ'r Arglwyddi. "Pnawn da, syr. Ditectif Sarjant Clive Akers, Heddlu Dyfed-Powys. Dwi'n gweithio gyda'r tîm sy'n ymchwilio i ddiflaniad Syr Gerald Rees. A fyddai'n bosib—?"

Ni chafodd gyfle i orffen y frawddeg. Roedd wyneb y gŵr fel taran. "Ble gawsoch chi'r enw a'r cyfeiriad? Does gen i ddim i'w ddweud. Mae Rees wedi achosi digon o wae a gofid i ni fel teulu. Os bydd unrhyw heddwas yn galw eto fe fydda i'n cwyno'n swyddogol. Mae Prif Gwnstabliaid Gogledd Cymru a Dyfed-Powys yn gyfeillion personol i mi. Cofiwch gau'r gât ar eich ôl."

Ailgyfeiriodd Akers ei gamre ar hyd y llwybr. Yna, mewn hwyliau drwg, ildiodd i'r demtasiwn a gweiddi dros ei ysgwydd, "Mae 'na reolau yn erbyn cadw cŵn peryglus. Ddylech chi fod yn fwy gofalus a chithe'n llefarydd ar gyfraith a threfn."

*

"Wel, gest ti'r neges?" holodd Teri.

"Do. Oedd e wedi sôn wrthot ti am gyfarfod pwysig?"

"Dim gair. Ro'n ni'n dau i fod i fynd i Aberaeron a dyna lle fues i ddoe drwy'r dydd."

"Unrhyw lwc?"

"Rhywfaint. Cryfhau'r manylion oedd gyda ni eisoes, dim byd mwy. Beth am y Gogledd?"

"Cam ymlaen a cham yn ôl. Well i ni aros tan i Gareth gyrraedd. Od, dyw e byth yn hwyr fel arfer."

Roedd hi'n agos at ddeg o'r gloch pan gerddodd Gareth i mewn i'r swyddfa. Edrychai'n flinedig ac aeth yn syth at ei ddesg heb ddweud gair. Taflodd Teri ac Akers gipolwg ar ei gilydd, y naill mewn cymaint o benbleth â'r llall. Mae hyn yn wirion, meddyliodd Teri, ydy e wedi pwdu? Fi ynteu Clive sy ar fai? Methodd ymatal. "Reit, gallwn ni eistedd fan hyn fel tri mwnci neu fe allwn ni siarad. Ti isie clywed beth ffeindies i yn Aberaeron?"

Cododd Gareth ei olygon o'i nodiadau. Roedd yn hen gyfarwydd â siarad plaen Teri a gwyddai nad oedd iot o amarch yn ei sylwadau. Person dweud ei dweud oedd hi, siarad gyntaf, meddwl wedyn. Weithiau byddai ei geiriau byrbwyll yn esgor ar helynt ac weithiau, fel yn yr achos hwn, byddai'n taro'r hoelen ar ei phen. "Sori, ychydig yn araf bore 'ma. Eglura i mewn munud. Ac ydw, dwi am glywed."

"Ocê, yr elyniaeth rhwng Gerald Rees a'r pysgotwyr, ac Ossie Morris, capten y *Laura*, yn arbennig. Dechreuodd yr anghydfod y llynedd. Llwyddodd Rees i ddylanwadu ar bwyllgor rheoli'r harbwr i sicrhau gwell angorfeydd i gychod pleser, newid oedd yn golygu gwaeth angorfeydd i'r cychod pysgota. Yn gyfleus iawn, roedd Rees newydd gyfrannu'n sylweddol at olau newydd i geg yr harbwr. Daeth y cyfan i benllanw – sori, *excuse the pun* – un noson ym mar y Morawel. Ar ôl sawl peint, a fodca, aeth Morris i daclo Rees, poethodd y ddadl a dechreuodd y ddau ymladd. Trawyd Rees yn anymwybodol a galwyd am ambiwlans a'r heddlu. Roedd digon o dystion ond gwrthododd Rees ddwyn cyhuddiad yn erbyn Ossie. Daeth hyn i gyd gan Bob Evans a Gethin Wilson, y ddau oedd ar fwrdd y *Laura*, a'r ddau'n esbonio mai penderfyniad Ossie oedd llusgo *Gwynt Teg* i Aberaeron a'i fod yn llai na brwd i aros am y gwasanaethau brys yn y fan a'r lle."

"Pam eu bod nhw mor barod i siarad nawr?" gofynnodd Gareth.

"Euogrwydd falle, a'r ffaith fod Evans a Wilson erbyn hyn yn rhan o griw cwch o Geinewydd."

"Oes angen holi Morris ymhellach?"

"Dwi ddim yn meddwl. Dyw ca'l ffeit ddim yn gwneud Morris yn llofrudd. Anodd dychmygu'r drwgdeimlad yn tyfu'n rhywbeth mwy difrifol. Hefyd, yr amser a'r lle. Ar adeg diflaniad Rees, roedd Morris yn pysgota yng nghwmni'r ddau arall ac felly mae ganddo fe alibi cadarn."

"Cytuno. Unrhyw beth am gariad Rees?"

"Oes. Roedd sawl person wedi'i gweld hi yn y clwb hwylio ac yng ngwesty Morawel. Merch dal, blonden dywyll ei chroen, tua phump ar hugain. Judy neu Jodie Farrell."

"Diolch, Teri, gwaith da. Clive, beth am y Blaenau?"

"Drwgdeimlad oedd yr ymateb cyffredinol i Rees. Ei enw gwreiddiol oedd Gerallt Rhys. Roedd awgrym cryf fod yr enw Gerald Rees yn fwy derbyniol yng nghylchoedd Llundain a San Steffan ac yn ymgais i droi cefn ar y gorffennol. Ac roedd gan Rees orffennol lliwgar." Aeth Akers drwy'r wybodaeth a gafodd gan Dwyer a Trefor Parri gan gloi drwy sôn am ei ymweliad â Gorwelion. "Yn syml, doedd gan neb air da i'w ddweud am Rees. Roedden nhw'n cryfhau'r portread ohono fel twyllwr, ac mae'r ymosodiad ar yr ymchwilydd yn esbonio pam aeth ei yrfa wleidyddol yn rhacs."

"Os oedd e am dorri oddi wrth ei orffennol, pam galw'r tŷ yn Manod?" gofynnodd Teri.

"Dim syniad."

Clywyd cnoc ar y drws. Edgar Mitchell, arweinydd y tîm fforensig, oedd yno.

"Bore da, gyfeillion, dwi ar y ffordd i roi darlith ar gwrs undydd Troseddeg yn y brifysgol. Meddwl y byddech chi'n hoffi cael adroddiad llafar o'r hyn ganfuwyd yn y tŷ yn Aberaeron ac ar y cwch. Roedd digon o farciau bysedd ym Manod ac olion cyfathrach rywiol ar y gwely. Ar *Gwynt Teg*, roedd dwy set o olion bysedd, yn perthyn i Bob Evans a Gethin Wilson, a'r drydedd yn matsio set o'r tŷ. Mae'n debygol felly mai marciau Rees yw'r rhain. Mae'n amhosib bod yn bendant ar hyn o bryd am y rheswm syml nad oes corff, ond bydd cymharu samplau DNA o'r tŷ a'r cwch â chofnodion meddygol Rees yn rhoi sicrwydd. Ynglŷn â marciau'r esgid rwber ar reilen y cwch, mae'r olion yn union yr un fath â bŵts Bob Evans, felly dim help fan'na. Ond un peth arall, mwy gobeithiol. R'yn ni wedi darganfod ffeibrau a blew dau fath o wallt yng nghaban *Gwynt Teg* ac nid rhai'r pysgotwyr ydyn nhw. Beth oedd Rees yn ei wisgo ar ddiwrnod ei daith olaf ar y cwch, a beth am ei wallt?"

Teri atebodd, "Dillad hwylio, siaced drwchus, trowsus dal glaw a sgidiau rwber. Gwallt tywyll, wedi britho ychydig ac wedi'i dorri'n fyr."

"Iawn. Mae'r ffeibrau'n ddu ac yn dod o siaced neu got wlân. Mae'r gwallt yn ddu ac yn hir."

Sylweddolodd Gareth arwyddocâd y wybodaeth. "Felly, Edgar, mae prawf o berson arall ar y cwch, ar wahân i Rees a'r pysgotwyr?"

"Ara bach! Bydd angen gwneud mwy o brofion a chofiwch nad yw'r ffeibrau na'r gwallt o reidrwydd yn dystiolaeth bod rhywun ar y cwch adeg diflaniad Rees. Mae'n bosib iddyn nhw fod yno ers dyddiau neu wythnosau. Bydd profion manylach yn rhoi gwell syniad. Dyna ni 'te. Rhaid i fi fynd i oleuo myfyrwyr Adran y Gyfraith. Ond mae'n siŵr y bydd tipyn o had yn syrthio ar dir diffaith!" Gyda hynny gadawodd Mitchell gan biffian chwerthin.

Bu Gareth yn pendroni i ba raddau y dylai esbonio ei absenoldeb a nawr, er gwaethaf y rhybudd am gyfrinachedd, penderfynodd mai gonestrwydd oedd orau.

"Y neges destun dderbynioch chi'ch dau ddoe. Ro'n i mewn cyfarfod yn Llundain gydag uwchswyddog o Uned Gwrthderfysgaeth Heddlu'r Met a sbŵc o MI5. Cyfarfod i drafod achos Gerald Rees. Dechreuon ni drwy fynd dros y ffeithiau cyfarwydd a chael yr un hanes a glywodd Clive am yr ymosodiad ar yr ymchwilydd. Ond nid dyna'r rheswm iddo droi cefn ar wleidyddiaeth. Yn 2005, adeg rhyfel Irac, fe basiodd Rees wybodaeth sensitif i Israel, gwybodaeth a allai fod wedi effeithio ar dynged y rhyfel. Mygwyd y stori ac, o ganlyniad, gorfodwyd Rees i ymddiswyddo fel is-Weinidog yn y Swyddfa Dramor ac fel Aelod Seneddol.

"Mae posibilrwydd cryf i Israel ad-dalu'r gymwynas drwy fuddsoddi'n helaeth i sefydlu Condor, a'r wlad wedyn yn dod yn un o brif gwsmeriaid y cwmni. Mae Condor yn dylunio a chynhyrchu offer clustfeinio a meddalwedd drôns a nawr mae data prosiect diweddaraf y cwmni wedi diflannu. A dyma ddod at ffaith dyngedfennol. Roedd y cyfeillion yn Llundain, os cyfeillion hefyd, yn gweld cysylltiad clir rhwng diflaniad y data a diflaniad Rees. Yn syml, maen nhw'n tybio i Rees gael ei gipio."

Teri ofynnodd y cwestiwn amlwg. "Ond pam ein tynnu ni mewn i'r holl fusnes?"

"Yn swyddogol, ni sy'n arwain yr ymchwiliad. Ond, yn answyddogol, mae'r Met a'r sbŵcs am guddio'r ffaith eu bod yn gwsmeriaid i Condor ac felly'n amharod i chwarae rhan agored."

Ochneidiodd y ddau.

"Dwi'n gwbod. Tric brwnt a ni'n colli'r gêm. Ond does gyda ni ddim dewis. Dilyn ordors, dyna oedd byrdwn y cyfarfod. Y cyfan wedi'i benderfynu cyn i fi gyrraedd Llundain a Dilwyn Vaughan yn amenio, mae'n debyg." Pwyllodd, a mesur ei eiriau'n ofalus cyn taro'r ergyd olaf. "Chi'n barod am sioc arall? O'r wythnos nesaf ymlaen, Caerdydd fydd lleoliad yr ymchwiliad."

PENNOD 12

SWYDDFA GYFYNG A thywyll yng nghefn prif orsaf heddlu Caerdydd a gafwyd. Dwy ddesg wedi'u gwasgu i'r gofod tyn, tair cadair simsan, un ffôn a chyfrifiadur Sain Ffaganaidd yr olwg a ddynodai oerni'r croeso. Safai plismon ifanc wrth y drws – prin y gallai ddod i mewn gan fod Gareth, Teri a Clive eisoes yn llenwi'r lle. Pesychodd yn nerfus ac estyn ffeil denau i Gareth. "Dyma fanylion yr achos oddi wrth y Prif Arolygydd Morley."

"Diolch. Ble mae'r Prif Arolygydd?"

Ail besychiad a mwy o nerfusrwydd. "Mewn cyfarfod, syr. Bydd e ar gael ar ôl hanner awr wedi dau."

"Oes siawns am goffi?"

"Mae peiriant ar y llawr isa." Heb air pellach, diflannodd y plismon.

Sbeciodd Teri ar y pedair tudalen oedd yn y ffeil. "A dyma hyd a lled yr ymdrechion hyd yn hyn – dau gyfweliad gydag Alwen Rees a sgwrs gyda rhywun o'r enw Simon Stanfield yn ffatri Condor ym Mhontypridd."

"Y rheolwr," esboniodd Gareth. Edrychodd y ddau arall arno. "Ces i'r enw gan y sbŵcs yn Llundain. Mae e ar ein rhestr o bobl i'w holi, ynghyd â phennaeth yr adran Dylunio Meddalwedd, Zoe Helms. Oes unrhyw beth am ochr ariannol y cwmni? O'n i'n meddwl i ni gael neges i archwilio'r cyfrifon?"

"Un paragraff. Od. Bydden i'n meddwl y bydde arbenigwyr ar gael fan hyn."

Tynnodd Clive ei fys drwy lwch un o'r desgiau. "Blydi dymp! Does dim lle i droi, ac mae'r cyfrifiadur mor hen â'r arch. Cym on, Gareth, mae hyn yn jôc!"

"Bydda i'n gofyn i Morley am swyddfa fwy a gwell offer cyn gynted â phosib. Paned, dwi'n credu."

Aeth y tri i lawr y grisiau caled i'r llawr gwaelod gan basio sawl plismon a ditectif. Ni chafwyd ymateb gan neb. Dim gwên, dim cyfarchiad, dim gair o groeso, dim byd. Aethant ati i fwydo'r peiriant coffi, cael paneidiau o hylif du a symud i fwrdd gwag yng nghornel y cantîn, lle sylwasant fod pawb arall yn helpu eu hunain o jygiau o goffi ffres.

Gwasgarodd Clive y llaeth powdwr i'w gwpan a sipian y ddiod. "Ych a fi, erchyll! Pam r'yn ni'n gorfod talu am hwn, a nhw'n yfed stwff gwell am ddim? Un rheol i rai Caerdydd a rheol arall i ni!"

Roedd Gareth, Clive a Teri yn ymwybodol mai nhw oedd canolbwynt y sylw ac yn ymdrechu'n galed i anwybyddu'r gwatwar a'r sylwadau am 'Defaid Powys'. Yn eistedd ar y bwrdd nesaf, gyferbyn â Teri, roedd llabwst o blismon. Cododd y llabwst ac wrth iddo basio tarodd yn erbyn y bwrdd gan arllwys gweddillion ei goffi ar flows Teri.

"Sori, cariad. Lwcus na laniodd e mewn man tyner, bydde hynny'n drueni. Af i i nôl clwtyn nawr."

Roedd wyneb Teri'n fflamgoch. Cododd yn araf ac, yn hollol fwriadol, taflodd ei choffi hithau dros fol llydan y llabwst. Roedd y ddiod yn boeth a gwingodd y dyn mewn poen. "Gwers fach i ti," meddai Teri'n fygythiol. "Paid byth â galw fi'n cariad a gobeithio y bydd y coffi'n effeithio ar y man tyner sy 'da ti o dan yr holl fraster yna."

Ennyd o dawelwch llethol ac yna chwalwyd y tensiwn gan chwerthin a gweiddi, a'r llabwst yn cerdded i ffwrdd mewn pwll o embaras.

'Nôl yn y swyddfa, aildrefnodd Clive y desgiau i greu ychydig mwy o le ac aeth Gareth ati i adolygu ffeithiau'r achos.

"Iawn, Gerald Rees yn diflannu rywbryd rhwng nos Lun 5 Mai a bore Mawrth 6 Mai. Mae'n hwylio allan o harbwr

Aberaeron am hanner awr wedi deg fore Llun, yn cysylltu â Gwylwyr y Glannau am chwarter wedi dau y prynhawn ac yn dweud ei fod i'r de o benrhyn Cemaes. Ossie Morris a'r lleill yn dod o hyd i *Gwynt Teg* fore Mawrth i'r gogledd o Ynys Aberteifi. Roedd Rees wedi dweud celwydd am ei leoliad, sy'n awgrymu nad oedd e am i neb wybod ble oedd e. Yna'r corff yn y car, yn gwisgo modrwy Rees ond dim sicrwydd. Bron wythnos yn ddiweddarach, dydyn ni ddim un cam yn nes at wybod yn bendant beth sydd wedi digwydd iddo. Diflaniad, damwain, llofruddiaeth? Pedwaredd damcaniaeth gan y sbŵcs – bod Rees wedi'i gipio – a thystiolaeth fforensig yn dangos i berson neu bersonau ar wahân i Rees a'r pysgotwyr fod ar fwrdd *Gwynt Teg*. Mae'r celwydd am y lleoliad yn cryfhau'r ddamcaniaeth o gipio."

"Ond os cipio, beth yn union ddigwyddodd?" holodd Clive. "Hyd y gwela i, mae dau bosibilrwydd. Roedd rhywun neu rywrai yn agosáu at *Gwynt Teg* yn yr oriau tyngedfennol ac fe wnaethon nhw gipio Rees go iawn. Ond oni fydde Rees wedi clywed rhywbeth a galw ar y radio neu danio'r *flares*? A doedd dim olion gwaed nac unrhyw arwydd o ffeit ar y cwch. Ail bosibilrwydd – bod y cyfan wedi'i drefnu'n ofalus. Allwch chi ddim jyst dod ar draws cwch ym Mae Aberteifi ganol nos. Roedd Rees yn disgwyl rhywun yn yr union leoliad ac am gadw'r lleoliad yn gyfrinach, a dyna'r rheswm dros y celwydd. Dod i'r lan, y Porsche yn disgwyl, a damwain."

Doedd Teri ddim wedi ei pherswadio. "Rhy daclus, Clive. Beth os oedd yr ymosodwyr yn gwybod yn union ble roedd *Gwynt Teg*? Gallen nhw fod wedi gosod dyfais electronig ar fwrdd y cwch, a honno'n tracio pob symudiad ac yn dangos y lleoliad."

"Ond pryd gosodwyd y ddyfais felly?"

"Roedd y cwch yn yr harbwr am wythnosau cyn hynny, os nad misoedd. Hen ddigon o gyfle i rywun fynd ar ei fwrdd i blannu'r teclyn. Beth am hanesion Mari Jones a Harry Flint am gar a styrbans y noson cyn diflaniad Rees?"

"Ond os taw ymosodiad a chipio annisgwyl ddigwyddodd, roedd mwy fyth o reswm i Rees ddefnyddio'r radio neu'r *flares*. A doedd dim olion o unrhyw ymladd."

"Beth os oedd Rees yn cysgu, wedyn—?"

Amser torri'r ddadl, meddyliodd Gareth. "Ocê, yn erbyn ei ewyllys, neu o'i wirfodd, mae'n edrych yn gynyddol debygol i Rees gael ei gipio. Ond corff pwy oedd yn y car, a pham? Roedd y cyfeillion yn Llundain yn sicr fod cysylltiad rhwng diflaniad Rees a diflaniad meddalwedd clustfeinio mae Condor newydd ei gynhyrchu."

Ychwanegodd Clive, "A Rees yn dweud ta ta wrth ei gwmni, yn dianc gyda'r trysor yn ei feddiant ac yn pasio'r wybodaeth i bwy bynnag sydd wedi'i gipio?"

"Mae hynny'n cynnal y ddadl mai Rees oedd y corff," dywedodd Teri. "Y data neu'r meddalwedd eisoes yn nwylo'r cipwyr a dim iws i Rees bellach. Mewn gwirionedd, Gareth, roedd yn rhaid ei ladd oherwydd roedd e'n gwybod gormod. Yn gwybod pwy oedd y cipwyr a'u bwriadau."

"Ddim o reidrwydd. Roedd cyfeillion Llundain hefyd yn datgan bod Condor yn datblygu diweddariad mwy grymus i'r meddalwedd. Beth os yw hanfodion y diweddariad ym mhen Rees, heb eu trosglwyddo i bapur na chyfrifiadur? Alla i byth â dychmygu dyn busnes craff fel Rees yn agor trafodaethau heb sicrhau arf bargeinio pwerus. Rees yw'r mêl yn y ddêl, felly, yn rhywun i'w warchod a'i wasgu yn hytrach na'i ladd."

"Funud yn ôl ro't ti'n amau diflaniad, a nawr diflaniad yw'r posibilrwydd cryfaf. Dere mlân, Gareth, p'un o'r ddau?"

Pwyll ac amynedd. "P'un o'r pedwar, Teri. Diflaniad, damwain, llofruddiaeth, cipio. Beth ddwedes i oedd na allwn ni fod yn bendant, a dwi ddim wedi newid fy marn. Beth am y porthladdoedd a'r meysydd awyr?"

"Dim byd. Os ydy'r cipwyr yn dal Rees ac yn ei warchod, ble mae dechrau? Mae fel chwilio am nodwydd mewn tas wair. A galle fe fod wedi gadael y wlad yn barod."

Ailymunodd Clive yn y drafodaeth. "Os yw Rees â'i draed yn rhydd fydde fe byth yn mentro teithio ar ei basbort ei hun. Yr unig ffordd y gall e fod dramor yw iddo gael ei godi o *Gwynt Teg* a'r ail gwch yn hwylio i Iwerddon neu ogledd Ffrainc a Rees yn sleifio i'r lan mewn rhyw borthladd diarffordd. Fe ddwedest ti, Teri, fod Ffrainc yn un o gwsmeriaid Condor."

"Ond pam felly roedd y Porsche ar y Bannau, ddegau o filltiroedd o unrhyw arfordir?"

Gwgodd Clive gan osgoi ateb drwy newid y testun. "Ydy'r theori o gipio yn golygu anwybyddu cefndir Rees?"

"Na. Mae'r hanesion am Rees yn dwyllwr ac yn ferchetwr yn dal yn berthnasol ac yn sail i elyniaeth sawl un. Y flaenoriaeth fan'na yw ffeindio'r ddynes welwyd yn Aberaeron – Judy neu Jodie Farrell. Clive, gan i ti chwilio i helyntion personol Rees, gei di ddilyn y trywydd a mynd i holi Alwen Rees. Os yw priodas yn simsanu mae'r wraig, yn hwyr neu'n hwyrach, yn synhwyro bod rhywbeth yn mynd ymlaen. Edrycha beth sydd yn y ffeil ac wedyn chwarae'r cardiau'n bwyllog a gweld beth sydd gyda hi i'w ddweud. Hola hefyd am ei chysylltiad â Condor a'i sefyllfa ariannol hi yn sgil diflaniad Rees. Mae hynny'n arwain at y cwmni. Cyfrifoldeb Teri a finne fydd hynny am y tro. Does gan Condor ddim prif weithredwr bellach, felly pa fath o ddyfodol sydd i'r cwmni? Ac os oedd Condor mor llwyddiannus, pam wnaeth Rees godi pac? Mae ganddo gyfrinachau, ond oni fyddai hi'n gallach iddo aros o fewn y cwmni, ffynhonnell y data, a throsglwyddo'r wybodaeth fesul tipyn?"

Clive atebodd. "Mae'r sbŵcs ar ei war a siawns dda fod gan y cipwyr ryw fath o afael arno fe. O dan yr amgylchiadau, doedd dim lot o ddewis. Dianc cyn cael ei ddal."

Edrychodd Gareth ar y manylion yn y ffeil am sefyllfa gyllidol

Condor. "Drychwch ar hyn! Gwarthus! Maen nhw wedi ca'l bron wythnos, a dim ond un paragraff sy 'ma! Diffyg ymdrech a diogi, dim byd llai, a disgwyl i ni wneud y cyfan. Mae angen rhywun profiadol arnon ni er mwyn i ni allu taclo'r ochr fusnes. Rhywun sy'n nabod Rees ac eto'n ddigon gwrthrychol i ddatgelu'r gwir, beth bynnag yw'r gwir."

Ystyriodd Clive a dwyn i gof y sgwrs rhyngddo a Teri ar ddiwrnod cyntaf yr ymchwiliad. "Soniest ti am dy dad a'i fêts yn cael cyngor dan din gan Rees. Rhywbeth am losgi bysedd, dêls amheus a thriciau brwnt."

"Fydde dy dad yn fodlon siarad?" holodd Gareth.

Atebodd Teri yn amddiffynnol. "Dwi ddim am ateb dros Dad. Gwell i ti ofyn iddo fe." Sgriblodd enw a chyfeiriad ar ddarn o bapur a'i roi i'w bòs.

"Diolch. Iawn, ewch chi i holi'r rhai sydd wedi cwblhau'r pytiau ar y ffeil i weld a oes rhywbeth i'w ychwanegu. Fe wna i edrych eto ar gofnodion Aberystwyth ac ar ôl cinio fe af i weld y Prif Arolygydd Vivian Morley i fynnu gwell stafell a chyfleusterau i ni."

Roedd swyddfa Morley yn wrthgyferbyniad llwyr i'r un a glustnodwyd i'r tri. Ar y chweched llawr ym mhen blaen yr adeilad roedd honno, y ffenestri llydan yn rhoi golygfa o Gastell Caerdydd a'i faneri'n cyhwfan yn y gwynt. Swyddfa ditectif llwyddiannus, dyn a esgynnodd i raddfa Prif Arolygydd drwy sathru ar ysgwyddau eraill heb boeni iot am y rhai a frifai ar ei siwrnai i'r uchelfannau. Ac wedi'r dringo, anghofio am y rhai a roddodd help llaw iddo. Roedd ffotograffau'n hongian ar bob wal – Morley mewn rhes o gyd-swyddogion, Morley gyda'r Gweinidog Materion Cyfreithiol ar risiau'r Cynulliad a Morley yn derbyn llongyfarchiadau'r Frenhines.

Symudodd Vivian Morley yr ychydig waith papur o'i ddesg

a chodi ei lygaid caled i syllu ar Gareth. "Prior, ni'n cwrdd eto."
Yn agos at derfyn helynt y melinau gwynt, lladdwyd gŵr ifanc
yn ardal Pontcanna o'r ddinas. Ym marn Gareth, roedd y gŵr
yn meddu ar wybodaeth allweddol yn erbyn y cwmni oedd yng
nghanol yr helynt, a dyna'r rheswm am ei ladd. Ond heb brawf
ni allai wneud dim ac fe'i gwatwarwyd gan Morley a'i hebrwng
o'r safle fel gwas distadl. Seriwyd y geiriau a'r tôn dirmygus ar ei
gof: "Dewch 'nôl i siarad gyda fi pan fydd gyda chi dystiolaeth
gadarn, Prior."

Fe'i dychwelwyd i'r presennol gan sylw dirmygus Morley. "A
dyma chi wedi dod i roi help llaw, i ni fanteisio ar eich profiad
helaeth."

"Wedi dod i arwain yr ymchwiliad ydw i, gyda
chydweithrediad Heddlu De Cymru gobeithio." Dim gair, ac
aeth Gareth yn ei flaen. "Fel cam cyntaf yn y cydweithio rhaid
cael swyddfa fwy, cyfrifiaduron ac o leiaf dri ffôn. Hefyd,
cymorth unigolion, os bydd angen."

Rhwbiodd Morley ei law dros ei fwstás. "Efallai fod y
sefyllfa'n wahanol yn Nyfed-Powys ond r'yn ni'n hynod o ofalus
gyda gwariant. Chi'n ffodus i gael swyddfa o gwbwl – mae sawl
ditectif yn gorfod rhannu desgiau. Ynglŷn â chael cymorth, mae
pawb yn brysur iawn ac fe fydd rhaid i chi gwblhau'r gwaith
papur perthnasol cyn sicrhau help."

Diolch am uffar o ddim, meddyliodd Gareth, ond brathodd
ei dafod. Roedd mwy nag un ffordd o gael Wil i'w wely.

"Adroddiadau cyson, Prior. Dyna'r cyfan, caewch y drws ar
eich ffordd allan."

A dyna ni. Meistr yn anfon gwas at ei waith unwaith
eto. Wel, gawn ni weld, meddyliodd Gareth. Adroddiadau
cyson? Dim siawns, penderfynodd. Gei di ferwi yn dy stiw o
hunanbwysigrwydd a dy ffotos llyfu-tin. Dychwelodd ar ei
union i'r cwt o ystafell a chael y lle'n wag. Gorau oll. Cydiodd yn
ei ffôn symudol a gwasgu'r botymau i alw Darrow yn Scotland

Yard. Addawyd iddo fod Morley wedi cael gorchymyn i roi pob cymorth iddynt. Ar derfyn y sgwrs fer ond buddiol, cododd y darn papur a adawyd gan Teri a byseddu'r ffôn am yr eilwaith i gysylltu â phractis cyfreithiol ei thad.

Roedd swyddfeydd Grayson & Jones-Owen yn edrych allan ar y parc o flaen yr Amgueddfa Genedlaethol. Roedd Gareth wedi trefnu cyfarfod ag Alun Jones-Owen am bump ac ar ôl dringo'r grisiau cerrig gwthiodd y drws derw a chamu i'r dderbynfa. O'r tu allan roedd yr adeilad yn bictiwr o bensaernïaeth Fictoraidd ac oddi mewn cadwyd y trawstiau gwreiddiol o goed tywyll a'r gwead hyfryd o deils ar y llawr. Cyflwynodd Gareth ei hun i'r wraig wrth y ddesg ac ar ôl sgwrs ar y ffôn mewnol dywedwyd wrtho fynd i fyny'r grisiau a throi i'r dde ar dop y stâr. Darllenodd y plât pres ar y drws a gyhoeddai'n hyderus, 'Alun Jones-Owen, Prif Bartner', cyn curo a chlywed llais dwfn yn ateb, "Dewch i mewn."

Ar unwaith, gwelodd Gareth y tebygrwydd rhwng Teri a'i thad. Er bod llygaid y ferch yn cuddio o dan haen gref o fasgara fel arfer, llygaid ei thad oedd ganddi – rhai tywyll, treiddgar, yn mynnu sylw. Yr un gwallt du hefyd, ond un Teri yn sbeiclyd aflêr a gwallt ei thad yn llyfn, wedi'i dorri'n ddestlus. Yr hyn oedd fwyaf trawiadol oedd yr un wyneb tenau a thrwyn pigfain, a'r cyfan yn cyfleu rhyw olwg heriol. Paid â mentro chwarae'n ffals neu fe gei di dy frathu!

Cododd y gŵr a chroesi i fwrdd isel wrth ffenest y swyddfa. "Croeso, Insbector Prior. Braf cwrdd â ditectif tu allan i amgylchedd y llys. Eisteddwch. Nawr, mae wedi pump, felly amser ymlacio. Be gymrwch chi? Mae gen i wisgi arbennig. Ychydig o iâ a dŵr?"

"Ie, pam lai. Mae'r diwrnod gwaith drosodd i bob pwrpas. Diolch."

Arllwysodd Alun Jones-Owen fesur hael o'r ddiod i ddau wydryn crisial, eu gosod ar y bwrdd ac eistedd gyferbyn â Gareth. Bu saib byr wrth i'r ddau werthfawrogi'r Talisker ac yna gofynnodd y cyfreithiwr, "A sut mae Theresa?"

Theresa? Bu bron i Gareth ofyn pwy cyn cofio iddo weld yr enw Theresa Jones-Owen ar ffurflen gais Teri pan ymunodd â Heddlu Dyfed-Powys. "Mae'n iawn, diolch, Mr Jones-Owen, ac yn gwneud cyfraniad ardderchog i'r tîm."

"Alun, plis. Falch gen i glywed. Gobaith y wraig a minnau oedd gweld Theresa'n ymuno â'r practis. Ond os yw Theresa'n rhoi ei bryd ar rywbeth, mae'n amhosib newid ei meddwl." Cilwenodd a chymryd llymaid o'r wisgi cyn parhau. "Tuedd i fod yn benstiff, fel ei thad! Ond dyna ni, dŵr dan y bont. Chi ddim wedi dod yma i siarad am Theresa, ond am Gerry Rees, ydw i'n iawn?"

Methodd Gareth guddio'i syndod. Nid oedd wedi crybwyll pwrpas y cyfarfod wrth wneud y trefniadau.

Lledodd y wên ar wyneb y cyfreithiwr. "Dewch nawr, mae gen i fy ffynonellau. Darllenais i am Gerry a chlywed i chi lanio yn y ddinas bore 'ma. A gyda llaw, nid Theresa oedd y ffynhonnell."

Os nad Teri, rhywun yn Heddlu De Cymru, sylweddolodd Gareth. "Chi'n gwybod felly mai fi sy'n arwain yr ymchwiliad i ddiflaniad Syr Gerald Rees. Gan fod ei gartref a'i gwmni yng nghyffiniau Caerdydd, dyma ni."

"A chanolbwynt yr achos yn symud o arfordir Sir Aberteifi? A diflaniad, meddech chi – er bod y corff yn y car. Nid damwain, nid hunanladdiad, nid llofruddiaeth ond diflaniad. Wel, sut galla i fod o help, Insbector?"

"Gareth, plis. Mae tipyn o wybodaeth ganddon ni am orffennol Rees a'i fywyd personol. Ond llai o fanylion am Condor a chyllid y cwmni, a dyfodol Condor yn sgil diflaniad Rees."

Crychodd Jones-Owen ei wefusau gan roi ei fysedd at ei

gilydd fel petai'n ansicr sut i ymateb. Llyncodd ddracht o'r wisgi cyn cychwyn. "Nid ni yw cyfreithwyr Rees na'r cwmni ac felly does dim problemau cyfrinachedd na mantais fasnachol. Mae Rees a Condor yn defnyddio practis yn Llundain, mwy o arbenigedd mewn *company law* na ni. Wnes i gyfarfod â Rees am y tro cyntaf yng Nghlwb Golff Eglwys-wen. Roedd e newydd symud i Gaerdydd ar ôl y ffiasgo wleidyddol. Mae 'na restr aros hir i ymuno â'r clwb ond doedd hynny ddim yn rhwystr i Rees. Yn syth wedyn fe ddefnyddiodd Rees y clwb, mewn modd hollol ddigywilydd, i berswadio'r aelodau i fuddsoddi mewn cynlluniau gwan. Taswn i a nifer o'r lleill wedi dilyn cyngor dan din Syr Gerald Rees, bydden ni dipyn tlotach.

"Roedd hyn i gyd cyn sefydlu Condor. O ble ddaeth y cyllid ar gyfer sefydlu'r cwmni? O Israel, hyd y gwn i, Liechtenstein a gwledydd ac unigolion oedd yn awyddus i ganfod sianelau gwyngalchu arian. Mae sôn yn ddiweddar am un neu ddau o *oligarchs* Llundain yn buddsoddi. Ac, wrth gwrs, grantiau sylweddol gan Lywodraeth Cymru. Mae gwleidyddion y Bae yn awyddus i neidio ar unrhyw gyfle i bortreadu Cymru fel economi *high-tech*. Does dim olynydd naturiol fel prif reolwr Condor ac mewn gwirionedd roedd y rhan fwyaf o'r cyfarwyddwyr yno fel cŵn bach i fympwy Rees. I bob pwrpas, fe oedd yn rhedeg y sioe."

Siomedig, meddyliodd Gareth. Yr un wybodaeth oedd ganddynt eisoes, fwy neu lai. "Rhywbeth arall?"

"Fe fyddwch chi'n edrych ymhellach ar yr ochr bersonol ac yn mynd i weld Alwen, rwy'n cymryd. Gwraig wedi'i thrin yn salw, druan. Roedd Rees yn hoffi cyfeillgarwch menywod, pawb ond ei wraig i ddweud y gwir."

"Ydy'r enw Judy neu Jodie Farrell yn canu cloch?"

"Na. Ar wahân i'r clwb golff, roedd Rees a minnau'n troi mewn cylchoedd gwahanol. Ddylech chi holi yn y clybiau nos. Mae'n siŵr fod rhestr gan yr heddlu."

Nodiodd Gareth, gwagio'i wydr a chodi i adael. Teimlodd y cyfreithiwr yn gafael yn ei fraich a'i wthio'n ôl i'r gadair. Yn amlwg, roedd y dyn rhwng dau feddwl. "*Mae* 'na rywbeth arall a allai fod yn berthnasol." Oedodd eto cyn gofyn, "Pwy oedd yn arwain yr ymchwiliad yng Nghaerdydd tan i chi gyrraedd?"

"Y Prif Arolygydd Vivian Morley."

"A faint o waith wnaethpwyd?"

"Prin ddim. Pedair tudalen mewn ffeil, ac un paragraff yn unig ar gyllid Condor. Tipyn o syndod."

"Wel, ddim i fi, Gareth, ddim i fi. Yn 2009, pan oedd Rees yn gweithio'n galed i godi statws Condor, lladdwyd merch ifanc yn y ffatri ym Mhontypridd, gwyddonydd disglair, newydd raddio o Brifysgol Caerdydd. Damwain gydag offer trydanol oedd dyfarniad y cwest ond roedd 'na amheuon. Roedd tyst yn honni iddo weld BMW coch tu allan i'r ffatri y noson honno, ac roedd Rees yn gyrru BMW coch. Ond roedd y tyst ymhell o fod yn sobor, golau'r stryd yn wan, glaw mân, doedd dim prawf mai car Rees oedd yno ac fe chwalwyd ei stori. Dyma union adeg y ceisiadau i Lywodraeth Cymru. Gadawodd Rees y cwest heb staen ar ei gymeriad a'r un oedd yn bennaf cyfrifol am y gwyngalchu oedd Vivian Morley. Dyna'r rheswm, dybiwn i, am arafwch Morley a'i dîm ac, yn sicr, bydd arno ofn i sïon y gorffennol godi i'r wyneb."

"A, diolch. Mae hynny'n egluro pethau. Ydych chi'n cofio enw'r ferch ifanc?"

"Na, mae'n ddrwg gen i. Dylai fod cofnod rywle gan yr heddlu, neu swyddfa'r crwner wrth gwrs."

Arweiniodd Alun Jones-Owen y ffordd at y drws. Safodd y ddau ochr yn ochr a daeth fflach i lygaid y cyfreithiwr. "Byddai'n braf gweld Theresa. Dwedwch wrthi fod croeso iddi alw yma neu yn y tŷ, os gall hi sbario'r amser." Roedd tinc o goegni yn y llais dwfn.

*

Trefnwyd i gyfarfod yn nhafarn y Mochyn Du gerllaw Heol y Gadeirlan. Gareth oedd y cyntaf i gyrraedd a chododd beint o Felinfoel, ei flas yn dwyn i gof nosweithiau o yfed caled ar ôl gêmau rygbi caletach. A hithau'n nos Lun roedd y lle'n gymharol dawel a dewisodd fwrdd wrth y ffenest lydan a chymryd amser i astudio'r fwydlen. Drwy'r ffenest gilagored gwrandawodd ar chwerthin criw hwyliog oedd yn clodfori eu camp mewn gêm griced wrth fwynhau pelydrau olaf yr haul yn yr ardd gwrw. Croesodd at y bar i archebu sosej a stwnsh ac wrth iddo droi 'nôl at ei sedd gwelodd Clive a Teri yn nrws y dafarn. Roedd Clive mewn trowsus golau a siwmper goch a Teri yn ei hiwnifform arferol o jîns a siaced ledr, ond â chrys T oedd yn bloeddio'r neges 'I loves the Diff'.

"Neis gweld bod ti wedi setlo'n barod, Teri. Be gymrwch chi?"

Codwyd peint o Brains yr un i Teri a Clive ac wrth i Gareth gario'r cwrw i'r bwrdd sylwodd Teri ar y wên ar ei wyneb. "Be sy mor ddoniol? Ti ddim yn rhyfeddu gweld merched yn yfed peint, gobeithio? Brains yw'r unig ddewis os wyt ti'n *proper Kerdiff girl*."

Nodiodd Clive mewn cytundeb wrth lyncu'r cwrw. "Mae hwn dipyn gwell peint na'r un ges i yn Gogland. Pasia'r fwydlen, Teri, dwi bron â starfo."

Wrth ddisgwyl am y bwyd cododd Clive ail rownd ac ar ôl i'r prydau gael eu gosod ar y bwrdd treuliwyd yr hanner awr nesaf yn bwyta a mân siarad.

Cliriwyd y platiau a gofynnodd Clive, "Oes unrhyw siawns am well swyddfa? Beth oedd ymateb Morley?"

"Na. Sbowtan ryw nonsens am brinder lle a dweud, fwy neu lai, nad oedd gobaith cael help. Beth amdanoch chi, wnaethoch chi ddarganfod mwy na'r briwsion oedd yn y ffeil?"

Teri atebodd. "Na. Pawb yn rhy garcus ac yn amharod i siarad. Galla i ddeall drwgdybiaeth o ffors arall yn tresmasu ar eu patsh nhw – bydden i'n teimlo'r un fath. Ond roedd hyn yn wahanol. Bron fel petaen nhw'n cuddio cyfrinachau."

Edrychodd Gareth o'i gwmpas ond roedd y dafarn yn dal yn gymharol wag a neb yn agos at eu bwrdd. "Mae 'na esboniad am agwedd Morley a'r lleill. Mae 'na gyfrinach sy'n berthnasol i'r achos." Cyflwynodd y ffeithiau a gafodd gan Jones-Owen, gan gloi gyda'r hanes am farwolaeth amheus y ferch yn ffatri Condor. "Mae Morley wedi gofyn am adroddiadau cyson a nawr dwi'n deall pam. Os bydd e neu rywun arall yn holi, peidiwch â dweud dim neu rhowch ryw atebion cyffredinol iddyn nhw. Oherwydd ei amharodrwydd i gynorthwyo, roedd ganddon ni eisoes reswm i gadw'r Prif Arolygydd led braich. Ond erbyn hyn mae gyda ni reswm cryfach o lawer. Fory, fe gadwn ni at y cynllun gwreiddiol. Clive, cer di i holi Alwen Rees ac fe aiff Teri a fi i Bontypridd i weld os gall rhywun yno daflu golau ar y ddamwain. Dim gair am y wybodaeth o Lundain. O ie, bydd angen tsieco ffeiliau Heddlu De Cymru am enw'r ferch. A dyna ni, rwy'n credu."

Gadawodd Clive i gwrdd â mêts yn un o glybiau'r ddinas. Syllodd Teri i waelod ei gwydr, llyncu'r gweddill a chodi ei golygon i edrych ar ei bòs. "Shwt o'dd Dad?"

"Iawn. Gawson ni drafodaeth ddefnyddiol."

"Gest ti'r bregeth am y ferch fach yn gwrthod ymuno â Grayson & Jones-Owen ac yn gwastraffu ei hamser yn yr heddlu, bla bla bla?"

"Do, ond ddefnyddiodd e ddim y gair 'gwastraffu'. Dwedodd e y bydde fe'n hoffi dy weld di. Croeso i ti alw yn y swyddfa neu'r tŷ, os galli di sbario'r amser."

"Hy! Fe sydd fel arfer yn rhy brysur, nid fi." Ychwanegodd yn frysiog, "Reit, dwi'n dilyn Clive i'r clwb. Pam na ddoi di?"

Ysgydwodd Gareth ei ben. "Na, mae gen i waith dadbacio a dwi 'di blino. Wela i di fory."

Er bod llety wedi'i drefnu i'r tri, roedd Clive yn aros gyda'i rieni (cyfle i arbed pres) a Teri wedi glanio yn fflat ffrind iddi (honno'n falch o dderbyn pres), felly Gareth oedd yr unig un oedd yn aros mewn gwesty. Ond dadbacio? Esgus cloff os bu un erioed. Hastiodd i orffen ei gwrw. Roedd yn casáu bod mewn tafarn ar ei ben ei hun – teimlad o bawb yn syllu arno, boi rhyfedd, dyn digwmni, *loner*. Daeth bechgyn ifanc y tîm criced i mewn o'r ardd gan lenwi'r lle â'u chwerthin a'u jôcs am fethiannau eu gwrthwynebwyr. Edrychodd Gareth arnynt a theimlo cwmwl oer henaint yn disgyn drosto – henaint ac unigrwydd.

PENNOD 13

ROEDD HI'N FORE heulog a Gareth yn cerdded drwy Barc
Bute i'r orsaf heddlu. Aeth ar ei union i'r swyddfa ddiflas
yng nghefn yr adeilad a chael y lle'n wag. Edrychodd ar ei wats
– oedd e'n gynnar, ynteu ai Teri a Clive oedd yn hwyr? Yna
gwelodd y nodyn ar y ddesg yn ysgrifen Teri:

Yn Stafell 301. Bach o change, gei di weld!

Ac yn wir, roedd yr ystafell yn dipyn o newid. Roedd yna'n
bendant fwy o le, golygfa o'r Ganolfan Ddinesig a tair desg gyda
ffôn a gliniadur ar bob un. Roedd Teri eisoes yn tapio bysellfwrdd
ond rhoddodd y gorau i'r dasg wrth i Gareth gamu i mewn.
"Hei, lot gwell na'r dymp lawr stâr a, *surprise surprise*, cyswllt
uniongyrchol â bas data Heddlu De Cymru. Shwt lwyddest ti i
gael hyn?"

"Galwad i Lundain, bach o ddylanwad, dos o fygwth a
Morley'n gweld sens. Os wyt ti mewn twll, tro at ffrindiau
pwerus. Os nad wyt ti'n hoff o'r ffrindiau, mwy o reswm fyth i'w
defnyddio nhw. Clive heb gyrraedd?"

"Y cip olaf gafwyd o Ditectif Sarjant Akers," meddai Teri
mewn ffug ffurfioldeb, "oedd ohono'n diflannu o'r clwb tua
hanner nos ym mreichiau hen ffrind ysgol. Roedd gwep Clive
yn edrych fel tase fe newydd ennill y jacpot!"

Rhoddodd Gareth bwff o chwerthin a dychwelodd Teri at
ei gwaith. Deng munud pellach o dapio, sgrolio'r testun ac yna
gwaeddodd "Yes!" a dyrnu'r awyr. "Dyma ni, Cwest 54/2009,
Llys y Crwner, Canol Caerdydd. 'Investigation into the death of
Margaret Slater at Condor Technology, Empress Industrial Park,
Treforest, Pontypridd, 21 April 2009. Dr Slater was discovered at

the premises at approximately 1.30a.m. after Dragon Security Services responded to an alarm. Dr Slater had electrocuted herself by connecting partly assembled test apparatus to live power – this was in clear contravention of company regulations.'"

"Unrhyw beth am Gerald Rees?"

Sgroliodd Teri yn is. "'Sir Gerald Rees was called to give evidence and in particular to respond to the testimony of a witness that a red BMW, similar to a car owned by him, was seen at the Condor factory. The testimony of the witness was negated by Sir Gerald and firmly contested by his barrister. Sir Gerald said that on the evening in question he was at a private meeting, this being confirmed by Chief Inspector Vivian Morley.'"

"Handi. Pa fath o 'private meeting'? Oedd rhywun arall yn cefnogi'r stori?"

"Na. Datganiad Morley: 'The exact nature, location and time of the meeting were linked to an ongoing investigation which would be compromised if the details were made public. These were, however, made available to the coroner who stated that he was satisfied with the veracity of the information. The coroner further stated that while he fully understood the concerns and anxieties of Dr Slater's parents, there was no reason to doubt the version of events that had been laid before the court and that Margaret Slater had indeed electrocuted herself. Verdict – accidental death.'"

"Cyfleus. Enwau'r rhieni?"

"Na."

"Ocê, ffeindia nhw a gweld beth oedd sail y 'concerns and anxieties'. Dyle fod cofnod llawn gyda'r crwner."

Ar hynny, ymddangosodd Clive yn y drws. Roedd rhimynnau coch ei lygaid yn dyst i ddiffyg cwsg, a gwisgai ddillad y noson cynt o hyd. Syllodd Teri arno a dweud heb ronyn o gydymdeimlad, "Prynhawn da, Sarjant Akers. Hangofyr? Gest ti amser da?"

Symudodd Clive yn araf at un o'r desgiau. "Dim bore 'ma, Teri, plis. Mae 'mhen i fel bwced. Dyw cymysgu Brains a *tequila shots* ddim yn syniad da."

"Well i ti ddechre sobri os ti'n mynd i weld Alwen Rees."

"Oes rhaid i ti siarad mor uchel? Oes parasetemol 'da rhywun?"

Chwiliodd Gareth yn ei waled, canfod stribed o'r tabledi a'i daflu tuag ato. "A phaid â gyrru am o leia ddwy awr. Y peth dwetha ni angen yw aelod o'r tîm yn methu'r bag. Bydde bois De Cymru wrth eu bodd. Coffi du lawr llawr, a gyda bach o lwc fydd dim rhaid i ti dagu ar stwff ddoe. Darllen y manylion am Margaret Slater, y ferch gafwyd yn farw yn ffatri Condor, a tsieca gyda swyddfa'r crwner am enw a chyfeiriad y rhieni."

Daeth ping o'r gliniadur ar ddesg Gareth. Darllenodd yr e-bost yn frysiog ac, wedi ystyried ei arwyddocâd, ei ailddarllen yn uchel.

"Neges o labordy patholeg Ysbyty Bronglais: 'Wedi cwblhau'r post-mortem ac wedi gweithio dros y penwythnos i gael y canlyniad atoch mor fuan â phosib. Does nemor ddim cnawd ar ôl ond mae'n weddol bendant i'r unigolyn farw o anadlu mwg. Dyma brif achos marwolaeth mewn tanau. Arwyddion clir o niwed i'r ysgyfaint drwy anadlu carbon monocsid a nwyon gwenwynig fel *cyanide* – yr olaf yn cael ei ryddhau wrth i du mewn y car losgi. Mae ergyd sylweddol i'r penglog yn dangos olion o daro yn erbyn rhywbeth caled ac yn awgrymu'n gryf nad oedd y person yn ymwybodol adeg ei farwolaeth. Mae hynny'n esbonio'r methiant i ddianc. Nid Gerald Rees yw'r unigolyn yn y car. Wedi cymharu DNA y corff gyda'r samplau fforensig a gymerwyd o'r tŷ yn Aberaeron, ac mae'r ddau'n hollol wahanol. Prin bod angen tystiolaeth bellach ond fe'i ceir wrth gymharu cofnodion deintyddol Rees a phatrwm deintyddol y corff. Gwryw 1.9 metr o daldra, tua 35 mlwydd oed. Canran uchel o'r dannedd wedi'u llenwi ag aur neu fercwri. Aur yn amhoblogaidd yn y Gorllewin erbyn hyn a bychan iawn yw'r defnydd o fercwri oherwydd perygl gwenwyno. Y ddau yn dynodi posibilrwydd ei fod yn hanu o wlad ag arferion deintyddol cyntefig. O dras ddwyreiniol efallai. Adroddiad llawnach i ddilyn, Dr Angharad Annwyl.'"

Chwibanodd Clive i dorri ar y distawrwydd. "Mae'r busnes 'ma fel doliau Rwsiaidd. Chi'n agor un a gweld un arall. Felly, o ble daeth y fodrwy a phwy roddodd hi ar fys Mr Barbeciw yn y Porsche?"

"Mae gen ti hiwmor bisâr," atebodd Teri. "Oes ateb posib, Gareth?"

"Dim ond un ateb sy'n bosib. Rhaid mai Rees oedd yr ail berson yn y Porsche. Yn y ddamwain mae'r gyrrwr, y gŵr bonheddig â'r dannedd aur, yn cael ei daro'n anymwybodol; mae Rees yn dianc – yn diflannu am yr eildro – ac yn rhoi'r fodrwy ar y bys i daflu llwch i lygaid."

"A Rees yn cychwyn y tân?"

"Naill ai'r tân yn cychwyn o ganlyniad i'r ddamwain neu Rees yn gyfrifol, sydd i bob pwrpas yn ei wneud e'n llofrudd."

"Ond shwt mae e'n dianc? Ac i ble? Un dyn ar ei ben ei hun, yng nghanol Bannau Brycheiniog, a'i unig helpwr, os dyna oedd swyddogaeth ein cyfaill dwyreiniol, yn crasu yn y Porsche."

"Mae'n gorfod dianc. Ond shwt, dim syniad. Ffonio am gymorth? R'yn ni'n dal i aros am gofnodion ei ffôn symudol. Ac wedyn, byw mewn gobaith y daw rhywbeth o'r patrôls traffig neu gan y cyhoedd."

PENNOD 14

ROEDD Y TRAFFIG ar y ffordd allan o Gaerdydd yn ysgafn ac mewn byr o amser llywiodd Gareth y Merc oddi ar yr A470 i gylchdro Nantgarw a dilyn yr arwydd am Stad Ddiwydiannol Trefforest. Chwalwyd y gobaith o siwrnai hwylus wrth i Teri ac yntau ddod at ddamwain ar waelod y cylchdro. Roedd fan fara newydd yrru i mewn i gefn tacsi, gyda gyrwyr y naill gerbyd a'r llall yn dadlau'n groch ac yn anwybyddu'r stribed hir o geir a arweiniai 'nôl i'r brif ffordd. Roedd canu corn a gweiddi, a'r dadlau'n prysur droi'n ymrafael go iawn. Roedd Gareth ar fin ymyrryd pan glywyd seiren a daeth car heddlu i'r golwg gan yrru ar hyd ochr y lôn i'r ddamwain. Ar ôl sgwrs fer, cliriodd y plismyn lwybr i'r Merc a symudodd Gareth ymlaen.

Yna cafwyd ail broblem. Roedd adeiladau'r stad yn hynod o debyg i'w gilydd ac wedi'u gosod mewn blociau, gydag enw pob bloc yn dechrau â'r llythyren 'E' – Endeavour, Elite, Equinox… Wrth i Gareth basio'r arwydd am Elite am yr eildro dywedodd, "Am system wallgo! Dim bloc i 'Effective'. Beth oedd lleoliad Condor eto?"

"Empress Industrial Park. Tase gyda ti *sat nav* bydden ni wedi'i ffeindio fe'n syth."

Tynnodd Gareth anadl ddofn. Wedi iddo gael ei dywys rywdro ym mherfeddion nos i glos fferm rywle rhwng Llambed a Thregaron, collodd bob gronyn o ffydd yn y teclyn. "Mae map yn saffach o lawer. A beth bynnag—"

"Edrych, Empress Industrial Park."

Ail anadl ddofn, ufuddhau, troi i'r chwith a gyrru heibio rhes o weithdai a ffatrïoedd unffurf. Ar ben pellaf y rhes safai adeilad tri llawr o frics coch yn cuddio tu ôl i lwyni bythwyrdd gydag arwydd bychan i ddynodi mai dyma bencadlys Condor Technology. Roedd gwydr pob ffenest wedi'i dywyllu fel na ellid gweld drwyddynt ac wrth i'r ddau gerdded at y fynedfa pwyntiodd Gareth at y camerâu diogelwch uwchben y drws ac at gyfres o rai cyffelyb bob rhyw ugain llath ar hyd yr adeilad. Wrth ymyl y drws roedd bocs yn cynnwys sgrin fechan a botwm. Gwasgodd Gareth y botwm, ymateb i orchmynion llais o'r bocs ac o'r diwedd llithrodd y drws o'r neilltu yn electronig.

Os oedd yr adeilad yn blaen a disylw tu allan, cafwyd trawsnewidiad syfrdanol wrth i'r ddau groesi'r trothwy. Cyntedd eang, y muriau'n llwyd, hanner cylch o goed caled wrth y drws yn arwain i lawr sgleiniog o farmor gwyn a chownter uchel ar yr ochr dde. Ym mhen pellaf y cyntedd roedd clwydi diogelwch, eu llygaid gwarchodol yn fflachio'n ddi-stop. Er y crandrwydd, syber a thawel oedd y naws, a'r unig dystiolaeth o bwrpas y lle oedd llun enfawr o Gerald Rees – yr un llun a welwyd yng nghyflwyniad Teri, gyda'r un geiriau o dan y gwrthrych gwengar: 'Condor: The Company That Flies Higher'.

Cyflwynodd Gareth ei hun i'r gŵr ifanc a safai tu ôl i'r cownter. "Insbector Gareth Prior, Heddlu Dyfed-Powys. Apwyntiad i weld Simon Stanfield."

"Mae Mr Stanfield yn brysur ar y foment. Os hoffech chi eistedd, fe wna i alw arnoch chi pan fydd e'n rhydd."

Roedd soffa o ledr du wrth ochr y cownter a bwrdd isel o'i blaen ac arno gopïau o'r *Wall Street Journal* a'r *Financial Times*. Cydiodd Gareth yn y papur pinc tra bod Teri'n tsiecio ei ffôn. Ar frig y rhestr roedd neges destun oddi wrth Clive:

Wedi ffeindio enw+cyf y rhieni. Pen lot gwell!

Pasiodd y ffôn i Gareth, a nodiodd hwnnw gan sibrwd, "Cofia, dim sôn am Lundain. Dal yn ôl, gweld beth sy gyda nhw i ddweud."

Bu'r ddau'n eistedd am yn agos i chwarter awr ac roedd

Gareth ar fin codi i brotestio pan gyhoeddodd y gŵr ifanc, "Mae Mr Stanfield yn rhydd. Trydydd llawr, troi i'r dde wrth ddod allan o'r lifft ac fe welwch chi'r drws. Bydd angen rhain arnoch chi." Pasiodd ddau gerdyn plastig oedd yn datgan 'VISITOR'. "Rhowch nhw wrth y sensors ac i ddefnyddio'r lifft."

O adael y lifft ar y trydydd llawr gwelsant bâr o ddrysau solet ar y chwith yn cario'r rhybudd 'HIGH SECURITY AREA. ALARM WILL SOUND'. Ar y dde roedd cyfres o swyddfeydd, gydag enw Syr Gerald Rees ar un ac enw Simon Stanfield ar y llall. Cnociodd Gareth ar ddrws y rheolwr. Fe dywyswyd y ddau i ail swyddfa a chododd Stanfield o'i ddesg i'w cyfarch. Anodd, ar yr edrychiad cyntaf, bod yn bendant am ei oedran – rhywle rhwng hanner cant a thrigain. Roedd ganddo lygaid meddal brown, a'r ychydig wallt oedd ganddo yn wyn ac wedi'i gribo 'nôl o dalcen llydan. Awgrymai ei groen tywyll, rhychiog rywun a weithiai yn yr awyr agored yn hytrach nag mewn swyddfa. Gwisgai siwt las, streipiog o doriad da oedd yn pwysleisio ei ysgwyddau llydan, ac roedd gafael y llaw yn gadarn ac yn hyderus. Ond roedd yna rywbeth arall hefyd – amheuaeth, a'r llygaid yn wyliadwrus.

"Bore da, mae gen i hanner awr. Braidd yn hectig yma ers…" Oedodd, fel petai'n ymbalfalu am eiriau, "… ers i ni golli Gerry. O'n i'n meddwl mai Heddlu De Cymru oedd yn arwain yr ymchwiliad. Dwi eisoes wedi rhoi cryn amser i ateb cwestiynau."

"Mae'r achos wedi'i drosglwyddo i ni, Mr Stanfield. Fe ddo i'n syth at y pwynt. Pwy sy'n gyfrifol am farwolaeth Syr Gerald?"

Os oedd Stanfield wedi'i fwrw oddi ar ei echel, ni ddangosodd hynny. "Chi yw'r arbenigwyr. Wythnos wedi'r digwyddiad, rhaid bod gyda chi ryw syniad? A beth am y ddamwain, y corff yn y car a'r fodrwy?"

"Doedd dim corff ar ôl bron, dim ond dannedd ac esgyrn, cnawd llosg."

"Oes rhaid bod mor graffig, Insbector? Roedd Gerry'n gyd-weithiwr ac yn gyfaill. Ni'n dau, fwy neu lai, sefydlodd Condor."

"Ar wahân i lun o Syr Gerald lawr llawr a'r slogan oddi tano, does dim rhyw lawer o wybodaeth am weithgarwch y cwmni. Mae diogelwch yn amlwg yn flaenoriaeth. Allwch chi esbonio beth sy'n cael ei gynhyrchu yma?"

Culhaodd y llygaid a chrychodd Stanfield ei wefusau. "Chi'n gwybod yn iawn, Prior, ond fe wna i chwarae'r gêm. R'yn ni'n rhan o'r sector uwchdechnoleg ac yn cynhyrchu meddalwedd i UAVs – *unmanned aerial vehicles* – a systemau gwyliadwriaeth."

"Drôns a systemau sbio, mewn geiriau eraill."

"Dyw geiriau ddim yn bwysig, Insbector. Mae gan Condor statws ac enw da yn fyd-eang."

"Gan gynnwys yn Affganistan ac Israel?" awgrymodd Teri.

"Gwrandwch, mae UAVs wedi arbed bywydau cannoedd – peilotiaid, milwyr, trigolion Llundain ac Efrog Newydd. Ac mae meddalwedd Condor yn anfon negeseuon yn syth i'r CIA ac MI6, gwybodaeth rhag blaen am ymosodiadau terfysgol."

"Mae hynny'n gysur mawr i deuluoedd Basra ac i blant diniwed sy'n cysgodi yn ysgolion y Cenhedloedd Unedig yn Gaza."

"A beth am y rhai laddwyd ar fysys yn Llundain, a'r cannoedd a losgwyd i farwolaeth yn y Twin Towers? Tase gyda chi frawd neu chwaer a ddioddefodd, falle byddech chi'n siarad mwy o sens. O'n i'n meddwl bod yr heddlu ar ochr cyfraith a threfn. Mae'r Met yn werthfawrogol iawn o gyfraniad Condor. Dyw terfysgaeth ddim yn flaenoriaeth yn Nyfed-Powys, mae'n siŵr."

Anwybyddodd Gareth yr ensyniad. "Beth am gyllid Condor? Pwy yw'r perchnogion?"

"Alla i byth â gweld sut mae hyn yn berthnasol."

"Ni sydd i benderfynu beth sy'n berthnasol, Mr Stanfield."

Ochenaid, ac yna, "R'yn ni'n gwmni preifat ond fel pob

cwmni mae gyda ni gyfranddalwyr. Roedd Gerry a'i wraig Alwen yn dal canran sylweddol, mae rhai gen i, ac yna banciau a sefydliadau masnachol yn Llundain, cronfeydd pensiwn a chwmnïau yswiriant. Ac mae cynrychiolydd gan y prif fuddsoddwyr ar y Bwrdd."

"Unrhyw gwmnïau neu gyrff tramor?"

"Na. Mae'n bosib fod gan rai o'r cyfranddalwyr fuddsoddiadau yn Ewrop a thu hwnt, ond does gyda ni ddim cysylltiad uniongyrchol â chwmnïau na gwledydd tramor."

"Mae grantiau Llywodraeth Cymru o gwmpas dwy filiwn?"

"Chi wedi gwneud eich gwaith cartref, rwy'n gweld. R'yn ni wedi creu dros gant o swyddi fan hyn, sy'n talu cyflogau da a bron i gyd yn bobol leol. R'yn ni'n derbyn bechgyn a merched ifanc yn syth o'r chweched dosbarth i brentisiaeth a chynllun hyfforddi mewn cydweithrediad â Phrifysgol Glannau Taf."

"Lle roedd Syr Gerald yn Ganghellor – trefnus. Dwi ddim yn fathemategwr nac yn ddyn busnes, ond dwy filiwn o grant, cant o swyddi, ugain mil y swydd. Swnio'n fusnes drud i fi, Mr Stanfield."

"Mae pob swydd yma'n cefnogi o leia bum swydd arall yn yr ardal – cyflenwyr, dosbarthwyr, heb sôn am y gwariant yn siopau Pontypridd a Chaerdydd."

"Oes safle arall?"

"Nac oes. Dyma bencadlys Condor."

"A beth am Condor nawr? Ydy'r cwmni'n dal i hedfan yn uchel? Pwy sy'n arwain?"

"Fi, ar hyn o bryd. Bydd cyfarfod o'r Bwrdd pan fyddwn ni'n gwybod yn bendant beth oedd hynt Gerry. Byddai'n rhyfedd petaen ni'n penodi Prif Weithredwr newydd a Gerry'n cerdded drwy'r drws."

"Ond gallai marwolaeth Syr Gerald fod yn fanteisiol i chi? Dyrchafiad o swydd Rheolwr i fod yn Brif Weithredwr."

Gwridodd y dyn a gallech weld gwythiennau ei wddf yn

chwyddo. Roedd hynny wedi ei gynddeiriogi a phoerwyd y geiriau, "Mae'r awgrym fod gen i ran ym marwolaeth Gerry yn wrthun. Byddwch yn ofalus be chi'n ddweud, Insbector Prior. Os nad oes rhagor o gwestiynau…"

"Dau beth arall, Mr Stanfield. Damwain Margaret Slater ar y safle hwn yn Ebrill 2009."

"Blydi hel, Prior, bum mlynedd yn ôl! Beth ar y ddaear yw'r cysylltiad ag achos Gerry?"

"R'yn ni wedi clywed o sawl cyfeiriad fod Syr Gerald yn… yn hoffi cwmni merched. Roedd BMW tebyg i gar Syr Gerald wedi'i weld ar y safle yr un noson â'r ddamwain."

"Nefoedd wen! Dyw hynny ddim yn drosedd! A char *tebyg*, nid *y* car. Roedd y tyst yn feddw gaib. End of story. Mae gen i apwyntiad arall mewn munud. Yr ail beth?"

"Allwn ni weld swyddfa Syr Gerald?"

"Oes gwarant chwilio gyda chi?"

"Na, jyst golwg sydyn, answyddogol."

"Y gyfraith yw'r gyfraith, Insbector. Dewch 'nôl â gwarant a chroeso i chi dreulio diwrnod cyfan yn mynd drwy'r lle â chrib fân."

Wrth adael, trodd Gareth a gofyn dros ei ysgwydd, "Ydy'r enw Judy neu Jodie Farrell yn gyfarwydd i chi?"

"Na." Er mor siort oedd y gwadu, roedd y mymryn symudiad yn llygaid Simon Stanfield yn dangos bod yr ateb yn gelwydd.

Dynodai'r arwydd ar y drws mai dyma swyddfa Zoe Helms, y Pennaeth Dylunio Meddalwedd. Drwy'r drws gallech glywed y ceryddu, a'r acen yn bendant o bellafoedd y Bronx. "Dwi wedi cael digon o'r diawl esgusodion. Ti sy'n blydi arwain yr adran. Ti sy *fod* i arwain yr adran. Roedd y spec a'r drafft cyntaf i fod yn barod wythnos yn ôl. A nawr rhyw esgus twll tin am anawsterau gyda'r *asymmetric algorithms*. Gwranda, Nic, o'n i'n sortio bygs

RSA pan o't ti yn dy glytiau. O'n i'n arfer ffycin gweithio gyda Adi Shamir. Felly paid â malu cachu. Mae'r holl brosiect yn hwyr a ti sy ar fai. Dau ddiwrnod, a bydda i'n disgwyl gweld fersiwn derfynol o'r sbec ar yr intranet. Os nad wyt ti'n gallu gwneud y job mae digon allan fan'na fydde'n fwy na pharod, ac yn sicr yn fwy abl. Rhybudd olaf, iawn, Nic?"

Ar hynny, agorodd y drws a sleifiodd y truan yn benisel i lawr y coridor. Rhythodd Zoe Helms ar Gareth a Teri.

"Ie?" arthiodd. "Pwy y'ch chi – ymwelwyr mewn sw yn gwylio mwnci'n cael ei gosbi?"

Esboniodd Gareth y rheswm am yr ymweliad.

"Shit, o'n i wedi anghofio! Sori, mae'r boi 'na'n *waste of space*. Ta waeth, fy mhroblem i yw hynny, nid eich problem chi. Dewch mewn, steddwch. Coffi?"

Siaradai'r ddynes mewn ffordd stacato, a'r geiriau'n ergydio fel bwledi o ddryll. Roedd wedi'i gwisgo mewn siwt ddu a blows glaerwyn, ei gwallt golau mewn steil cwta a bwa ei haeliau yn rhoi'r argraff o berson llawdrwm, diarbed. "Dirgelwch Syr Gerald Rees, neu Gerry i'w ffrindiau. Nid 'mod i'n un o'r rheiny."

Teri oedd i holi. "O? Doeddech chi ddim yn hoff ohono fe?"

"Doedd Gerry ddim y math o ddyn y bydde unrhyw un call yn ei hoffi. Gormod o fi fawr, drychwch arna i, leicio bod yn y canol, pawb yn dweud 'Ti'n grêt, rhodd Duw i fyd busnes.' A Gerry y merchetwr – triodd e ei lwc gyda fi unwaith mewn cyfarfod, stwffio'i law dan fy sgert. 'Gwna hynna eto ac fe wna i gnoi dy geilliau!' waeddes i fel bod pawb yn clywed. Aeth e'n goch fel twrci. Dyna'r tro cyntaf a'r tro olaf. Rhoi modfedd, cymryd troedfedd. Dyna'r math o ddyn oedd e."

"Ac eto r'ych chi'n dal i weithio i Condor?"

"Sdim rhaid hoffi'r *chef* os ydy'r bwyd yn ardderchog, oes e? A dyw Gerry ddim yma bellach. Mae gen i swydd dda gyda chwmni arloesol. Falle nad yw Pontypridd yn Silicon Valley ond mae Condor yn ocê am y tro."

"Beth oedd rhan Syr Gerald yn y cwmni?"

"Ffeindio contacts, cymdeithasu yn y cylchoedd iawn. Chwarae teg, roedd Gerry'n arbenigwr ar berswadio'r *big shots* i wagio'u pocedi, porthi egos pobol fawr y ddinas a'u godro am y geiniog olaf."

"Pwy fydd yn gwneud hynny nawr? Simon Stanfield?"

"Simple Simon, ha! Newydd raddio o'r abacws mae hwnnw – acowntant, meddwl caeedig. Alle fe ddim perswadio crwydryn sychedig i chwilio am ddŵr yn y Sahara."

"Beth amdanoch chi, Miss Helms?"

"*Ms* Helms. No way, José! Dylunio, dyna fy arbenigedd i. Creu'r meddalwedd sydd yng nghrombil y drôns, y brêns cyfrifiadurol tu mewn i bob un, sy'n eu gwneud nhw'n offer mor soffistigedig, yn beiriannau mor gywrain."

"Cywrain? Ydy arfau, bomiau, yn gallu bod yn gywrain?"

"Maes y gad yw'r gorffennol. Ffilmio o'r awyr, trwsio adeiladau uchel, dod â nwyddau i'r tŷ. Mae'r posibiliadau'n ddiddiwedd."

"A'r dylunio? Oedd Syr Gerald yn cyfrannu at yr agwedd honno?"

"Na."

"O'n i'n meddwl ei fod e'n arbenigwr? Gradd o Imperial, doethuriaeth mewn *fuzzy logic* o Pittsburgh, gweithio i IBM yn America a Phrydain."

"Stwff y ganrif ddwetha. Yn y busnes 'ma mae chwe mis fel oes."

"Dyw diflaniad Syr Gerald heb effeithio, felly, ar waith Condor o ddydd i ddydd?"

"Diflaniad? Ond mae penawdau'r cyfryngau'n cyhoeddi bod 'na gorff wedi'i ddarganfod. A na, dyw diflaniad Gerry heb effeithio dim ar waith y cwmni."

"Beth yn union yw gwaith Condor ar hyn o bryd?"

Gwenodd Zoe Helms fel petai'n pitïo rhywun am fod mor naïf. "Cyfrinachol. Cytundebau rhyngwladol a Phrydeinig, dyna'r cyfan alla i ddweud."

"Ydy'r Weinyddiaeth Amddiffyn ymhlith y cwsmeriaid?" gofynnodd Gareth. Ni chafwyd ateb ac, mewn gwirionedd, nid oedd yn disgwyl un. "Un neu ddau o faterion cyn cloi. Damwain ar y safle yn 2009. Gwyddonydd disglair, Margaret Slater?"

"Ymhell cyn fy amser i. No comment."

"Mae'n siŵr fod gan ddyn pwerus fel Syr Gerald elynion?"

"Oedd, ond does neb yn neidio i'r meddwl a pheidiwch â disgwyl i fi fod mor dwp â chyflwyno rhestr o enwau i chi ar blât."

"Ydych chi'n nabod rhywun o'r enw Judy neu Jodie Farrell?"

"Un o ffliwsis Gerry? Sori, na." Pendant ac, fel gweddill llifeiriant geiriol y ddynes, heb iot o amheuaeth.

Disgynnodd Gareth a Teri yn y lifft a chroesi'r clwydi diogelwch. Roedd bachgen y dderbynfa yn cynnal sgwrs â dyn a oedd, yn ôl ei iwnifform, yn gweithio i gwmni cludiant. Wrth ddisgwyl eu tro gwelsant y dyn yn derbyn pecyn, edrych arno a gofyn, "And where is this place, Aberporth? Never 'eard of it."

Ac yntau'n ymwybodol fod y ddau dditectif yn gwrando, mwmiodd y bachgen ei ateb a gadawodd y negesydd. Syllodd Gareth a Teri y naill ar y llall, dychwelyd eu cardiau ymweld a mynd am y car.

Cafwyd tawelwch yn y Merc am ryw bum munud wrth i Gareth ymlwybro o'r stad ddiwydiannol i ailymuno â'r A470. Wedi cyrraedd y ffordd ddeuol dywedodd, "Dadlennol. Stanfield yn gwadu bodolaeth buddsoddwyr tramor. Pam y celwydd a pham y gwrthwynebiad i archwilio swyddfa Rees?"

"Fyddi di'n gofyn am warant?"

"Na, sdim pwynt. Erbyn i ni gael un byddan nhw wedi clirio'r lle. A pham y cyfrinachedd am Margaret Slater? Mae e'n gwybod rhywbeth. Roedd Helms yn dweud nad oedd absenoldeb Rees wedi amharu ar waith y cwmni, popeth yn hynci-dori. Ydy hynny'n golygu nad oes neb wedi sylwi ar absenoldeb unrhyw feddalwedd? *Oes* data wedi diflannu?"

Yn lle ateb, rhoddodd Teri dro sydyn i'r drafodaeth. "Sylwest ti ar rywbeth anghyffredin am Helms?"

"Ar wahân i'r ffaith ei bod hi'n cadarnhau'r pictiwr o Rees fel dyn â dwylo brwnt? Naddo. Fe wnaeth Stanfield ddatgelu bod Alwen Rees yn berchen cyfranddaliadau yn Condor. Tecstia'r wybodaeth i Clive. A Stanfield hefyd yn datgan mai Pontypridd yw unig safle Condor, ond eto'r negesydd yn codi pecyn i Aberporth. Aberporth yw un o'r ychydig feysydd awyr ym Mhrydain sydd â thrwydded i brofi drôns. Gormod o gyd-ddigwyddiad, Teri."

*

Er iddo gael ei eni a'i fagu yng Nghaerdydd, roedd Bro Morgannwg yn ddieithr i Akers. Ambell drip plentyndod yng nghwmni ei rieni a'i frawd i Ynys y Barri, perthynas fer gyda merch snwti o Benarth a gêmau yn erbyn clwb rygbi Llanilltud Fawr – dyna hyd a lled ei adnabyddiaeth. Trodd i'r chwith ar gyrion y Bont-faen, gyrru ar hyd lonydd culion a dod at bentref y Wig. Clwstwr o dai, tafarn gyferbyn â'r patsyn glas a siop y drws nesaf i'r dafarn. Parciodd y car a mynd i mewn i'r siop i holi am yr Hen Reithordy.

"Oh, you mean the Old Rectory?" atebodd dynes mewn llais ffug-aristocrataidd, ei thrwch o bowdwr a phaent yn ymdrech aflwyddiannus i guddio'r rhychau. "Sad business, Lady Alwen up there on her own. Not knowing what's become of Sir Gerald – such a darling man and *so* generous to the village. Turn right off the green and follow Church Lane to the last house at the end."

Llywiodd Clive yn ofalus i'r dreif, dod allan o'r car a chroesi at y drws ffrynt. Roedd hanes a thraddodiad y rheithordy yn eglur yn y ddwy ffenest Sioraidd y naill ochr i'r drws, a'r rheiny'n disgleirio yn yr haul. Gafaelodd Akers yn y bwlyn pres a'i daro deirgwaith yn erbyn y pren tywyll. Dim ymateb. Curo eto, ond dim byd. Camodd yn ôl at y garej a gweld Alfa Romeo coch ac arno'r rhif ALW 4N. Gallai glywed sŵn cerddoriaeth ac felly cerddodd heibio'r dderwen wrth ochr y tŷ i'r ardd gefn. Daeth at batio eang, a grisiau'n arwain i lawnt, a thu hwnt i glawdd isel roedd golygfa o'r môr. Eisteddai gwraig wrth fwrdd ar ganol y patio, potel o win, gwydryn a phecyn o Marlboro Gold o'i blaen. Roedd yn brysur yn ysgrifennu a chlywodd hi mo Akers yn nesáu. Tarodd yntau ei droed yn erbyn y grisiau a neidiodd y wraig mewn braw.

"Pwy...?" gwaeddodd yn groch. "Cropian fel 'na, digon i roi hartan i rywun."

"Ditectif Sarjant Clive Akers, Heddlu Dyfed-Powys. Wnes i ffonio."

"Does gin i ddim i'w ddweud. Dwi 'di deud y cyfan wrth y rhai fu yma."

Roedd Akers mewn penbleth, yna cafodd syniad. "Dwi wedi bod ym Mlaenau Ffestiniog i weld Trefor Parri."

"Stiniog? Pam Tref?"

"Rhan o'r ymchwiliad i achos eich gŵr. Mae Trefor yn cofio atoch chi."

Daeth golwg freuddwydiol i wyneb Alwen Rees. Estynnodd am y Marlboros, tanio un a thynnu'n eger ar y sigarét. Cafodd bwl o beswch, cymryd llwnc o win ac edrych yn syth at Akers. "Dowch i ista, del. Be ddysgoch chi yn y Blaena? Gymaint o fastad oedd y parchus Gerald?"

Nodiodd Akers a rhoi braslun o'r hanes. Roedd ar fin gofyn cwestiwn pan ddaeth sŵn o'i ffôn. "Esgusodwch fi," meddai, gan ddarllen y tecst gan Teri a throi at y ddynes eto. "Be wnewch chi nawr, Mrs Rees? Tŷ braf, ardal hyfryd."

"Ma mwy i fywyd na thŷ crand, Sarjant. Ac ma'r ardal yn llawn snobs, credwch chi fi. Neis-neis i'ch gwynab chi, ond yn rhoi cyllall yn 'ych cefn. Na, gwerthu a phrynu rwla yn y Gogladd, ymhell o'r Wig. Adra at bobol go iawn. O leia mi fydd gin i ddigon o bres i neud hynny."

"Beth am y cwmni? Fyddwch chi'n dal i ddangos diddordeb yn Condor a chithau'n gyfranddaliwr?"

"Creadur Gerry oedd y cwmni ac os oes gin i *shares*, dyma'r tro cynta i mi glywed amdanyn nhw." Ail-lenwodd y gwydryn. "Hei lwc i Condor a gobeithio nad eith yr hwch drwy'r siop."

"Ble oedd Syr Gerald yn bancio'i arian, Mrs Rees?"

Er syndod iddo, daeth yr ateb ar unwaith. "Marchers, cangen Queensway yn y dre. Ma gin i gownt yno hefyd ond ma'n siŵr na fydd hwnnw o ddiddordeb i chi." Drachtiodd y gwin, plycio ymhellach ar y Marlboro ac edrych yn syth at Akers. "Plis peidiwch â gofyn am y rheswm dros helynt a marwolaeth fy annwyl ŵr, fel y gwnaeth Heddlu De Cymru. Ddudis i nad oes gin i unrhyw syniad a dyna'r gwir. Ac un peth arall, Sarjant Akers – falla bydd hwn o ddefnydd."

Pwysodd Alwen Rees at y pad ysgrifennu, sgriblo rhywbeth a phasio'r papur i Akers.

Darllenodd y geiriau:

Jodie Farrell,
62 The Moorings,
Reardon Avenue,
Cardiff Bay.

PENNOD 15

A<small>R ÔL GADAEL</small> yr M4 a'r ffordd ddeuol yng Nghaerfyrddin dewisodd Gareth yrru ar draws gwlad i Aberporth. Llywiodd y Merc drwy Gastellnewydd Emlyn, croesi'r bont dros afon Teifi a chadw at lwybr i'r gogledd o'r afon. Roedd ar fin cyrraedd y brif hewl rhwng Aberaeron ac Aberteifi pan welodd res o geir ar stop. Daeth at blismon a chael gwybod mai protest yn erbyn difa moch daear oedd y rheswm dros yr arafwch. Aeth heibio criw o unigolion wedi'u gwisgo mewn du, hwds ar eu pennau a mygydau dros eu hwynebau. Roedd sawl un yn dal placard a phawb yn gweiddi "CULL IS KILL, CULL IS KILL" drosodd a throsodd. Yn sydyn, neidiodd un o'r protestwyr at y car a tharo'r ffenest ochr – bachgen ifanc, tywyll ei groen, ei lygaid du yn llawn casineb. Fe'i tynnwyd yn ôl ac fe glywodd Gareth waedd, "Sanjay, paid!" Aeth yn ei flaen ac wrth iddo sbecian yn nrych y Merc gwyliodd fwy o brotestwyr yn rhuthro i ganol yr hewl a'r plismon druan – un yn erbyn ugain – yn ceisio ac yn methu rheoli'r sefyllfa. Fe'i temtiwyd i stopio ond gwyddai na allai fforddio'r amser.

Yn fuan wedyn gwelodd yr arwydd am bentref Aberporth, gyrru am lai na milltir a throi i'r chwith wrth safle'r MoD. Roedd rhybuddion rhag tresmasu a thynnu lluniau wrth y gât haearn, camerâu teledu uwch ei ben a bwth bychan tu hwnt i'r glwyd. Gofynnwyd i Gareth am ei gerdyn adnabod ac ar ôl i'r gard archwilio hwnnw rhoddwyd caniatâd iddo gael mynediad, gyda'r rhybudd y dylai yrru'n syth i'r ganolfan ymchwil. Parciodd o flaen adeilad rhyfedd yr olwg wedi'i wneud o fetel a gwydr, y ffenestri'n fwaog a bariau cylchog yn clymu'r to a'r canol. Cyhoeddodd ei enw wrth ddynes surbwch wrth y dderbynfa a chael gorchymyn swta i aros. Bu'n disgwyl am ryw bum munud cyn i ferch ymddangos, hon yn Gymraes a'r gyntaf i fynegi unrhyw fath o groeso. Fe'i tywyswyd i ystafell eang ar y llawr cyntaf yn edrych allan ar y maes glanio gyda Bae Aberteifi yn y cefndir.

Roedd dau ddyn yn sefyll wrth fwrdd yng nghanol yr ystafell ac wrth i Gareth nesáu daeth y ddau ato i ysgwyd llaw.

"Jake Masterson," dywedodd y cyntaf, "a dyma Bruce Shard. Eisteddwch. Nawr, os yw'r neges yn gywir, Insbector Prior, r'ych chi yma ar ran Heddlu Dyfed-Powys?"

"Cywir. Ac r'ych chi'n cynrychioli'r Weinyddiaeth Amddiffyn?"

"Ddim yn hollol," atebodd Masterson. "Mae'r safle erbyn hyn o dan reolaeth Celtiq, cwmni lled braich o'r Weinyddiaeth. Yn ystod yr Ail Ryfel Byd roedd Aberporth yn ganolfan i brofi taflegrau. Fe breifateiddiwyd yr adran o'r MoD oedd yn gyfrifol am yr arbrofi yn 2001 a'i hailffurfio. Ers hynny datblygwyd y lle fel safle sy'n arbenigo mewn UAVs, *unmanned aerial vehicles* – drôns. Ac fel y gwyddoch chi, mae Llywodraeth Cymru wedi datblygu Parc Technoleg ar y safle. Beth yw pwrpas eich ymweliad chi?"

"Fi sy'n arwain yr ymchwiliad i farwolaeth Syr Gerald Rees. Diflannodd Syr Gerald oddi ar ei gwch allan yn y bae ac ers hynny r'yn ni wedi darganfod corff."

"Mae'r papurau a'r teledu'n llawn o'r hanes, Insbector. Ond dwi'n methu gweld y cysylltiad â Celtiq."

"Roedd Rees yn bennaeth Condor Technology, cwmni sy'n arbenigo yn yr un maes â chi. Meddwl o'n i falle y bydde fe wedi dod yma i drafod cydweithio, gosod meddalwedd Condor yn y Watchkeeper – y drôn r'ych chi'n ei brofi yma. Ac fe ddarganfuwyd ei gwch gwag yn y bae islaw…"

Chwarddodd Shard yn ysgafn. "Dewch nawr, Insbector,

dyw'r ffaith i Rees fynd i drybini wrth greigiau Pen yr Wylan ddim yn gysylltiad."

"Shwt o'ch chi'n ymwybodol o'r union leoliad?"

"Fel soniodd Jake, roedd y manylion yn y papurau."

"Fe gadwyd rhai ffeithiau yn gudd yn fwriadol, ac roedd y man lle cafwyd hyd i gwch Rees yn gyfrinachol. Felly, shwt o'ch chi'n gwybod?"

"Wedi clywed gan bysgotwyr, aelodau clybiau hwylio, pobol fel 'na. Roedd Syr Gerald yn ddyn adnabyddus yn yr ardal ac yn hael iawn i fudiadau lleol."

"Ac fel cwmni, ydych chi'n cadw cysylltiad agos â'r gymuned forwrol?"

"Mater o raid. Un o swyddogaethau Celtiq yw diogelu coridor awyr uwchben y bae sy'n cael ei ddefnyddio'n gyson i danio ac asesu arfau a hedfan isel. Mae'r pysgotwyr a defnyddwyr eraill y bae yn cael rhybuddion dyddiol dros y we ac ar sianel arbennig ar radio VHF. Mae diogelwch yn flaenoriaeth i'r cwmni."

"Ydy'r coridor awyr wedi'i ymestyn yn ddiweddar mor bell â Bannau Brycheiniog?"

"Yn yr un modd," holodd Masterson yn bigog, "shwt o'ch *chi*'n gwybod hynny?"

"Ydych chi'n cadarnhau hynny felly?"

"Alla i byth â gweld sut mae hynny'n berthnasol. O'n i'n meddwl mai nod y cyfarfod oedd holi am Rees?"

Cafwyd cnoc ar y drws a daeth y Gymraes i mewn yn cario hambwrdd. Trodd Masterson at y ferch. "Diolch, Lynwen. Coffi?"

Nodiodd Gareth a dechreuodd y ferch osod y llestri ac arllwys y coffi. Yna, er ychydig syndod iddo, ailgydiodd Masterson yn y sgwrs. "Dwi'n credu, Insbector, y byddai'n ddoethach i ni gadw at y pwynt. Beth yn hollol y'ch chi am ei wybod am Gerald Rees a shwt gallwn ni helpu? R'yn ni wedi bod yn strêt, a do's bosib nad yw hi'n gofyn gormod i chi fod yn strêt hefyd?"

"Iawn. Oedd un ohonoch chi'n nabod Syr Gerald?"

Atebion negyddol gan y ddau.

"Mr Shard, fe ddisgrifioch chi Rees fel dyn adnabyddus. Wnaethoch chi ei gyfarfod? Wnaeth Rees ymweld â'r safle erioed?"

Dywedodd Masterson, "Na, wnaeth e erioed ymweld. Ond ei gyfarfod, do, ni'n dau, mewn ffair arfau yn Farnborough tua blwyddyn yn ôl."

Cwblhaodd y ferch ei dyletswyddau a gadael.

"Fel sonioch chi, mae cwmni Rees a Celtiq yn yr un maes, cylch bychan, ac mae bron yn anorfod i chi daro ar arbenigwyr eraill. Mae rhyngweithio, cyfarfod, cystadlu yn rhan o batrwm y diwydiant arfau, fel pob diwydiant arall."

"Dwi'n siŵr ei fod e. Oes arbenigwyr eraill yma yn Aberporth?"

"Mae hynny'n wybodaeth gudd. Fel aelod o'r heddlu, siawns nad oes rhaid i fi eich atgoffa chi o'r Ddeddf Cyfrinachedd?"

Anwybyddodd Gareth y cwestiwn a gwasgu ymhellach. "Arbenigwyr o Ffrainc neu Israel, er enghraifft?"

"Pam ddyle gwledydd eraill ddod i Aberporth?" gofynnodd Shard. "Pam Ffrainc ac Israel?"

"Plis, gawn ni stopio'r gêm wirion yma a chael trafodaeth gall, synhwyrol? Mae Aberporth yn un o'r ychydig safleoedd yn Ewrop sydd â thrwydded i hedfan drôns. Drwy ymestyn y coridor i'r dwyrain a defnyddio maes awyr Llanbedr yn Sir Feirionnydd r'ych chi nawr yn gallu cynnig talp helaeth o Fae Aberteifi ac ucheldir Cymru. Mae un o brif gwmnïau arfau Ffrainc, Aérospatiale-Matra, wedi profi drôns yma. Ac mae'r Watchkeeper yn gopi o UAV a ddatblygwyd yn Israel, a'r drôn wedi'i brofi yma ac yn Israel. Hefyd, mae tybiaeth gref i Condor gael ei ariannu gan fuddsoddwyr o Ffrainc ac Israel. Falle 'mod i'n sinig ond dwi'n gweld sawl dolen, a'r gadwyn yn y pen draw yn arwain 'nôl at Celtiq."

Anghytunodd Masterson. "Ond ddim yn arwain at Rees. Chi sy'n chwarae gêm, Insbector, nid ni, gêm o daflu cyhuddiadau di-sail. Rhaid eich bod chi'n desbret, a'r ymchwiliad yn mynd i nunlle, ddim un cam yn nes at ddarganfod beth ddigwyddodd i Gerald Rees, a'r methiant yn awgrymu nad corff Rees oedd yn y car o gwbwl. Does gen i na Bruce ddim gair pellach i'w gyfrannu. Mae gwaith 'da ni i'w wneud, os nad oes ots gyda chi."

Cododd y ddau. Roedd yr holi ar ben ond safodd Gareth wrth y drws am eiliad. "Cyhuddiadau di-sail, nid celwydd. Hm. Dwi'n gwerthfawrogi'ch amser prin chi. Gewch chi fynd 'nôl nawr i chwarae sowldiwrs!"

Roedd ffyrnigrwydd ar wynebau Masterson a Shard ond cyn iddynt gael cyfle i brotestio ychwanegodd Gareth, "A dwi ymhell o fod yn desbret, diolch yn fawr! Rydw i sawl cam ymlaen ar ôl trafodaeth ddefnyddiol iawn."

Ni welodd neb ar y grisiau ac roedd dynes y dderbynfa yr un mor surbwch ag erioed. Cerddodd at y Merc ac roedd ar fin camu i'r car pan glywodd lais yn gweiddi, "Insbector Prior, eich llyfr nodiadau!" Lynwen, y Gymraes o dywysydd, oedd yno. Nesaodd ato a rhoi llyfr bach lledr yn ei law. Trodd ar ei sawdl wedyn, dychwelyd i'r adeilad heb air a gadael Gareth yn syllu ar ei hôl yn gegrwth. Nid ei lyfr nodiadau ef oedd hwn ac agorodd y clawr mewn penbleth. Ar y dudalen gyntaf darllenodd y geiriau 'Heno hanner awr wedi saith maes parcio gwasanaethau Pont Abraham M4.'

*

Edrychodd Gareth ar ei wats. Roedd hi wedi wyth o'r gloch. Mae hyn yn wirion, meddyliodd, twyll, nonsens o ddigwyddiad mewn nofel dditectif. Ugain munud arall a byddai'n rhoi'r gorau iddi a throi am Gaerdydd. Er gwaethaf ei amheuon, roedd wedi dewis llecyn yng nghornel uchaf y maes parcio ymhell o unrhyw gar arall. Arhosodd am chwarter awr arall ac roedd ar fin tanio'r injan pan welodd Toyota coch yn nesáu ac yn dod i stop wrth ei ochr. Daeth merch allan o'r car a symud yn gyflym i eistedd yn y Merc.

"Sori am fod yn hwyr, ro'n i'n dilyn lori wair am ran gyntaf y siwrne ac roedd goleuadau traffig ar yr ail hanner. Sori hefyd am y busnes… James Bond, ond wna i esbonio mewn munud."

"Chi wedi teithio'n reit bell. Hoffech chi baned?"

"Ddim yn bell mewn gwirionedd. Dwi'n byw yng Nghaerfyrddin ac yn gyrru i Aberporth bob dydd. Dyw ffeindio swydd ddim yn rhwydd mewn ardal fel hon. Dewisais i Bont Abraham fel man o olwg y bosys. A na, dwi ddim isie paned, well gen i drafod yn y car."

"Iawn, Lynwen… Lynwen beth?"

"Jyst Lynwen." Oedodd y ferch, llyncu poer a pharhau mewn llais isel ond penderfynol. "Fi yw cynorthwyydd personol Jake Masterson. Bore 'ma, wrth i fi ddod â'r coffi, glywes i chi'n holi a oedd Gerald Rees erioed wedi ymweld â'r ganolfan ymchwil ac fe wadodd Masterson. Mae hynna'n gelwydd. Tua dwy flynedd yn ôl fe enillodd Condor gytundeb i baratoi meddalwedd i'r Watchkeeper ac mae'r cwmni'n dal i gynnal gweithdy yn Aberporth. Cadwyd y cyfan yn gyfrinachol ond roedd Rees yn ymwelydd cyson."

"Dwi ddim yn amau'ch gair chi, ond oes tystiolaeth, dyddiadau, cofnodion cyfarfodydd, lluniau?"

"Oes, dyddiadau – yn arbennig rhwng Chwefror a Mehefin 2012. Masterson a Shard yn unig oedd yn bresennol yn y cyfarfodydd ac, unwaith, rhai o'r *top brass* o Lundain. Fyddai yna ddim cofnodion ac, yn sicr, dim lluniau."

"Dwi'n deall fod Aberporth yn gyfrifol am waith cudd, ond pam y cyfrinachedd arbennig am Rees?"

"Rhywbeth i neud â'r ffordd y dyfarnwyd y cytundeb i Condor. Doedd y gystadleuaeth ddim yn un agored ac roedd

Rees yn gwybod am brisiau'r cwmnïau eraill ymlaen llaw. Mae meistri Aberporth nawr yn cachu brics rhag ofn i'r ymchwiliad i farwolaeth Rees arwain yn syth at ddrws Celtiq. Betia i fod Masterson a Shard ddim yn awyddus i drafod bore 'ma."

"A dyna'r rheswm am y celwydd?"

"Yn rhannol, ie. Mae 'na reswm arall. Rhaid i chi ddeall nad yw Celtiq yn boblogaidd gan bawb yn y gymuned. Fe wnaeth dau o'r drôns gwympo i'r ddaear, mae cwynion wedi bod am y sŵn ac am y cynllun i estyn oriau hedfan i'r nos, ac mae rhai'n gwrthwynebu am resymau moesol."

"Mae'n flin 'da fi, ond alla i byth â gweld beth yw rhan Gerald Rees yn hynny."

"Yr un rheswm i ddweud y gwir. Mae Celtiq yn paratoi cynllun i Frwsel i ddatblygu Aberporth fel canolfan Ewrop gyfan i brofi drôns. Os bydd yn llwyddiannus, bydd yn arwain at fuddsoddiad o filiynau. Bydd unrhyw gysylltiad â marwolaeth Syr Gerald yn newyddion drwg iawn i Masterson a Shard a bydd peryg eto i ddillad brwnt y gorffennol ddod i'r wyneb."

Cafwyd saib byr wrth i Gareth ystyried ac yna gofynnodd, "Ydych chi'n un o'r gwrthwynebwyr, Lynwen?"

"Ydw, Insbector. Fi yw'r gwcw yn y nyth."

*

Roedd fflatiau Reardon Avenue yn gopi perffaith o weddill blociau unffurf Bae Caerdydd. Oherwydd y tebygrwydd cafodd Akers drafferth canfod y Moorings ond o'r diwedd daeth o hyd i'r adeilad, dringo grisiau'r fynedfa a sylwi ar fotwm rhif 62. Cododd ei law ar Teri a eisteddai yn y car ar ben y lôn. Gyrrodd honno'n agosach a pharcio'n union gyferbyn â'r fynedfa. Yna dychwelodd Akers i'r car.

"Beth nawr?" holodd Teri.

"Aros tan ddaw hi i'r golwg. Dyw hi ddim yn bell. Drycha, mae car yn lle parcio'r fflat."

Ac yn wir, roedd car yn y man cadw – Golf to clwt newydd sbon, ei baent porffor yn disgleirio yn haul y prynhawn a'i olwynion arian yn hollol lân ac yn rhydd o unrhyw faw.

Edrychodd Clive yn eiddigeddus ar y modur. "Digon o arian 'da Miss Farrell. Gostwng y to, taith i lan y môr, Cheryl Cole ar y *stereo*, merch wrth dy ochr, gwallt yn y gwynt. Beth mwy fydde dyn isie?"

"Bydde to clwt yn berffaith am un mis o'r flwyddyn, os ti'n lwcus. Bydde gwallt y ferch yn glymau i gyd, pawb yn rhynnu a na, Led Zep ar y *stereo* bob tro."

"Dy drafferth di yw diffyg dychymyg, Teri. Sdim byd o'i le ar freuddwydio."

Cafwyd cyfnod o dawelwch wrth i'r ddau syllu ar yr olygfa o gwmpas y Moorings. Yr ochr draw i'r bloc safai cei bychan, ei gychod modur yn codi a disgyn yn llif afon Taf gerllaw. Ond cei artiffisial oedd e, rhyw greadigaeth Legoaidd, y cyfan yn daclus, popeth yn ei le heb annibendod na drewdod cei go iawn. Doedd yma ddim o naws y môr ac, yn fwy rhyfedd byth, dim cri gwylanod.

"Drycha ar hwn, dim bywyd, dim cymuned, dim byd."

Cyfnod hirach o wylio ac yna cyhoeddodd Teri, "Dwi'n methu deall pam na fydden ni'n holi Jodie Farrell yn yr orsaf yn hytrach na sefyllian fan hyn."

"Mae'n ddieuog o unrhyw drosedd, heblaw bod yn wejen i Rees. A beth bynnag, mae Gareth am greu elfen o syrpréis, dim rhybudd."

"Hmm. Rwy'n dechrau amau tactegau'r bòs. Un funud rhaid codi pac a symud yr holl sioe o Aber i Gaerdydd a'r funud nesa mae e'n mynd 'nôl i Geredigion ar garlam ar ôl gweld parsel yn Condor."

"Doedd dim dewis ond symud i Gaerdydd, oedd e? A dwi

ddim yn gwbod am y parsel, ti oedd gyda fe. Un peth dwi *yn* gwbod yw 'mod i'n starfo. Mae 'na siop rownd y gornel, un o'r ychydig gyfleusterau sy'n y lle 'ma."

Daeth Clive yn ei ôl o fewn llai na phum munud yn cario brechdan ham a phecyn o greision. Agorodd ddrws y car a chlywed ebychiad Teri, "Ti ddim yn bwyta'r sothach 'na fan hyn. Bydd y car yn drewi. Cer at y fainc wrth ymyl y cei."

Treuliwyd gweddill y prynhawn mewn distawrwydd ac o'r diwedd, tua phump o'r gloch, gwelwyd arwyddion o fywyd. O un i un dychwelodd preswylwyr y Moorings, y rhan helaeth ohonynt yn bobol yn eu hugeiniau yn cyrraedd adref ar derfyn diwrnod o ymlafnio mewn swyddfeydd. Yn eu plith roedd tair blonden ac er bod un yn cyfateb i'r disgrifiad o Jodie Farrell, roedd rhaid bod yn sicr. Felly aeth Clive i roi cic i olwyn gefn y Golf a brysio 'nôl i'r car. Ar unwaith, seiniodd y larwm ac mewn byr o dro brasgamodd merch ifanc i lawr y grisiau, rhedeg at y Golf i atal y larwm a diflannu 'nôl i'r adeilad. Oedodd Teri tan iddi sylwi ar ddyn a dynes yn agosáu, ac yna gadawodd y car a mynd i sefyll ar y grisiau yn union tu ôl iddynt. Roedd y ddynes yn stryffaglio â bagiau siopa a bu raid iddi basio'r bagiau i'w phartner cyn llwyddo i agor y drws. Gan furmur rhywbeth am golli ei hallwedd, sleifiodd Teri i mewn i'r adeilad yn sgil y pâr, aros ac yna ailagor y drws i Clive. Dringodd y ddau'n gyflym i'r chweched llawr, dod o hyd i rif 62 a chanu'r gloch.

Agorodd y ferch ifanc y drws. "Ie?" gofynnodd yn siarp. "Sut ddaethoch chi i mewn? Mae'r lle 'ma'n breifat."

"Ditectif Sarjant Akers a Ditectif Cwnstabl Owen, Heddlu Dyfed-Powys."

Culhaodd y llygaid ond daliodd Jodie Farrell ei thir. "Ie?"

"R'yn ni wedi dod i'ch holi chi am eich adnabyddiaeth o Syr Gerald Rees."

"Beth chi'n feddwl 'adnabyddiaeth'?"

"Roeddech chi'n gariadon."

"Pwy sy'n dweud?"

"Ei wraig, ac mae nifer wedi sôn eich bod yn ymwelydd cyson â'r tŷ yn Aberaeron. Gawn ni drafod yn breifat?"

Petrusodd y ferch am eiliad cyn arwain y ffordd i'r fflat. Roedd y disgrifiad 'penthouse' yn hollol addas, a thrwy'r ffenestri gallech weld Bae Caerdydd. Roedd yma ddodrefn modern dur a lledr, y muriau'n wyn ac ar y wal gyferbyn â'r ffenestri roedd llun haniaethol o rywbeth tebyg i falwen fawr ddu yn eistedd ar domen o ddail. Roedd grisiau gwydr a dur yn arwain i groglofft lle roedd mwy o ddodrefn lledr a theledu enfawr. Roedd gwallt Jodie yn felynwyn, y llygaid glas yn cuddio dan haen o fasgara a choch llachar ei gwefusau yn wahoddiad ac yn rhybudd. Gwisgai drowsus du a blows batrymog, y ddau ddilledyn yn gwasgu hwnt ac yma ac ychydig yn dynn. Roedd hi'n ferch a fyddai, ymhen blwyddyn neu ddwy, yn ddynes drom, a chorff lluniaidd ei hieuenctid yn prysur ddiflannu.

Chwifiodd fraich tuag at y soffa – arwydd i Clive a Teri eistedd – ac eisteddodd hithau mewn cadair gyferbyn. Hi siaradodd yn gyntaf. "Gerry druan. Oedd rhywbeth o'i gorff yn weddill ar ôl y tân?"

Atebodd Clive yn ddiplomataidd, "Dim llawer, rwy'n ofni. Mae diwrnodau olaf Syr Gerald yn dal yn ddirgelwch."

"Mae'r cyfan yn sioc ofnadwy. Roedd Gerry a fi'n agos iawn." Estynnodd am facyn papur o focs ar y bwrdd isel wrth ei hymyl, cyn sniffian a sychu deigryn.

"Pam na wnaethoch chi gysylltu â'r heddlu yn sgil yr apêl am wybodaeth?"

Taflodd Farrell olwg bitïol at Clive. "Beth?! A darllen am ein perthynas yn y wasg, a dynion teledu yn cuddio ym mhob cornel? Dim diolch."

"Ond roeddech chi'n barod i gynnal perthynas agored yn Aberaeron."

"Mae gwahaniaeth rhwng cael eich gweld mewn tre glan môr yn y Gorllewin a bod ar dudalen flaen y *Western Mail.*"

"Pryd a ble wnaethoch chi gwrdd?"

"Yn y clwb, ychydig dros ddeunaw mis yn ôl."

"Y clwb?" holodd Teri.

"Tootsies yn y dre. Chi ddim yn aelod? Na, falle ddim. Mae Tootsies yn diogelu'r *clientele.*"

"Oeddech chi'n mynd i Aberaeron yn rheolaidd?"

"Bob rhyw chwech wythnos, yn amlach os byddai'r tywydd yn addas i hwylio."

Ailymunodd Clive yn yr holi. "Pryd oeddech chi yno ddwetha?"

Myfyriodd y ferch fel petai'n ceisio galw'r ffaith i gof. "Tair wythnos yn ôl?"

"Fflat neis, Miss Farrell, a char drud. Beth yw'ch gwaith chi?"

"Ymgynghorydd harddwch. Mae 'da fi salon yn y dre, Pretty Me. Falle ddylech chi ymweld â ni, Sarjant."

Roedd Akers ar fin gofyn cwestiwn arall pan gododd Teri o'r soffa. "Sori, alla i ddefnyddio'r tŷ bach?"

Pwyntiodd Farrell at y groglofft. "I'r chwith ar dop y grisiau."

Roedd yr ystafell ymolchi mor ysblennydd â gweddill y fflat ond ar ôl sbeciad sydyn cropiodd Teri yn ofalus ar hyd y coridor a dod at ystafell wely. Taflodd olwg cyflym dros yr ystafell a gweld ar fwrdd gwisgo yr hyn roedd hi'n chwilio amdano. Dychwelodd i'r ystafell ymolchi, gwneud sioe o wagio'r toiled a rhedeg dŵr o'r tap, a mynd yn ôl i'r lolfa.

Ni ddysgwyd llawer mwy o'r holi ac ymhen hir a hwyr dywedodd Jodie, "Gobeithio galla i ddibynnu ar yr heddlu i fod yn *discreet.*"

"Mae'r heddlu wedi hen arfer cadw cyfrinachau, Miss Farrell."

Gyrrodd Clive 'nôl i'r dref drwy Dreganna. Wrth aros ger golau coch dywedodd Teri, "Nid hi yw'r ddynes, Clive. Mae gan Gerry Rees ail gariad oedd yn Aberaeron yn ystod y mis dwetha. Mae Miss Farrell yn dweud celwydd. Wnest ti sylwi ar yr oedi ar ôl i ti ofyn pryd oedd hi yno ddwetha?"

"Naddo."

"Ti'n cofio Mari Jones yn sôn am y cariad yn smocio un ar ôl y llall? Doedd dim un bocs dal llwch sigaréts yn y fflat a dim arogl mwg. Hefyd, fe ddisgrifiodd Mrs Jones y cariad fel merch denau. Ti'n cofio'r nicers? Byddai'n amhosib i Farrell wasgu i mewn i rheina."

Newidiodd y golau a symudodd Clive ymlaen. "Ond roedd Harry Flint yn sôn am 'well-built young lady'."

"Dyna'r pwynt. Mae 'na ddwy, ac mae Jodie Farrell rywfodd wedi clywed am yr ail ac yn ceisio'n twyllo ni."

"Does gen ti ddim prawf o hynny."

"Am nawr, nag oes, ond fe fydd. Drycha, wnes i ddod â hwn o'r stafell wely." Dangosodd Teri diwbyn lipstig. "Cymharu'r DNA ar y lipstig a'r DNA ar y dillad gwely ym Manod ac fe gewn ni brawf."

PENNOD 16

Nı DDYCHWELODD MITCH i'r Goetre ond ni chafwyd ymweliad gan yr heddlu chwaith. Ni tharfodd neb ar heddwch y tyddyn ac ar ôl deuddydd pryderus daethpwyd i'r canlyniad fod Mitch rywfodd wedi twyllo'r glas a'u perswadio mai protestiwr unigol ydoedd yn hytrach nag aelod o unrhyw gell. Un yn llai i gynnal y frwydr a diwrnod yn unig tan yr ymgyrch o weithredu'n uniongyrchol yn erbyn y saethwyr. Roedd y fan yn broblem – crafu adref o Gaerfyrddin, y siwrnai'n hunllefus o herciog ac ers hynny doedd yr injan ddim yn tanio o gwbl.

Eisteddai pawb o gwmpas bwrdd y gegin a gofynnodd Joel, "Be nawn ni nawr?"

"Be ti'n feddwl 'be nawn ni'?" atebodd Charlotte yn siarp. "Cario mlân, cadw at y cynllun a rhoi stop ar y difa. Ma dal i fod pump ohonon ni. A' i ar ben fy hunan os oes raid. Pam na ofynnwn ni am help gan gelloedd eraill?"

"Na. Ni sy'n gyfrifol am ochr ddeheuol Dyffryn Teifi. Ma pob cell yn gyfrifol am ei chylch ei hunan ac wedi dysgu am dirwedd a lleoliad y ffermydd, dyna'r drefn. A shwt wyt ti'n mynd i gyrraedd y safle? Ma'r fan yn capŵt a ni'n sownd yn y Goetre."

"Beth am gael rywun i weld y fan?"

"Sdim amser, a bydde'n ormod o risg. Bydde'r glas wrth y gât cyn i ni droi rownd."

"Allwn ni byth â rhoi lan," taerodd Debs. "Ar ôl misoedd o gynllunio, arian wedi'i wario a'r celloedd eraill yn dibynnu arnon ni. Os na fyddwn ni 'na, bydd bwlch yn y llinell. Sdim ots faint o lwyddiant fydd yr atal, y ffaith i'r saethwyr fynd â hi yn ein cylch bach ni fydd yn cael y sylw. Drycha, ni 'di colli Mitch, un mas o chwech. Dwi'n cytuno â Charlotte, dwi'n cario mlân."

Glynodd Joel at ei safbwynt. "Mae'n ddigon hawdd dadlau fan hyn, yn niogelwch y Goetre. Roedd gwarchod yn ddigon anodd i chwech o bobol."

Roedd Sanjay yn eistedd yn ei le arferol ar ben pellaf y bwrdd. Hyd yn hyn ni ddywedasai air, dim ond gwrando. Ond yn sydyn, daeth fflach i'w lygaid tywyll a dyrnodd y bwrdd. "Pa fath o blydi *activist* wyt ti, Joel? Dwi 'di gorfod brwydro yn erbyn hiliaeth erioed, yn erbyn y poeri a'r rhegi a'r gweiddi cyson, 'Go home, you fucking Paki.' Brwydr fach dros hawliau anifeiliaid yw hon, mae 'na frwydrau lot pwysicach dros hawliau dynol. R'yn ni wedi colli un aelod, 'na i gyd, ac rwyt ti'n malu cachu am broblemau'r fan a'r blydi goedwig!"

Cododd Joel o'i sedd a sefyll uwchben Sanjay. "Taset ti a Mitch heb orwedd o flaen y car fydden ni ddim yn y twll 'ma nawr. Ein gosod ni mewn peryg cyn i'r ymgyrch ddechrau'n iawn. Ymladdwr ymarferol ydw i, Sanjay, yn mesur llwyddiant gam wrth gam, nid rhywun sy'n cael sterics."

Llanwyd yr ystafell gan chwerwder y dannod. Roedd y distawrwydd fel carreg a neb yn mentro dweud gair rhag ofn i'r cweryl droi'n fwy ffrwydrol. Eisteddai Meg ben arall y bwrdd a'i llais tawel hi chwalodd y tensiwn. "Rhaid i bob un ohonon ni bwyllo ac ymddwyn yn gall, nid taflu cyhuddiadau a chwmpo mas fel plant. Dwi hefyd yn meddwl y dylen ni gario mlân. Fel mae'n digwydd, bydd aelod newydd yn ymuno â'r gell heno. Mae'n brotestiwr profiadol ac, yn bwysicach na hynny, mae'n berchen ar fan."

"Alli di byth â neud hynna!" meddai Sanjay. "Blydi hel! R'yn ni 'di treulio misoedd yn paratoi a chydweithio. Nest ti ddim trafod cael rhywun arall."

"Fe alla i neud penderfyniadau. Fi yw arweinydd y gell. Un

funud, Sanjay, ti'n gweiddi ac yn beirniadu, a'r funud nesa ti'n gwrthwynebu pan dwi'n cynnig atebion. Be sy ar dy feddwl di?"

Fflach arall o'r llygaid ac yna meddai Sanjay yn guchiog a phwdlyd, "Sneb yn nabod y boi newydd 'ma. Shwt y'n ni'n gwybod y gallwn ni 'i drystio fe?"

"Dylet ti 'i nabod e. Fe oedd yr un wnaeth dy lusgo di o afael yr heddlu. Tom Holden. Mae'n dod gyda chymeradwyaeth uchel o gell Caerdydd."

PENNOD 17

"BORE DA." LLAIS benywaidd, ansicr. "Wnes i ffonio ddoe ynglŷn â'r cais am wybodaeth yn achos Syr Gerald Rees, ond doeddech chi ddim yno."

Am draed moch, meddyliodd Gareth Prior, does bosib na allai rhywun fod wedi trosglwyddo'r neges. "Ymddiheuriadau am hynny. Beth yw'r enw, os gwelwch yn dda?"

"Oes rhaid rhoi enw?"

Gwyddai Gareth o brofiad am nerfusrwydd rhai unigolion wrth gysylltu â'r heddlu. "Am nawr, na, popeth yn iawn."

"Nos Fercher dwetha, dim neithiwr, wythnos i neithiwr…"

Daeth y llais i stop ac am eiliad tybiodd Gareth fod nam ar y lein. Yna clywodd y ddynes yn anadlu, "… o'n i'n gyrru o Bontsenni i Aberhonddu ar yr A40."

"Faint o'r gloch oedd hyn?"

"Tua hanner awr wedi saith. Cyn Pontsenni mae'r hewl yn syth ac yn llydan, islaw Mynydd Epynt lle mae'r fyddin yn ymarfer. Ond o Bontsenni ymlaen mae'r ffordd yn droellog ac yn culhau. Wrth un tro cas daeth car yn syth ata i ac roedd rhaid i fi wyro i'r chwith i osgoi damwain. Bu bron i fi lanio yn y ffos. Aeth y car arall yn ei flaen. Codi sbid os rhywbeth."

"Allwch chi fod yn fwy manwl am y lleoliad?"

"Wrth y troad i Grib y Bannau."

Teimlodd Gareth ei galon yn cyflymu. "Pa fath o gar?"

"Porsche Cayenne lliw aur."

"Chi'n hollol siŵr?"

"Ydw. Weles i'r bathodyn ar y blaen. Dwi ddim yn gwybod lot am geir ond dwi'n gwybod bod Porsche fel arfer yn gar isel a doedd hwn ddim yn isel. Ac wedyn weles i'r apêl am wybodaeth ar y teledu."

"Allwch chi ddweud rhywbeth am y teithwyr?"

"Roedd dau – y gyrrwr a pherson arall. Alla i byth bod yn bendant ond roedd croen tywyll gan y gyrrwr. Digwyddodd y cyfan mor gyflym."

Clywyd hisian ar y lein a sylweddolodd Gareth fod y ddynes yn defnyddio ffôn symudol. "Gwrandwch, mae'r alwad yma'n costio'n ddrud i chi. Rhowch y rhif ac fe wna i'ch ffonio chi 'nôl."

"Na, na, mae'n iawn."

"O ble y'ch chi'n ffonio?"

"Llantrisant."

Gwnaeth benderfyniad cyflym. "Y cam gorau yw i chi ddod draw i swyddfa'r heddlu. Wna i anfon car i'ch nôl chi. Iawn?"

Lai nag awr yn ddiweddarach, canodd y ffôn eto, a chlywodd Gareth lais merch yn y dderbynfa'n dweud bod ei ymwelydd wedi cyrraedd. Ystyriodd a ddylai ddirprwyo'r cyfweliad ond penderfynodd yn erbyn hynny. Roedd y galwr wedi ymddiried ynddo ac yn llai tebygol o ymateb yn bositif i berson arall.

"Diolch am ddod, Mrs Davies."

"Miss. Miss Ceri Davies."

"Gobeithio nad ydw i'n torri ar eich diwrnod gwaith."

"Na, dim o gwbwl. Dwi'n was sifil, yn gweithio lan yr hewl ym Mharc Cathays, ac mae gen i fore rhydd. Gobeithio galla i fod o help."

"Dwedwch unwaith eto beth ddigwyddodd."

"Ond dwi wedi dweud ar y ffôn."

"Efallai y gwnewch chi gofio rhywbeth ychwanegol. Gallai'r manylyn lleiaf fod o gymorth."

Pwysodd Ceri Davies yn ôl yn ei chadair a chau ei llygaid. Ond yr un hanes bron air am air a gafwyd.

"Roedd gan y gyrrwr groen tywyll meddech chi. Allwch chi gofio mwy?"

"Dyn oedd e, yn bendant, ond ar wahân i'r croen tywyll, dim byd. O'n i mewn sioc, roedd y car yn dod yn syth ata i."

"A beth am y teithiwr? Dyn neu ddynes?"

"Dyn." Pwyllodd am ennyd fel petai'n ceisio didoli ffeithiau i sefydlu darlun cliriach. "Arhoswch funud…" Caeodd ei llygaid eto. "Roedd golwg bryderus arno, fel person ar hast. Ac wrth i'r Porsche sgidio rownd y gornel fe wnaeth e afael ym mraich y gyrrwr."

"Allwch chi ddisgrifio'r wyneb?"

"Pwy, y gyrrwr?"

"Na, y teithiwr."

"Wyneb normal. Ei wallt e dros y lle."

"Lliw gwallt?"

"Rhywfaint o ddu ond yn troi'n llwyd."

"Oedran?"

"Allwn i ddim dweud, sori."

"Peidiwch â phoeni. Mae'r manylion yn ddefnyddiol tu hwnt. Nawr, a fyddech chi'n fodlon gweithio gyda ditectif arall i greu llun *identikit*?"

"Nawr?" atebodd Ceri Davies gan edrych ar ei wats. "Dwi'n cwrdd â rhywun mewn hanner awr."

"Mae'n well mynd at y dasg yn syth bìn tra bo'r cyfan yn ffres yn y cof. Ddyle fe ddim cymryd mwy na deg munud ac mae'r arbenigwr yma heddiw."

"Deg munud?"

"Dwi'n addo, Miss Davies, deg munud. Daw rhywun â phaned i chi."

Nodiodd y ddynes ac am y tro cyntaf yn yr ymchwiliad synhwyrodd Gareth lygedyn o obaith.

Erbyn i Clive a Teri gyrraedd y swyddfa roedd y llun *identikit* ar y ddesg. Edrychodd y ddau arno mewn rhyfeddod a gweld ar unwaith y tebygrwydd i Gerald Rees: yr un llygaid treiddgar, a'r gwallt wedi britho.

"O ble ddath hwnna?" holodd Clive.

Esboniodd Gareth. "Mae tystiolaeth nawr o'r hyn ddigwyddodd cyn y ddamwain. Mae Rees yn cael ei weld yn teithio yn y Porsche ger y troad i Grib y Bannau tua hanner awr wedi saith, awr cyn i Abe Griffiths ddod o hyd i'r car a ffonio'r heddlu. Disgrifiad o yrrwr y Porsche fel person tramor, croen tywyll, sy'n ffitio adroddiad Dr Annwyl am unigolyn o dras ddwyreiniol. Y car yn teithio'n gyflym, osgoi car arall o drwch blewyn ac yna, ychydig filltiroedd i ffwrdd, yn sgidio eto, mynd oddi ar y ffordd, taro craig a mynd ar dân. Roedd y ddynes yn sôn am olwg bryderus ar wyneb Rees, fel petai ar frys."

"Ydy'r tyst yn ddibynadwy?"

"Fe wnaeth hi 'nharo i fel person call, gonest. Hi gysylltodd â ni, a dod yma o'i gwirfodd. Pam fyddai rhywun yn creu stori fel'na?"

Dywedodd Teri, "Ond mae un hen broblem yn aros. Sut gwnaeth Rees ddianc? Beth nawr? Ail apêl am wybodaeth?"

"Bydd rhaid i ni, a holi a welwyd *unrhyw un* yn heglu o safle'r ddamwain, a sicrhau bod y rhybudd i'r porthladdoedd a'r meysydd awyr yn dal yn weithredol. Ddaeth rhywbeth o'r cofnodion ffôn, Clive?"

"Mae Toptalk, y cwmni ffôn, yn gyndyn i ryddhau data. Ond fe wna i wasgu arnyn nhw."

Am y deng munud nesaf rhoddodd Gareth fraslun o'i ymweliad ag Aberporth gan gloi drwy gyfeirio at y wybodaeth a roddwyd gan Lynwen. "Er i Stanfield ddatgan mai Pontypridd oedd unig safle Condor, mae'r cwmni'n dal i gynnal gweithdy yn Aberporth. Rhwng Chwefror a Mehefin 2012 roedd Rees yn ymwelydd cyson oherwydd i Condor ennill cytundeb i baratoi meddalwedd i'r drôn sy'n cael ei brofi yno ac mae amheuaeth am y ffordd yr enillodd Condor y cytundeb. Roedd Stanfield felly'n dweud celwydd ar sawl cownt. Hefyd, mae prawf erbyn hyn fod Condor *yn* gyflenwyr i'r Weinyddiaeth Amddiffyn, er bod Zoe Helms yn gwrthod cadarnhau. Beth am Jodie Farrell?"

Clive gychwynnodd. "Roedd Rees a Farrell yn gariadon ers deunaw mis. Cyfarfod mewn clwb o'r enw Tootsies yn y dre. Farrell yn cadw siop harddwch ac mae'n byw mewn fflat moethus yn y Bae, a Golf newydd sbon tu allan. Mae'n ddigon posib mai Rees yw gwir ffynhonnell yr arian. Doedd hi ddim fel petai'n poeni llawer, er mai hi yw'r unig un sydd wedi dangos unrhyw awgrym o alar. Teri?"

"Nid Jodie Farrell yw'r ferch welwyd gan Mari Jones. Roedd hi'n arfer bod yn gariad i Rees a rywfodd fe wnaeth hi ddarganfod bod ganddo gariad newydd. Dwy flonden, ie, ond roedd Harry Flint yn sôn am 'well-built young lady' a Mari Jones wedi gweld merch denau. Y nicers yn stafell wely Manod yn rhy fach i Farrell. Chi angen prawf?" Esboniodd Teri iddi godi lipstig o ystafell wely'r fflat a gwnaeth gais i ofyn am brofion DNA.

"Felly, rhaid ffeindio ail gariad. Unrhyw syniadau?" holodd Gareth ar ddiwedd yr adroddiad.

"Beth am Tootsies?" atebodd Teri. "Os yw Rees wedi cyfarfod un ferch yn y clwb, pam nad yr ail? Bydde hynny'n esbonio sut clywodd Farrell am y cariad newydd."

"Iawn, Teri, cer di i'r clwb. Hola am aelodaeth Rees, gweld y rhestr aelodau, a beth am y merched sy'n mynychu'r lle? Oes rhywbeth drwgdybus yn mynd ymlaen? Clive, beth am rieni'r ferch laddwyd yn ffatri Condor?"

"Gwrthod siarad. Ddim eisiau agor hen glwyf."

"Trueni. Cysyllta felly â Stanfield a Helms eto a threfnu amser i ddod â nhw yma. Troedia'n ofalus ond arestio os oes angen. Fe wna i ymchwilio i sefyllfa ariannol Syr Gerald. Gest ti wybodaeth am gyfrifon banc gan Alwen Rees?"

"Do, Marchers, Queensway."

*

Safai prif gangen Marchers y ddinas mewn adeilad hynafol nid nepell o'r castell. Gwnaeth Gareth apwyntiad i weld y prif reolwr am hanner awr wedi dau ac ar ôl edmygu cadernid y ffasâd Fictoraidd camodd drwy'r fynedfa i neuadd fancio eang. Roedd nifer o gwsmeriaid wrth y cownteri – gwraig ifanc yn ymdrechu i dawelu babi, gŵr canol oed yn trosglwyddo tair sachaid o arian mân a thramorwyr yn holi am gyfnewid doleri. O'r diwedd, cwblhaodd y wraig o'i flaen ei thasg a symudodd Gareth at y cownter. Cyflwynodd ei hun ac egluro pwrpas ei ymweliad. Syllodd y clerc arno mewn braw, y braw a welir yn aml wrth i unigolyn ddod wyneb yn wyneb â ditectif. Pwyntiodd at ddrws ym mhen pellaf y neuadd. Clywyd cliciadau wrth i'r drws gael ei ddatgloi ac arweiniwyd Gareth i'r llawr cyntaf ac at ail ddrws. Curodd y clerc yn ysgafn, mwmblan rhyw eiriau tebyg i 'Insbector Prior' a diflannu'n ôl i ddiogelwch ei gownter.

Henry Bidder oedd enw'r prif reolwr a dyma ddyn a wrandawodd ganwaith ar ymbilion ei gwsmeriaid ac a wrthododd ganwaith. "Insbector, braf cael eich cwmni," dywedodd yn llyfn. "Holi am faterion ariannol y diweddar Syr Gerald Rees, ydw i'n iawn? Colled fawr, un o'n cwsmeriaid gorau. Mae gyda chi warant, wrth gwrs?"

Dim colled i chi, meddyliodd Gareth. "Oes, wrth gwrs." Pasiodd y ddogfen ar draws y ddesg. "Mae'r warant wedi'i harwyddo gan Gadeirydd y Fainc."

Sbeciodd y rheolwr ar y papur ac agor ffeil o'i flaen. "Roedd gan Syr Gerald sawl cyfrif, ac mae un cyfrif yn enw

Lady Alwen. Cyfrifon personol yw'r rhain. Mae ei gwmni'n defnyddio bancwyr yn Llundain. Felly, cyfrifon Syr Gerald yn unig?"

"Ie."

"Dros ba gyfnod?"

"Y chwe mis dwetha."

"Oes rhaid gwneud hyn? Roedd Syr Gerald yn hynod o barchus yng ngolwg Marchers."

Ddim cweit mor barchus, ystyriodd Gareth. "Oes. Fel y gwyddoch chi mae'n siŵr, Mr Bidder, r'yn ni wedi darganfod corff ond, ar hyn o bryd, heb fod yn bendant am achos marwolaeth Syr Gerald. Rhaid i ni ddilyn pob trywydd."

Yn anfoddog iawn, rhoddodd Henry Bidder y ffeil i Gareth. Roedd gan Gerald Rees gyfrif cynilo a chyfrif cyfredol – yn agos at filiwn yn y cyfrif cynilo a dros ddau gan mil yn yr un cyfredol. Swm uchel, ond efallai nad oedd dyn fel Rees yn poeni'n ormodol am ennill llog, nid bod y naill gyfrif na'r llall yn talu llawer o hwnnw. Sylwodd Gareth ar unwaith ar daliad misol i'r cyfrif cyfredol – deugain mil o ewros o Alpen Fiduciary, Genefa. "Beth yw hwn?"

"Dim syniad. Mater i Syr Gerald. Wrth gwrs, mae banciau'r Swistir yn adnabyddus am eu cyfrinachedd."

"Ydych chi'n ymwybodol o'r rheolau am wyngalchu arian, Mr Bidder?"

Adweithiodd y bancer fel petai Gareth wedi'i gyhuddo o ffidlan yr arian parod – neu waeth. "Heb amheuaeth, Insbector, mae Marchers yn hynod wyliadwrus."

"Fedrwch chi daflu goleuni ar rai o'r symiau sy'n mynd allan? Er enghraifft, mae pum mil yn fisol i Pretty Me."

"Yn ôl yr hyn rwy'n deall, mae gan Syr Gerald ddiddordeb ariannol mewn salon harddwch yn y dre."

Cofiodd Gareth am sylw Clive ynghylch busnes Jodie Farrell. "Ond pam trosglwyddo arian i mewn a dim arian yn dod 'nôl? Trefniant od, Mr Bidder, neu ddull o guddio pres?"

Yr unig ymateb oedd sniffiad uchel. Gwyddai Bidder fod drwg yn y caws ond fel gwarchodwr cwsmer parchus ni ddangosodd unrhyw barodrwydd i ymhelaethu.

Trodd Gareth at restr y cyfrif cynilo a chael ei daro gan ffaith ddadlennol. "Fan hyn, mae'n dangos i Rees godi dau gan mil mewn arian parod. Swm sylweddol."

"Ddim i berson fel Syr Gerald."

"Wnaeth e ddweud beth oedd yr angen, a pham arian sychion? Wnaethoch chi ofyn?"

"Do, wrth gwrs," atebodd Bidder yn sych. "Taliad uniongyrchol i gyflenwr. Fel rwy'n deall, roedd y pris yn llawer mwy cystadleuol mewn arian parod."

"Enw'r cyflenwr?"

"Mae'n ddrwg gen i, alla i ddim."

"Chi wnaeth y trosglwyddiad?"

Sniffiodd Bidder am yr eilwaith. Roedd y weithred o osod ei ddwylo claerwyn ar arian brwnt yn ddyletswydd islaw ei sylw. "Na, un o'r merched lawr llawr."

"Allwch chi ofyn iddi ddod yma, os gwelwch yn dda?"

O fewn pum munud cerddodd merch ifanc i mewn i'r swyddfa. Esboniodd Gareth y sefyllfa ac atebodd y ferch ar unwaith.

"Dwi'n cofio'r trosglwyddiad am ddau reswm. Dwi'n gyfarwydd â Syr Gerald Rees, mae e bob amser yn gwrtais ac yn gwenu. Yr ail reswm oedd y swm. Dyw'r math yna o arian ddim yn cael ei dalu dros y cownter bob dydd o'r wythnos."

"Pa adeg o'r dydd oedd hi?"

"Fe oedd cwsmer cyntaf y bore."

"Oedd rhywun gyda fe?"

"Na."

"Beth wnaeth e â'r pres?"

"Rhoddodd e'r amlenni mewn ces lledr eithaf siabi yr olwg. Dwi'n cofio meddwl, os oedd e'n gallu fforddio codi dau gan mil, pam na fyddai'n prynu ces newydd."

Diolchodd Gareth i'r ferch ac i Henry Bidder a gadael. Wrth iddo ddisgyn grisiau solet y banc myfyriodd ar y ffaith fod Syr Gerald Rees wedi codi dau gan mil o bunnau dridiau'n unig cyn ei ddiflaniad.

*

Roedd Teri'n hen gyfarwydd â Tootsies ond ni chyfaddefodd hynny wrth y ddau dditectif arall. Bu'n ymwelydd cyson yn ystod gwyliau coleg ac yn gariad am gyfnod byr i un o fownsars y lle – er mawr ofid i'w rhieni. Safodd wrth fynedfa'r clwb – drysau dwbl glas a phileri ffug ar y naill ochr. Roedd arwydd y clwb, dwy droed fenywaidd mewn sgidiau sodlau uchel, uwchben y drws. Doedd dim golwg o gloch a doedd dim ymateb, er i Teri guro'n uchel ar y drws. Cerddodd ychydig gamau o'r fynedfa, dod at stryd gefn a gweld ail ddrws tua hanner ffordd ar hyd y stryd. Gwthiodd Teri'r drws yn ysgafn ac agorodd o dan ei phwysau i ddatgelu coridor gyda grisiau yn y pen pellaf. Cerddodd yn ofalus ar hyd y coridor gan osgoi'r bocsys a'r sbwriel a chamu i lawr y grisiau. Daeth i brif lolfa'r clwb a gweld newid syfrdanol ers cyfnod ei hymweliadau. Gallai gofio carped brwnt, gludiog ond roedd y lle yn fwy soffistigedig erbyn hyn gyda soffas lledr tywyll yn erbyn pob wal, byrddau isel a thopiau marmor gwyn o'u blaen a'r llawr o bren tywyll. Roedd y muriau'n wyn a stribedi o oleuadau porffor tu ôl i'r dodrefn a rhwng y muriau a'r nenfwd. Roedd dau siandelïer crisial yn hongian o'r nenfwd, un bob ochr i'r belen wydr a guddiai'r camera teledu mewnol. Rhythodd Teri ar y newid a neidio wrth glywed llais cras tu cefn iddi.

"Ni ar gau! Os ti'n chwilio am waith, wel, sori, mae digon

o ferched ar y rhestr yn barod." Acen dramorol – Twrci neu ddwyrain Ewrop efallai.

Trodd Teri i wynebu'r dyn.

"Roedd y drws cefn ar agor. Mae angen i chi roi mwy o sylw i ddiogelwch. Rhestr o ferched? Sori?"

"Pwy ffyc wyt ti i fwrw barn ar ddiogelwch? Sdim gwaith i ti, ocê? Mae'r merched sy gyda ni'n bertach ac yn gwybod sut i blesio'r cwsmeriaid. Felly cer o 'ma cyn i ti gael dy daflu allan."

Camodd Teri at y llabwst. "Ditectif Cwnstabl Teri Owen. Dwi yma i weld y bòs. Nawr, fe alla i drefnu archwiliad iechyd a diogelwch – y drws cefn ar agor, coridor yn llawn sbwriel – neu fe alli di wrando."

"Ffyc off."

Yn fwriadol bwyllog, estynnodd Teri am ei ffôn a dechrau gwasgu'r botymau. Yna clywyd llais arall.

"Mehemet!"

Daeth y llais yn agosach ac ymddangosodd ail berson. "Rauf Pamuk, perchennog Tootsies. Ymddiheuriadau am ymddygiad Mehemet. Mae'n wyllt, ac yn tueddu i fod yn ymosodol. Hyfryd cwrdd â chi, Ditectif Cwnstabl Owen. Yr uwchswyddogion sy'n galw fel arfer. Mae Vivian Morley yn ffrind da. Gymrwch chi ddiod? Gwin? Coffi?"

"Diolch, gymra i goffi."

Nodiodd Mehemet a diflannu. Arweiniodd Pamuk y ffordd i un o'r soffas, gwahodd Teri i eistedd a setlo i'r soffa gyferbyn. Roedd yn ddyn atyniadol, a'r unig nam ar y perffeithrwydd oedd craith ar draws ei foch dde. Dyma ddyn a chanddo gryfder a nerth, nid yn gorfforol ond o ran ei ymarweddiad. Yn sicr, nid oedd yn ddyn i'w groesi.

Fel cawr wedi'i ddofi, gosododd Mehemet y coffi ar y bwrdd – cwpan bach patrymog a'r ddiod yn drwchus a'i arogl yn gryf.

"Ydych chi wedi blasu coffi Twrcaidd o'r blaen?" gofynnodd Pamuk. "R'yn ni'n mewnforio'r coffi gan gwmni bach yn Istanbwl. Nawr, sut galla i helpu?"

"Roedd aelod yn y clwb, Syr Gerald Rees…"

"Gŵr bonheddig, un o aelodau cyntaf Tootsies ac un o'r rhai mwyaf selog."

"Roedd gan Syr Gerald gariad o'r enw Jodie Farrell. Fe wnaethon nhw gyfarfod yn y clwb."

"Roedd y ddau'n ymwelwyr cyson, bob amser yng nghwmni ei gilydd."

"Pa fath o glwb yw hwn erbyn hyn? Fe wnaeth Mehemet gyfeirio at ferched yn gwybod sut i blesio'r cwsmeriaid a dweud bod digon ar y rhestr."

"Mae tueddiad gan Mehemet i orliwio, ond mae e'n iawn. R'yn ni'n cyflogi merched i weithio tu ôl y bar ac i weini. Mae aelodau'n talu tâl aelodaeth yn flynyddol ond mae eraill yn ymweld yn achlysurol ac yn talu wrth y drws. Mae aelodau'n mwynhau breintiau ychwanegol ac yn medru dod â gwesteion i'r clwb. Roedd Syr Gerald yn aelod llawn a Miss Farrell yn westai."

"Alla i weld y rhestr aelodau?"

"Dim problem."

Estynnodd Pamuk am ffôn symudol o boced ei siwt lwyd, cynnal sgwrs fer ac yna dychwelodd Mehemet a gosod gliniadur ar y bwrdd. Sgroliodd Teri drwy'r rhestr a gweld enwau rhai o gymeriadau amlycaf Caerdydd, gan gynnwys dau farnwr ac Aelodau Cynulliad. Ac roedd enwau Simon Stanfield a Vivian Morley yn eu plith.

"Oes rhestr o'r merched sy'n gweithio yma?"

"A, mae hynny'n fwy anodd. Mae'r merched yn mynd a dod, a rhai'n cyflenwi pan fydd rhywun yn sâl." Teipiodd Pamuk orchymyn ar y gliniadur a dadlennu cyfres o enwau, cyfeiriadau a rhifau ffôn. "Dyma chi."

Edrychodd Teri ar yr ail restr a chasglu nad oedd dim o ddiddordeb ynddi. "Diolch, Mr Pamuk. Yn ystod y mis dwetha, weloch chi Syr Gerald yng nghwmni merch heblaw Miss Farrell?"

"Dwi wedi treulio'r mis dwetha mas yn Nhwrci. Mae gen i westy yn Bodrum ac roedd rhaid gwneud yn siŵr fod popeth yn barod ar gyfer y tymor gwyliau."

"A pwy oedd yn edrych ar ôl Tootsies?"

"Mehemet."

Pwyntiodd Teri at y belen ar y nenfwd. "Mae gyda chi deledu mewnol, dwi'n gweld. Ydy hi'n bosib gweld y tapiau am y tri mis dwetha?"

Ymddangosodd cyfres o luniau ar y sgrin fechan. "Dyna gamera'r lolfa, ac mae 'na gamerâu wrth y bar a'r drws ffrynt."

Bu Teri'n llafurio am dros awr a gweld sawl siot o Gerald Rees a Jodie Farrell, a nifer o Simon Stanfield yn chwerthin yng nghwmni'r ddau. Roedd bron â rhoi'r gorau i'r dasg ddiflas pan welodd lun o Rees wrth y fynedfa yn camu i dacsi ac eistedd wrth ymyl merch ifanc â gwallt melyn a oedd eisoes yn y car. Closiodd ati a'i chusanu. Dangosodd Teri y clip i Pamuk a Mehemet ond doedd y naill na'r llall ddim yn adnabod y ferch.

*

Diflas hefyd oedd gweddill diwrnod Gareth. Cafodd ei alw i gwrdd â Vivian Morley i esbonio arafwch yr ymchwiliad, a chael rhybudd rhag tyrchu'n ddyfnach i farwolaeth Margaret Slater. Ar ôl dychwelyd i'r swyddfa dioddefodd y profiad annymunol o gael ei groesholi dros y ffôn gan Craig Darrow. Cwestiwn ar ôl cwestiwn. Beth ganfuwyd yn ffatri Condor? Pwy oedd y corff yn y car? Oedd sicrwydd nad Gerald Rees oedd y corff yn y car? Pam yr ymweliad â safle'r Weinyddiaeth Amddiffyn yn Aberporth?

Ble roedd Rees a beth ar wyneb daear roedd Prior yn ei wneud i ddod o hyd iddo?

Daeth y sgwrs i ben a gadawodd Gareth yr orsaf yn isel ei ysbryd. Wrth iddo agosáu at glwydi Parc Bute dechreuodd fwrw glaw'n drwm. Tynnodd ei got ysgafn amdano, codi'r coler a gwyro ei ben o gyfeiriad y gwynt. Prysurodd ei gamau ar hyd y llwybr a bendithio o weld y troad am Heol y Gadeirlan ac arwydd ei westy. Ni welodd y ddau ddyn yn camu tuag ato o gysgodion y clwstwr coed ger y llwybr. Ni welodd chwaith y pastwn, ond fe deimlodd yr ergyd rymus ar ei wegil.

PENNOD 18

O BELLTER CLYWODD lais a rhywun yn gafael yn ysgafn yn ei fraich. Daeth y llais yn gliriach, ond pam roedd y person yn holi pwy oedd e? Fel ditectif, fe oedd yn arfer holi a'r person arall yn ateb.

Teimlodd gyffyrddiad ar ei fraich eto, agor ei lygaid a chael ei hun yn gorwedd mewn gwely dieithr. Safai gwraig mewn gwisg werdd wrth ochr y gwely. Hi oedd yn gyfrifol am yr holi a'i llaw hi oedd ar ei fraich. Doedd e ddim yn ei hadnabod, a doedd dim llenni'n arfer bod o gwmpas ei wely, felly ble yn y byd oedd e? Ceisiodd symud ond oherwydd brathiad y boen roedd yr ymdrech yn ormod a rhaid oedd bodloni ar orwedd. Iawn, gorwedd am ychydig funudau tan i'r cur pen glirio ac yna wynebu tasgau'r dydd.

Pan ddihunodd drachefn gwelodd ddyn ifanc yn sefyll wrth ochr y wraig. Roedd y dyn yn syllu arno ac yn sgleinio tortsh bychan i'w wyneb. "Gareth Prior?" gofynnodd. "Insbector Gareth Prior? Adran Frys Ysbyty'r Brifysgol. Y'ch chi'n clywed?"

Nodiodd, a dechrau symud i godi ond teimlodd y boen yn ergydio eto.

"Ara bach. R'ych chi wedi dioddef ergyd gas i gefn y pen a dwi am wneud ychydig o brofion cychwynnol i ddarganfod effeithiau'r ymosodiad. Fedrwch chi rifo am yn ôl o ugain i un?"

Ufuddhaodd.

"Mae'n fis Mai. Eto, ewch 'nôl drwy fisoedd y flwyddyn o fis Rhagfyr tan i chi gyrraedd Mai."

Ufuddhau eto.

"Da iawn. Un prawf arall. Sylwch ar fys canol fy llaw.

Cyffyrddwch â'r bys ac yna cyffwrdd â blaen eich trwyn, mor gyflym â phosib."

Cyflawnodd y dasg.

"Da iawn, ddim mor ddifrifol â'r disgwyl. Allwch chi gofio rhywbeth am yr ymosodiad?"

"Ymosodiad?"

"Beth oedd eich symudiadau yn ystod yr hanner awr cyn yr ymosodiad?"

Ymdrechodd Gareth i gofio, a methu. "Mae'n ddrwg gen i."

"Dim problem. R'ych chi wedi bod yn eithriadol o ffodus, Insbector. Mae'ch penglog galed wedi atal niwed parhaol i'r ymennydd. Lwcus iawn i rywun eich gweld chi'n syrthio a galw am ambiwlans yn syth."

A thrwy gaddug ei feddwl, llifodd mymryn o atgofion yn ôl. Roedd yn cerdded ar draws y parc, yn wlyb yn ei got denau. Yna, yn wlypach fyth yn gorwedd ar y borfa ac yn clywed sŵn traed. Pam gorwedd ar lawr a phentwr o waith ganddo heb ei orffen? Gwnaeth benderfyniad. "Diolch am y gofal, ond mae dyletswyddau'n galw, lot o waith. Felly, fe a' i nawr os ca' i 'nillad."

Gwenodd y dyn. "Ara bach, Insbector Prior. Y profion cychwynnol oedd rheina. Dwi am i chi gael sgan ac archwiliad pelydr-x. Bydd y nyrs yn mynd â chi i'r adran radiograffeg ac yna i'r ward i aros dros nos. Gawn ni edrych ar y canlyniadau fory, ac mae'n bosib y gallwn ni'ch rhyddhau chi wedyn."

Sŵn y ceir yn gwibio ar hyd y ffordd ddeuol i'r M4 a'i dihunodd. Roedd mewn ward sengl ac wrth ei wely safai nyrs yn yr un wisg werdd, er mai nyrs wahanol oedd hon. Dynes ganol oed, dynes rheolau a dim nonsens. "Chi 'di penderfynu aros ar dir y byw 'te! Edrych dipyn gwell na neithiwr. Gysgoch chi'n weddol?"

"Do, yn syndod o ystyried."

"Mae tabledi'n tawelu'r enaid ac yn lleddfu'r boen. Beth am y boen bore 'ma?"

"Gwell, ond heb ddiflannu'n llwyr chwaith. Fydd y doctor yma cyn bo hir? Dwi'n disgwyl cael fy rhyddhau heddi."

Roedd y llais yn llym ond y llygaid meddal yn garedig. "Dynion! Chi gyd 'run peth. Bydd y doctor ar ei rownd toc." Symudodd y nyrs o'i wely a dweud dros ei hysgwydd, "Mae dau berson yma i'ch gweld chi. Deg munud, a dim symud o'r gwely."

Safodd Clive a Teri ar riniog y ward fechan cyn nesáu'n dawel, a golwg mor bryderus ar y ddau fel i Gareth ddod yn agos at chwerthin. "Hei, chi sydd fod i godi ysbryd, nid neud i fi deimlo'n waeth! Ble mae'r blode a'r grêps?"

"Sori… wedi anghofio'r grêps," atebodd Teri yn gloff. "Shwt wyt ti?"

"Wel, dwi wedi dihuno i fore gwell na hyn ond o leiaf dwi wedi dihuno. Mae'r pen dipyn cliriach ond ma 'ngwar i'n stiff. Ydych chi'n gwybod am yr ymosodiad? Dwi'n cofio gadael y swyddfa, roedd hi'n arllwys y glaw, gorwedd ar y borfa ac yna roeddwn i yn yr adran frys. Roedd y doctor yn dweud i rywun weld y cyfan a galw ambiwlans."

"Rhyw*rai* nid rhyw*un*," dywedodd Clive. "Ti'n lwcus, Gareth. Roedd criw yn cerdded tu ôl i ti. Fe wnaethon nhw dorri ar draws yr ymosodiad a ffonio'r ambiwlans a'r heddlu."

"A beth am yr ymosodwyr?"

"Dansierus, roedd un yn cario pastwn ac roedd cyllell gan y llall."

"Ond pam fi, yng ngolau dydd mewn parc cyhoeddus?"

Teri roddodd fanylion yr hanes. "Ti'n cofio Dragan Ilic, y prif ddiffynnydd yn yr achos cyffuriau yn Abertawe? Hwnnw wnaeth fygwth dy ladd di? Wel ei frawd, Borko Ilic, oedd yr un â'r gyllell. Ac oni bai am y criw, mae siawns dda y byddai'r bygythiad wedi'i wireddu."

Gwelwodd Gareth a theimlo ysgryd i lawr ei gefn. Gofynnodd mewn llais isel, "Ble mae'r ymosodwyr nawr?"

"Yng nghelloedd yr heddlu. Ond mae 'na un peth positif wedi dod o'r holl fusnes. Roedd Borko, fel ei frawd, yn bedlerwr cocên ond yn canolbwyntio ar Gymoedd y De. Gyda Borko a'i fêt dan glo ac yn wynebu cyhuddiad o ymgeisio i lofruddio bydd 'na gyfle i'w holi'n galed."

Clywyd sŵn y traffig eto. Edrychodd Gareth ar y fflyd o geir, sythu yn ei wely a dweud, "Rhaid—"

Cyn iddo gael cyfle i barhau â'i frawddeg, torrodd Clive ar ei draws. "Gad y cyfan i ni, dy dasg di yw gorffwys. Dyna fydd cyngor yr ysbyty a ni'n dau. O ie, rwyt ti ar flaen y *Western Mail*, 'Top Policeman Attacked'!"

Ailymddangosodd y nyrs. "Deg munud!" gorchmynnodd. "Allan â chi, mae'r doctor yn y ward drws nesa."

Cyflwynodd y meddyg ei hun, "Doctor Ian Bayley. Mae'r sgan yn glir a'r lluniau pelydr-x yn dangos bod pob asgwrn yn gyfan. Teimlo'n well?"

Bu raid iddo gyfyngu ei ateb i nòd gan fod Bayley yn cynnal archwiliad pellach gyda'r tortsh.

"Fe wnewch chi ddioddef am rai dyddiau a byddwch ar gwrs o dabledi cryf i leihau'r boen a'ch helpu i gysgu. Gewch chi fynd adref, a heno dwi am i bwy bynnag sy yn y tŷ eich dihuno chi dair gwaith yn ystod y nos."

Esboniodd Gareth ei fod yn aros ar ei ben ei hun mewn gwesty.

"Wel, rhaid dibynnu ar y cloc larwm felly, a phan fyddwch chi'n deffro gofynnwch gwestiwn gwahanol i chi'ch hun bob tro – cyfeiriad, rhif y car, enw rhieni, stwff fel 'na. Oes oergell yn y stafell?"

"Oes."

"Fe gewch chi becyn iâ i roi ar eich gwar i ostwng y chwydd. Ond rhaid gorffwys am bedair awr ar hugain."

"Ac ar ôl hynny, ga i ddychwelyd i'r gwaith?"

"Wel, yn ôl y *Western Mail*, well i chi neud! Ond r'ych chi wedi cael dihangfa wyrthiol, Insbector Prior, felly peidiwch â gwneud dim byd ffôl i beryglu hynny."

*

Daeth Simon Stanfield a Zoe Helms i'r orsaf o'u gwirfodd ond yng nghwmni cyfreithiwr hirben yr olwg o'r enw Samuel Rickman. "Rwy'n gwrthwynebu'r penderfyniad i'w holi ar wahân," protestiodd hwnnw. "Mae'r ddau'n unigolion prysur iawn."

"Gewch chi wrthwynebu faint fynnoch chi," dywedodd Clive, "ond dyna fydd y drefn. Os nad yw'ch cleientiaid yn hapus fe allwn ni arestio'r ddau, rhoi rhybudd ffurfiol iddyn nhw a recordio'r cyfweliadau."

"Arestio? Ar ba gyhuddiad?"

"O fod â rhan ym marwolaeth Syr Gerald Rees."

"Beth?! Allwch chi ddim bod o ddifri. Does dim gronyn o dystiolaeth i gysylltu'r naill na'r llall â marwolaeth Rees."

"Sut ydych chi'n gwybod pa dystiolaeth sydd ym meddiant yr heddlu? Reit, fe ddechreuwn ni, fel y gall Mr Stanfield a Miss Helms ddychwelyd at eu gwaith."

Trefnwyd i Teri gwestiynu Helms ond yn gyntaf byddai Clive yn holi Stanfield.

"Mr Stanfield, ers pryd y'ch chi'n gweithio i Condor?"

"Tair blynedd."

"A chyn hynny?"

"Ydy hynny'n berthnasol?" gofynnodd Rickman.

"Ni sydd i benderfynu beth sy'n berthnasol, syr."

Cafwyd hanes ei yrfa gan Stanfield, a'r dyn yn brolio ei

alluoedd fel cyfrifydd a'r modd yr achubodd sawl cwmni rhag methdaliad a threblu elw nifer o rai eraill. Roedd yn mwynhau siarad amdano'i hun ond ar ôl dioddef yr ymffrostio am bum munud trodd Clive gyfeiriad yr holi.

"Yn y cyfweliad yn y ffatri ym Mhontypridd fe holodd Insbector Prior am gefnogwyr ariannol Condor ac fe wadoch chi fod unrhyw gysylltiad rhwng Condor a chwmnïau neu fuddsoddwyr tramor. Sut felly bod sawl ffynhonnell yn datgan bod buddsoddiadau wedi llifo i'r cwmni o Israel a Rwsia, trwy is-gwmnïau yn Liechtenstein a gogledd Cyprus?"

"Dim sylw."

"Yn yr un cyfweliad fe ddwedoch chi nad oeddech chi'n adnabod Jodie Farrell. Cywir?"

"Cywir."

"Felly, allwch chi esbonio'r lluniau ar deledu mewnol clwb Tootsies o Gerald Rees yng nghwmni Miss Farrell, a chithe'n gwenu'n hapus wrth ochr y ddau?"

Taflodd Stanfield olwg at ei gyfreithiwr a nodiodd hwnnw.

"Ymgais ffôl i gynnal enw da Gerald oedd hynny. Camgymeriad bach."

"Dyw dweud celwydd wrth yr heddlu byth yn gamgymeriad bach, syr. Ac 'enw da' Syr Gerald? Yn ôl ein hymchwiliadau ni roedd e'n ferchetwr, yn odinebwr ac yn dwyllwr. Ond eto r'ych chi'n barod i raffu celwyddau ar ei ran. Beth am eich enw da chi, Mr Stanfield? Weloch chi Syr Gerald yng nghwmni merch arall yn ystod y mis dwetha? A'r gwir, os gwelwch yn dda."

"Naddo."

"Yn y cyfweliad hefyd fe ddwedoch chi mai Pontypridd oedd unig leoliad Condor. Erbyn hyn r'yn ni wedi darganfod bod presenoldeb gan y cwmni ar safle'r Weinyddiaeth Amddiffyn yn Aberporth."

"Gweithdy bach yw hwnnw, dim byd mwy."

"Beth yw'r cysylltiad rhwng Condor ac Aberporth? Pa fath o waith ydych chi'n ei gyflawni yno?"

"Mae'n fater cyfrinachol."

"Ocê, Mr Stanfield, fe ddweda i wrthoch chi. Mae Condor yn paratoi meddalwedd i Watchkeeper, drôn sy'n cael ei brofi yn Aberporth. Cywir?"

"Os yw'r wybodaeth gyda chi, pam gwastraffu amser? Os y'ch chi am ateb, holwch y Weinyddiaeth Amddiffyn."

"Beth am y cytundeb rhwng Condor a'r Weinyddiaeth Amddiffyn i lunio a gosod meddalwedd Watchkeeper? Mae gwybodaeth wedi dod i law sy'n awgrymu bod y cytundeb wedi'i ennill mewn ffordd amheus – bod Condor yn ymwybodol o gynigion cwmnïau eraill a bod gennych chi felly fantais annheg."

Roedd Simon Stanfield wedi'i ysgwyd. Agorodd ei geg fel petai ar fin ffurfio ateb ac yna'i chau'n glep. Daeth Rickman i'r adwy. "Mae hyn yn ensyniad difrifol, a'r cyfan ar sail awgrym yn unig? Byddai pob cyfreithiwr gwerth ei halen yn rhwygo'r ddadl yn rhacs. A sut mae hyn yn arwain at ddiflaniad Syr Gerald?"

"Efallai nad ydw i'n gyfreithiwr, Mr Rickman, ond os yw Condor wedi twyllo i ennill un cytundeb, beth am gytundebau eraill? Un celwydd yn arwain at un arall, a chytundeb Aberporth yn ddim ond un enghraifft mewn patrwm ehangach o dwyll." Pwyllodd Clive cyn taro'r ergyd olaf. "O dan yr amgylchiadau, mae modd dadlau bod diflaniad a marwolaeth Syr Gerald Rees yn gyfleus. Dyna'r cyfan, Mr Stanfield, am y tro."

*

Agorodd Teri'r ffeil o'i blaen a darllen y nodiadau. "Miss Helms…"

"Ms Helms, neu Zoe."

"Iawn, Zoe. Pryd oedd y tro dwetha i chi weld Syr Gerald?"

Estynnodd Helms am ei iPad a thapio'r sgrin. "Bore Sadwrn, Sadwrn cyntaf Mai. Doedd bron neb yn y gwaith ac es i mewn i e-bostio uned o feddalwedd i gwmni yn Lucknow sy'n cwblhau tasgau arbenigol i ni. Maen nhw'n rhatach ac yn glyfrach nag unrhyw gwmni Prydeinig. Cerddodd Gerry heibio'r swyddfa ac yn syth i'r labordy. Roedd hynny'n rhyfedd, a hithau'n benwythnos. Daeth e allan o'r labordy rhyw awr yn ddiweddarach, a dweud rhywbeth am roi trefn ar brosiect cyn gadael am Aberaeron."

"Unrhyw syniad beth oedd y prosiect?"

"Na. Roedd Gerry'n sgamio rhyw syniadau hanner pan, oedd weithiau'n llwyddo."

"Ond fe ddwedoch chi nad oedd gan Rees ran yn y broses ddylunio?"

"Arbenigedd Gerry oedd braslunio. Bydden i wedyn yn datrys y gwallau, ond *fe* fyddai'n cyflwyno'r cynllun i'r buddsoddwyr ac yn hawlio pob clod, wrth gwrs."

"Wrth iddo fynd i mewn i'r labordy, ac wrth adael wedyn, oedd e'n cario rhywbeth?"

"Mae Condor yn fusnes di-bapur, fwy neu lai. Mae pawb, gan gynnwys Gerry, yn gweithio ar-lein ac yn cylchu manylion yn ôl yr angen."

"Ac er mai chi yw'r Pennaeth Dylunio, doedd dim angen i chi fod yn rhan o'r cylch arbennig hwnnw?"

"Llawer callach peidio. Nifer fach iawn o syniadau Gerry oedd yn ymarferol – roedd y rhan fwyaf yn cael eu taflu i'r neilltu."

Cyfeiriodd Teri at nodyn yn y ffeil. "Yn y cyfweliad dwetha fe ddwedoch chi nad oedd absenoldeb Rees wedi effeithio ar y cwmni. Ai dyna'r sefyllfa o hyd?"

Pwysodd Rickman at Helms a sibrwd yn ei chlust.

"Mae e wedi effeithio ar y cwmni, mewn gwirionedd – denu cyhoeddusrwydd gwael, rhaid ailsefydlu perthynas â chyflenwyr, ac mae ansicrwydd am y dyfodol."

"Beth am y tasgau o ddydd i ddydd – ydy'r rheiny'n ddigon hwylus? Y'ch chi wedi sylwi, er enghraifft, ar fethu adennill data, rhaglenni'n rhedeg yn araf neu ddim yn gweithio?"

Gwenodd Helms. "A, nawr dwi'n deall. R'ych chi'n credu bod Gerry wedi plannu feirws neu bocedu cyfrinachau ac yna diflannu. Na, amhosib. Arbenigedd Condor yw atal hacio a dwyn data. Mae pob agwedd o'r rhwydwaith a'r banc gwybodaeth dan glo yn electronig ac mae rheolaeth lwyr drwy gyfrineiriau ar lefelau mynediad."

"Ond r'ych chi newydd gyfaddef bod Rees yn gweithio ar brosiect ar ei liwt ei hun, yn gweithio tu allan i'r system."

Os oedd Helms yn pryderu am yr anghysondeb, ni ddangosodd hynny. "Syniadau sydd ganddo, a'r rhan fwya'n syniadau gwallgo. Os ydy'r syniad yn ymarferol, y cam cyntaf yw creu gwarchodfa gyfrifiadurol o gwmpas y syniad fel na all neb tu mewn na tu allan i'r cwmni ddwyn y data."

"Eto, yn y cyfweliad, fe wnaethoch chi ddatgan – ac rwy'n dyfynnu – bod 'Gerry ddim y math o ddyn y bydde unrhyw un call yn ei hoffi'. Y'ch chi'n barod i ymhelaethu?"

Gwrthwynebodd Rickman. "Ar fy nghyngor i, mae Ms Helms yn gwrthod ateb y cwestiwn. Dyw hynny'n ddim mwy na hau gelyniaeth ac ymgais i daflu bai. Dyna ddigon o wastraffu amser, rwy'n credu. Felly, os nad oes unrhyw beth arall…"

Cododd y ddau ac arweiniodd Rickman y ffordd i ddrws yr ystafell gyfweld. Dilynodd Zoe Helms ond oedodd am eiliad, syllu i lygaid Teri a gwenu.

*

Somali parod ei sgwrs oedd y gyrrwr tacsi, ac roedd Gareth yn falch o gyrraedd pen y daith a dod at ei westy yn Heol y Gadeirlan. Cerddodd yn simsan at y fynedfa, cyfarch y ferch a gweld bod honno'n darllen y rhifyn cyfredol o'r *Western Mail*.

"Druan â chi, Insbector Prior, ymosodiad rownd y gornel yng ngolau dydd. A hon yn ardal mor barchus. Os gall y gwesty wneud unrhyw beth i helpu, dim ond gofyn sydd eisiau."

Sylweddolodd nad oedd wedi bwyta nemor ddim ers oriau. "Diolch. A fyddai'n bosib cael pot o goffi a brechdanau yn fy stafell?"

"Wrth gwrs. Mae'r *chef* newydd goginio tarten fale. Hoffech chi ddarn o honno hefyd?"

Cofiodd am y darten y byddai ei fam yn ei pharatoi ar y Sul. "Ie, hyfryd. Oes modd cael cwstard?"

Atebodd y ferch yn joclyd, "Dim problem, mae cwstard o fewn gallu'r *chef* rwy'n siŵr."

Teimlai Gareth dipyn yn well ar ôl bwyta a llyncodd un o'r tabledi wrth wagio'r ail baned o goffi. Aeth am gawod, gorwedd ar y gwely a syrthio i gysgu bron ar unwaith. Pan ddihunodd roedd y boen wedi dychwelyd. Cymerodd dabled arall, camu at y ffenest, gweld ei bod eisoes yn dywyll a sylweddoli ei fod wedi cysgu am rai oriau. Diod fach, meddyliodd, rhywbeth cryfach na dŵr, gan afael yn un o'r poteli o'r oergell fach. Roedd ar fin llyncu'r wisgi pan sylwodd ar y rhybudd ar y pecyn tabledi: 'Do not mix with alcohol.' Hmm, dyna roi stop ar y syniad yna felly. Trodd at y llyfr wrth ymyl ei wely, bywgraffiad ffigwr enwog yn hanes y Blaid Lafur yng Nghymru a fagwyd yn yr un pentref â'i rieni yn Nyffryn Aman. Er cystal yr ysgrifennu, ni allai ganolbwyntio ac estynnodd am rimôt y teledu. Ffliciodd drwy sothach y sianeli a gweld mai rhaglen *Headline Wales* oedd y dewis gorau. Serch hynny, difywyd oedd yr eitem gyntaf ac roedd ar fin diffodd y teledu pan glywodd y geiriau "… and now the mystery surrounding the future of one of Wales's leading high-tech companies, Condor Technology. Huw Norton reports."

Ymddangosodd y gohebydd a chofiodd Gareth ei fod yn un o'r rhai a fu'n ei groesholi yn y gynhadledd i'r wasg yn Aberystwyth.

"The detective leading the investigation into the disappearance of Sir Gerald Rees, Inspector Gareth Prior of Dyfed-Powys Police, was attacked yesterday in Bute Park, Cardiff. Two men have been charged and we understand that the attack was linked to a drugs case headed by Inspector Prior and as such has no bearing on the Condor investigation. What is of relevance is the future of the multi-million pound company established and headed by Sir Gerald. We can now reveal that several prominent investors are evaluating their backing, particularly in the light of Condor's inability to re-finance major debts."

Daeth yr eitem i ben gyda dadansoddiad o sail gyllidol Condor a sylweddolodd Gareth fod Huw Norton yn meddu ar wybodaeth fanwl – gwybodaeth oedd yn tarddu, mae'n rhaid, o ffynhonnell tu mewn i'r cwmni.

PENNOD 19

TRODD RUTH NORTON yn y gwely a chlosio at ei gŵr. "Oes raid i ti fynd i'r gwaith?"

"Oes, dwi'n ofni. Dim ond bore 'ma, llai na dwy awr, dwi'n addo. Bydda i'n ôl erbyn deuddeg. Beth am fynd am ginio bach i'r bistro newydd 'na'n Llandaf?"

"Ie, grêt. Cofia am y trefniant gyda'r siop dodrefn babis yn syth ar ôl cinio. A gweddill y penwythnos i ni, iawn? Mae'r cynhyrchydd 'na'n nyts, a'i obsesiwn am dedleins. Ti'n gweithio'n rhy galed ac yn gwneud mwy na dy siâr yn barod."

"Wel, mae swydd uwchohebydd ar fin dod yn rhydd. Bydde'r cyflog ecstra'n handi a tithe'n gorffen gwaith, a bydde'r swydd ar gytundeb parhaol."

"R'yn ni wastad wedi dod i ben. Nid cyflog yw popeth."

Ofnai Huw Norton nad oedd ei wraig yn sylweddoli faint o wasgfa ariannol fyddai'r newid i fyw ar un cyflog. A'r costau ychwanegol – cynhesu'r tŷ yn ystod y dydd, dillad i'r babi, dodrefn i'r babi. "Dwi ddim yn dweud mai cyflog yw popeth, ond bydde dyrchafiad yn lot o help. Bydd bywyd yn wahanol o hyn mlân, Ruth. Llai o fwyta mas ac agor potel o win bob yn ail nosweth. Dim gwin o gwbwl i ti!"

"Mae 'mywyd i wedi newid yn barod, Huw." Rhoddodd Ruth gusan i'w gŵr. "Paid edrych mor bryderus. Ti wastad yn poeni. Byddwn ni'n deulu bach hapus a ti fydd y tad gorau yn y byd! Cer! Bydda i wedi casglu'r ordor o Tesco. Deuddeg o'r gloch ar y dot, cofia!"

Ar ôl cael paned a darn o dost gwnaeth Ruth ychydig o lanhau a thacluso a pharatoi i adael am yr archfarchnad. Clywodd y mewian a theimlo Jabas y gath yn plethu ei gorff cynnes rhwng ei phigyrnau. "O, anghofies i am dy frecwast di. Dere, mae'r bwyd o dan y sinc."

Dilynodd Jabas yn ufudd, gan wylio Ruth yn agor a gwagio'r tun. Yna bwytaodd yn awchus o'r fowlen.

Mwythodd Ruth y ffwr melfedaidd rhwng ei glustiau a gwrando ar y canu grwndi bodlon. "'Na ni, Jabas, gorfod mynd i'r siop nawr. Byddi di'n iawn."

Syllodd y gath ar ei feistres fel petai'n deall pob gair a chropian yn ddelicet i segura yn y llecyn heulog o dan ffenest y lolfa.

Awr yn ddiweddarach, parciodd Ruth y car ar y darn o goncrit o flaen y tŷ a chychwyn ar y dasg o gario'r siopa o'r bŵt i'r drws. Wrth iddi roi'r allwedd yn y clo sylwodd ar barsel yn pwyso yn erbyn ffrâm y drws a chofio am y bag cario cewynnau a archebodd dros y we. Camodd i'r cyntedd, galw am Jabas a thybio mewn pang o euogrwydd fod y diawl bach drwg wedi sleifio i'r llofft i orwedd ar y gwely. Pwff, meddyliodd, a phenderfynu gohirio'r dadlwytho a throi i agor y parsel.

Eisteddodd wrth fwrdd y gegin a dechrau rhwygo'r papur lapio brown. Cymerodd fwy o ofal gyda'r ail haenen o bapur lliwgar, papur tlws ac arno luniau babis, ac yna dod at focs hirgul a thorri'r tâp gludiog ar ymylon clawr y bocs. Ar unwaith fe'i trawyd gan arogl afiach – rhyw gymysgedd o gig wedi pydru a charthion. Cododd y clawr, gweld y cynnwys a gollwng y bocs mewn braw. Yno, yn swatio mewn nyth o ddefnydd sidanaidd, gorweddai llygoden Ffrengig, ei chynffon hir wedi'i gosod yn ddestlus rhwng ei dannedd miniog.

Am eiliad ni allai Ruth symud, yna rhuthrodd i'r toiled i chwydu. Dychwelodd i'r gegin, cylchu'r bwrdd yn nerfus, mynd at y sinc i nôl dŵr, llyncu dau wydraid ar eu pen a theimlo rywfaint yn well. Estynnodd am y clwtyn llestri i sychu'r chwys oer oddi ar ei thalcen, codi ei golygon i'r ffenest a rhythu mewn anghrediniaeth lwyr ar y lein ddillad a ymestynnai ar draws yr ardd fechan. Roedd Jabas yn hongian ar y lein, weiren rownd ei wddf a'i gorff bychan yn siglo yn y gwynt. Daeth yn agos at lewygu ond drwy anadlu'n ddwfn llwyddodd i sadio fymryn, gafael yn ei ffôn symudol a gweiddi, "Huw, dere adre nawr! Mae rhywbeth ofnadwy wedi digwydd."

Milltir a hanner, dyna'r pellter rhwng y Ganolfan Ddarlledu a stad Bishopsgate, ond ar gefn ei feic cymerodd y siwrnai rhyw chwarter awr i Huw rhwng popeth. Ofnai'r gwaethaf felly gwasgodd yn galetach ar y pedalau, dod o'r diwedd at y tŷ a rhuthro i mewn. Roedd ei wraig yn eistedd ar stepen isaf y grisiau yn crynu ac yn beichio crio. O'i weld, gafaelodd Ruth fel feis yn ei fraich a'i dynnu i'r gegin. Safodd Huw yn stond a gwelwi, y ddau'n gweld ond eto'n methu deall.

Torrwyd ar y distawrwydd gan ganiad ffôn y tŷ. Yn fecanyddol, aeth Huw i ateb a gwrando'n syfrdan ar y llais. "I hope Mrs Norton liked the gift. Pity about the cat, but we all have to die sometime. This is the first warning. Don't make us call again and frighten your wife. Such a pity if anything were to happen to the baby. Steer clear of Condor. No more investigations."

A'i wyneb fel y galchen, adroddodd Huw gynnwys yr alwad wrth Ruth.

"Dwi wedi sôn digon wrthot ti am beidio potsian â straeon peryglus. Ti wedi anghofio am fygythiadau gang y puteiniaid? Ffonia'r polîs nawr!"

Canodd y ffôn am yr eilwaith.

"Fuckin' hell, whoever you are," gwaeddodd Huw wedi iddo ateb yr alwad, "leave us alone!"

Distawrwydd ac yna gwrandawodd ar lais gwahanol.

"Mr Huw Norton? Insbector Gareth Prior sy'n siarad. Tybed a fyddai'n bosib i ni gael gair?"

Dilynodd Gareth y cyfarwyddiadau a dod o hyd i stad Bishopsgate yn gymharol hawdd. Gyrrodd drwy wead o strydoedd a gweld ar ôl sawl troad yr arwydd am Heol Aradur. Arafodd wrth rif 40 a pharcio'r Merc. Roedd y tŷ yn gopi perffaith o weddill bocsys y stad – brics coch, dwy ffenest yn y llofft, un ffenest a'r drws ffrynt ar y llawr gwaelod a lawnt fechan ger y dreif concrit. Cerddodd at y drws, ei gael yn gilagored a galw, "Helô?"

Ymddangosodd Huw Norton a'i arwain i'r lolfa lle roedd Ruth yn eistedd ar y soffa, rhimynnau ei llygaid yn goch a'i dwylo'n clymu ac yn datglymu macyn poced. "Dyma Ruth, y wraig. R'yn ni wedi cael tipyn o sioc." Aeth yn ei flaen i roi'r manylion, gyda'i wraig yn sôn am ei braw wrth ganfod y llygoden yn y bocs.

Nodiodd Gareth. "Ble mae'r bocs, Mr Norton?"

"Tu allan, wrth y drws cefn. Oedd rhaid i ni symud e, roedd y drewdod yn ofnadwy."

Ymdrechodd Ruth Norton i godi.

"Arhoswch chi fan'na, Mrs Norton. Fe awn ni'n dau."

Symudodd Gareth i archwilio corff y gath. "Cas iawn. Roedd pwy bynnag oedd yn gyfrifol yn gwybod yn union beth i'w wneud. Dwi ddim yn arbenigwr ond dwi'n credu i'r gath gael ei lladd a'i gosod ar y lein wedyn."

Cyflwynodd Norton eiriau'r neges fygythiol eto.

"A dyna'r union eiriau?"

"Ie."

"Pa fath o lais?"

"Llais dyn, llais dwfn, acen dramor. Acen galed, swnio ychydig fel Almaeneg ond cymysgedd o rywbeth arall hefyd – dwyrain Ewrop falle? Siarad yn araf, fel petai'n darllen o sgript. Pob 'w' yn 'v' – 'varning' nid 'warning', 'your vife'. Chi'n sylwi ar bethau fel'na yn y byd darlledu."

"Oedd y gath yn y tŷ pan adawodd Mrs Norton i siopa?"

Pwyntiodd y gŵr at gylch bychan yn y drws cefn. "Oedd, ond mae'n gallu mynd a dod drwy hwnna."

"Ac felly doedd dim rhaid torri mewn i'r tŷ. Roedd y ddau ddrws ar glo pan ddychwelodd y wraig?"

"Oedden. Ond doedd dim modd gwybod bod Jabas tu allan."

"Bydd rhaid holi'r cymdogion."

"Dwi wedi gwneud hynny. Does neb yn y tŷ isaf ers misoedd ac mae'r cymdogion yr ochr arall ar eu gwyliau. Fe welodd y cwpwl gyferbyn fan wen yn dod at y tŷ rhyw bum munud ar ôl i Ruth adael. Roedd y gyrrwr mewn hwdi ac fe wnaeth sioe o ganu'r gloch, cerdded rownd y cefn, ailymddangos a gollwng y parsel. Yn anffodus, na, chawson nhw ddim rhif y fan." Oedodd Norton cyn ychwanegu mewn llais isel, "Ydy hynny'n golygu bod rhywun yn gwylio'r tŷ drwy'r amser?"

"Mae'n bosib. Ydy Mrs Norton yn mynd i siopa bob bore Sadwrn?"

"Ydy."

"Risg isel felly. A phetai hi wedi dychwelyd yn gynt a'u gweld y tu allan i'r tŷ, digon hawdd fydde palu stori am ddewis y tŷ anghywir."

Roedd Ruth yn dal i eistedd ar y soffa pan aeth y ddau yn ôl i'r tŷ. Ymddangosai rywfaint yn well ac roedd y lliw yn dychwelyd yn araf i'w gruddiau. "Diolch am ddod mor sydyn. O'n i jyst yn dweud wrth Huw am alw'r heddlu a dyna chi ar y ffôn. Pam oeddech chi'n ffonio?"

"Dwi'n gweithio ar achos Syr Gerald Rees a wnes i gyfarfod â'ch gŵr mewn cynhadledd i'r wasg yn Aberystwyth. Fe wyliais i'r eitem am Rees neithiwr ar *Headline Wales* a chael y rhif gan y Ganolfan Ddarlledu."

"Ac mae'r digwyddiadau fan hyn yn ddial ac yn rhybudd i Huw roi stop ar ymchwilio i gwmni Rees?"

"Dyna'r unig esboniad am y tro. Mrs Norton, beth yn union oedd eich symudiadau o'r adeg y gadawodd y gŵr?"

Adroddodd y wraig yr hanes mewn llais crynedig gan frwydro yn erbyn dagrau wrth ddisgrifio canfod corff y gath. "A dyna ni. Ffonies i Huw ac fe gyrhaeddodd e o fewn chwarter awr."

"Wrth i chi adael i siopa a dychwelyd i'r tŷ, weloch chi rywun yn loetran neu'n eistedd mewn car? Rhywun anarferol, golwg amheus falle?"

"Wel, mae ceir yn pasio ac unigolion yn cerdded drwy'r amser. Mae Heol Aradur yn arwain i sawl rhan arall o Bishopsgate, y ganolfan hamdden a'r siop. Ond na, dim byd anghyffredin."

"Oes rhywun annisgwyl yn dod i'r drws weithiau, neu alwadau ffôn drwgdybus?"

"Wel, rhai'n casglu at elusennau, dosbarthu rwtsh ac ambell alwad ffôn niwsans."

"A chi'n sicr eich bod chi wedi cloi'r ddau ddrws, y cefn a'r ffrynt, cyn gadael?"

"Ydw. Mae'r tai cyfagos wedi dioddef sawl lladrad ac mae Huw a fi'n ofalus iawn ers hynny."

"Diolch, Mrs Norton. Fe drefna i i griw fforensig gasglu'r bocs a'r gath a gwneud archwiliad o'r tŷ. Hyd y galla i weld, does neb wedi torri mewn ond gwell gwneud yn siŵr."

Huw Norton ofynnodd y cwestiwn amlwg. "A beth amdanon ni, Insbector? Ydy hi'n ddiogel i ni aros yma?"

"Oes eitem arall yn mynd i fod ar Condor?"

"Na. Mae cynnwys y rhifynnau nesa wedi'i drefnu a sdim gair am Condor. Ond bydd y bois newyddion yn dilyn y stori ac yn adrodd am yr ymchwiliad."

"Iawn. Cadwch draw o straeon y bwletinau a dim gair wrth neb am yr helynt yn y tŷ. Dwi ddim yn credu y daw neb yma eto a doedd bygythiadau'r alwad yn ddim mwy nag ymgais i ddychryn. O symud mas, byddech chi'n ildio i'r bygythiadau ac yn gadael y tŷ'n wag. Ond bydda i'n trefnu i batrôl yrru heibio yn aml, yn enwedig yn ystod oriau'r nos. Dyma rif i chi ei ffonio mewn argyfwng."

Cododd Gareth a symud at y drws. "Un gair bach arall."

Cerddodd y ddau at y Merc.

"Roedd eich adroddiad ar *Headline Wales* yn fanwl iawn, yn enwedig yr agweddau ariannol, ac yn seiliedig ar wybodaeth fewnol o Condor. Cywir?"

"Cywir," atebodd Huw yn anfoddog.

"Byddai cael enw a rhif ffôn yn gymorth sylweddol i'r ymchwiliad."

Anesmwythodd y gŵr. "Rheol aur pob newyddiadurwr da yw gwarchod ffynonellau."

"Beth sy bwysica – gwarchod y ffynhonnell neu warchod Mrs Norton a'r babi?"

Petrusodd y gŵr am ennyd cyn ysgrifennu'r manylion ar ddarn o bapur a'i estyn i Gareth.

*

Ar gychwyn trydedd wythnos yr ymchwiliad cafwyd canlyniadau terfynol y profion fforensig. Roedd y dadansoddiad DNA o'r gwallt tywyll a ganfuwyd yng nghaban *Gwynt Teg* yn union yr un fath â DNA y corff yn y car. Yr un person, felly, oedd yr ymwelydd â'r cwch a gyrrwr y Porsche. O gymharu samplau o'r lipstig ag olion y gyfathrach ar y gwely ym Manod profwyd bod gan Gerald Rees gariad newydd ac mai honno, nid Jodie Farrell, oedd y flonden a ddisgrifiwyd gan Mari Jones. Ond pwysicach o lawer oedd derbyn cofnodion y galwadau a wnaed gan Rees ar ei ffôn symudol.

"Mae Toptalk wedi rhyddhau'r data o'r diwedd," dywedodd

Clive. "Am hanner awr wedi deg ar y pumed o Fai, cysylltodd Rees ei iPhone â chwmpawd *Gwynt Teg*. Mewn gwirionedd, mae'r ffôn yn llawer mwy pwerus a soffistigedig na'r cwmpawd ac yn dangos llwybr y fordaith a rhagolygon y tywydd. Mae negeseuon Gwylwyr y Glannau yn dangos i Rees hwylio o harbwr Aberaeron am 10.36 a'r Gwylwyr yn cysylltu eto am 14.12 i rybuddio y byddai fferi Iwerddon yn hwyr. Cafodd Rees ei weld gan y cwch pleser o Aberteifi ychydig ar ôl pedwar, ac yna – gwrandwch ar hyn – fe anfonodd decst am chwarter wedi saith."

Cafwyd ysbaid o dawelwch wrth i Gareth a Teri ystyried arwyddocâd hyn. Gan ofni'r gwaethaf a gobeithio'r gorau, mentrodd Gareth ofyn, "Ac mae'r tecst yno'n llawn, y geiriau i gyd?"

Gosododd Clive y dudalen ar y ddesg a darllenodd y tri:

Sori. Caru-dym.

Dywedodd Teri, "Ymddiheuriad. Ond beth yw 'caru-dym'?"

Ailddarllenodd Gareth y tecst. "Mae'r gair 'caridým' ar lafar yn y Gogledd, felly gallai fod yn gysylltiedig â magwraeth Rees. Ystyr 'caridýms' yw pobol y stryd, fel 'ragamuffin'. Os yw hon yn neges i'r cariad, a'i neges olaf, pam defnyddio gair mor sarhaus? Ac mae'r gair yn y tecst wedi'i sillafu'n wahanol. At bwy yr anfonwyd hwn?"

"Wel, problem. Cafodd y neges ei hanfon i Nokia rhad. Doedd y rhif ddim wedi ei gofrestru gan y prif rwydweithiau a'r cyfan y gall Toptalk ei ddweud ar hyn o bryd yw mai un o Gymoedd y De – Cwm Cynon neu'r Rhondda – oedd lleoliad y ffôn. Doedd dim defnydd o'r iPhone wedyn tan alwad a wnaed ddeg munud wedi wyth nos Fercher y seithfed o Fai, noson y ddamwain. Dywedodd y tyst, Ceri Davies, i'r Porsche bron â'i tharo am hanner awr wedi saith ac fe ffoniodd y ffarmwr Abe Griffiths yr heddlu am hanner awr wedi wyth. Gallwn ni fod bron yn bendant, felly, i Rees wneud yr alwad yn syth ar ôl y ddamwain. Ond mae'r alwad wedi'i chyfeirio drwy rwydwaith yn India ac felly mae'r rhif wedi diflannu."

"Ond mae gyda ni nawr ddarlun cliriach o'r digwyddiadau cyn ac ar ôl y ddamwain. Y Porsche yn taro'r graig ac yn mynd ar dân. Cynllun Rees i ddianc yn ffliwt ac mewn ymgais i daflu pawb oddi ar y trywydd mae'n gosod ei fodrwy ar fys y gyrrwr ac yn ffonio am gymorth."

"Ond," dadleuodd Teri, "roedd Abe Griffiths yn gwadu iddo weld neb, a does dim adroddiadau o berson arall yn cerdded ar hyd yr hewl nac ar draws y caeau."

"Mae'n bosib nad oedd Rees wedi mynd yn bell. Mae'n galw am help a ffeindio rhywle i gysgodi tan y bore. Roedd hi'n arllwys y glaw, y nos yn cau am y mynyddoedd ac yn amhosib gweld a oedd sied neu gwt gerllaw. Bydd angen archwiliad pellach o'r safle i chwilio am guddfan o ryw fath."

Nid oedd Teri wedi'i pherswadio. "Beth? Rees yn cwrdd â'i achubwyr yng ngolau dydd y diwrnod wedyn?"

"Byddai'n hollol ymarferol i help gyrraedd cyn iddi wawrio neu i Rees guddio mewn sied yn agos at y ffordd a sleifio'n syth i gar. Be sy *yn* bwysig yw fod Rees wedi esgus marw ddwywaith a bod y dystiolaeth nawr yn dangos nad achos o ddamwain, cipio na llofruddiaeth yw hwn ond diflaniad a gynlluniwyd yn eithriadol o ofalus, a rhywun neu rywrai yn estyn cymorth bob cam o'r daith."

Ochneidiodd Teri. "Ac ar ôl treulio dros bythefnos ar y ces, r'yn ni 'nôl yn y man cychwyn. Helô, harbwr Aberaeron ac arfordir Ceredigion. Ond pam mae Rees mor awyddus i ddiflannu?"

"Dau reswm. Ar union adeg diflaniad Rees mae meddalwedd clustfeinio hefyd yn diflannu o gronfeydd data Condor a'r sbŵcs yn amau Rees o basio'r wybodaeth i'r gelyn – pwy bynnag yw'r gelyn."

"Ond roedd Helms yn dweud bod holl gronfeydd Condor

mor ddiogel â Fort Knox – yn amhosib hacio i mewn iddyn nhw na'u dwyn."

Torrodd Clive ar ei thraws. "Ond yn yr un cyfweliad roedd Helms yn rhyfeddu gweld Rees yn y gwaith y bore Sadwrn cyn iddo ddiflannu. Falle fod systemau Condor yn bwerus ond os gallai rhywun hacio'r system, wel, Rees, y bòs, fyddai'r person hwnnw. Beth yw'r ail reswm dros ddiflannu, Gareth?"

"Y ffaith fod Condor yn agos at fethdaliad a Rees yn dianc cyn i'r hwch fynd drwy'r siop."

Syfrdanwyd y ddau a phrysurodd Gareth i grybwyll cynnwys y rhaglen deledu, ei ymweliad â chartref Huw a Ruth Norton a'r hanes am y bygythiad ffôn. Yn union fel ymhob trafodaeth, Teri oedd yr un i neidio at wendidau'r honiad. "Does gen ti ddim syniad pwy ffoniodd Norton, a dyw eitem fer ar raglen deledu ddim yn brawf. Rhaid cael gwybodaeth o lygad y ffynnon, gan rywun tu mewn i'r cwmni."

"Chi'n cofio Nic, yr un gafodd ei dynnu'n ddarnau gan Zoe Helms? Ei enw llawn yw Nicholas Sullivan a fe oedd ffynhonnell manylion cyllidol yr eitem deledu. Dwi'n mynd i drio perswadio Mr Sullivan i rannu cyfrinachau Condor."

"Shwt?"

"Cafodd e naw mis mewn carchar am gydweithio â chwmni o Taiwan i ddylunio a marchnata copïau ffug o feddalwedd Microsoft."

*

Pwysai Nicholas Sullivan dros y bwrdd pŵl yn nhafarn y Diwc, yn canolbwyntio'n llwyr ar y gêm. Roedd Akers yn eistedd gyferbyn â'r bwrdd yn magu peint o lagyr, ac er ei fod yn hanner cuddio tu ôl i gopi o'r *Echo* roedd yn gwylio Sullivan fel barcud. Daeth y gêm i ben ac ar ôl llowcio'r fodca a Red Bull camodd Sullivan at y drws. Cododd Akers a'i ddilyn.

Doedd hi ddim wedi nosi a gallai Akers gadw'i bellter a sicrhau nad oedd Sullivan yn mynd o'i olwg. Trodd y dyn i stryd ei gartref ac wrth weld y Volvo rhyw ddeg metr i ffwrdd gwyddai Akers fod yn rhaid iddo gyflymu a nesu at y targed. Wrth i Sullivan ddod at y Volvo, agorwyd y drws cefn yn union ar draws ei lwybr ac mewn un symudiad fe'i gwthiwyd yn ddiseremoni i'r car. Brasgamodd Akers i'r sedd ffrynt, gwasgodd Teri ar y sbardun a chyflymodd y car i lawr y stryd. Cwblhawyd y weithred mewn llai na hanner munud.

Stranciodd Sullivan a gweiddi ar y gŵr wrth ei ymyl, "Be ffyc...? Pwy y'ch chi? Hei, dwi 'di'ch gweld chi o'r blaen."

"Do, ym mhencadlys Condor. Insbector Gareth Prior. R'yn ni'n chwilio am wybodaeth am Syr Gerald Rees a dyfodol Condor – os oes gan y cwmni unrhyw ddyfodol."

Ar unwaith roedd Sullivan ar ei wyliadwriaeth. "Does gen i ddim i'w ddweud."

"Wel, byddai'n ddoethach helpu na gwrthod."

"Pam?"

"Yn 2012, mewn achos yn Llundain, fe'ch cafwyd yn euog o lunio a gwerthu copïau ffals o feddalwedd Microsoft. Dedfryd o naw mis ond cawsoch eich rhyddhau'n gynnar ar yr amod eich bod yn cadw'n glir o unrhyw droseddu pellach. Cam digon naturiol oedd anghofio sôn am y cefndir lliwgar wrth reolwyr Condor, yn arbennig Zoe Helms. Cyfrinach ddibwys. Fe allwn ni gadw'r gyfrinach hefyd. Mater o daro bargen."

Tawelodd y dyn, ond poerwyd y geiriau nesaf. "Zoe Helms, ffycin ast! Mae'n casáu pob dyn. Dyrchafiad i'r merched sy'n barod i lyfu tin ac i ddiawl â phawb arall. Dim ond un peth sy'n plesio honna—"

"Dyw bywyd personol Helms ddim o ddiddordeb i ni, Mr Sullivan."

Daeth y car i stop o dan lamp yn un o lonydd cefn Grangetown. Symudodd Sullivan at y drws fel petai am ddianc ond roedd Akers eisoes wedi sicrhau bod y drws ar glo. Gwyliodd Gareth y dyn yn cnoi ei ewinedd. Amynedd, meddyliodd, pwyll ac amynedd ac fe ddaw'r wobr. Gwyddai o brofiad y byddai Sullivan yn ildio yn hwyr neu'n hwyrach.

Pesychiad nerfus. "Iawn. Mae talp helaeth o gyllid Condor wedi dod o dramor – o ddwyrain Ewrop ac yn ddiweddar gan *oligarchs* Llundain – a'r cwbl wedi'i sianelu drwy fanciau yn Liechtenstein a gogledd Cyprus. Mae'r rhan fwyaf o'r cyllid ar ffurf bondiau sy'n ddyledus mewn chwe wythnos. Roedd Rees wedi benthyg ymhellach yn erbyn y bondiau ac ar sail elw o'r meddalwedd clustfeinio chwyldroadol. Ond roedd angen mwy o waith datblygu ar y meddalwedd a gyda'r dyddiad ad-dalu'n agosáu roedd hi'n ras yn erbyn amser. Ac yng nghanol yr holl blydi shambls mae Rees yn diflannu."

"Ydy Stanfield a Helms yn ymwybodol o hyn?"

"Maen nhw'n gwybod am y twyll ariannol ond yn gwrthod dweud gair. Petai'r si'n mynd ar led, dyna ddiwedd Condor."

"Ac ydyn nhw'n gwybod bod copïau o'r meddalwedd ym meddiant Rees?"

"Maen nhw'n cachu brics. Does neb yn gwybod i sicrwydd. Mae'r data yn dal yng nghronfeydd y cwmni ond byddai wedi bod yn gwbwl bosib i Rees wneud copïau, ac mae'n bosib bod y fersiynau sy gyda fe yn datrys y broblem."

"Pam y parodrwydd i siarad â Huw Norton? Chi aeth ato fe, neu fe atoch chi?"

"Fi ato fe. O'n i wedi gwylio'r adroddiadau ar Condor ac yn gwybod bod Norton ar drywydd y stori. Pam? Wel, cyfle i ddial ar blydi Zoe Helms ac i ennill ychydig o bres ar y slei."

"Ac o ble gawsoch *chi*'r wybodaeth?"

Distawrwydd. Roedd y cwmwl o ystyfnigrwydd ar yr wyneb plaen yn huotlach na geiriau. Beth bynnag fyddai ei ffawd, doedd Nic Sullivan ddim am ateb.

PENNOD 20

WRTH I GARETH a Clive ymchwilio ymhellach i drybini ariannol Condor rhoddwyd y dasg o ganfod enw a chyfeiriad yr ail gariad i Teri. Tra oedd yn ystyried y dasg meddyliodd eto am y tecst a anfonwyd o fwrdd *Gwynt Teg.* Roedd Gerald Rees wedi poeni digon am rywun arall i anfon neges yn yr oriau cyn ei ddiflaniad. Ymddiheuriad am beth? Ei thrin hi'n wael, ei defnyddio, ynteu'r rhwyg o orfod ffarwelio? A beth wyddai'r cariad am hynt a helynt Gerald Rees? A oedd Rees wedi rhannu cyfrinachau, wedi sôn am ei fwriadau ac addo ei chynnwys yn y cynllun?

Yr unig gliw ar wahân i'r tecst oedd clip system deledu mewnol Tootsies o Rees yn dringo i'r tacsi, closio at ferch a'i chusanu. Roedd Pamuk a Mehemet wedi gwadu eu bod yn adnabod y ferch ond roedd hi'n werth archwilio'r clip am y manylyn lleiaf a allai ddadlennu pwy oedd hi.

Am hanner awr wedi naw y bore gellid disgwyl y byddai drysau dwbl y clwb ar gau felly cerddodd Teri unwaith eto ar hyd y stryd gefn at yr ail ddrws a'i gael ar glo. Curodd yn galed gan daflu golwg ar ffenestri llychlyd y llawr cyntaf am unrhyw arwydd o fywyd. Rhegodd yn dawel. Roedd ar fin gadael pan welodd gar Lexus gwyn yn parcio gyferbyn â phen y stryd gul. Camodd Rauf Pamuk o'r car a cherdded tuag ati. Gwisgai siwt liain wen, crys melyn a sgidiau lledr brown, drud yr olwg. Wrth iddo agosáu boddwyd Teri gan arogl cyfoethog *cologne.*

"Bore da, hyfryd eich gweld chi eto mor fuan. Beth alla i wneud i helpu?"

"Mae datblygiad yn yr achos, Mr Pamuk. Tybed a fyddai'n bosib cael cip ar y lluniau teledu mewnol unwaith eto?"

"Wrth gwrs, a Rauf, plis."

A ddychmygodd Teri i Pamuk ddod ychydig yn rhy agos ati? Camodd y dyn i'r coridor, arwain y ffordd, troi i'r dde cyn y grisiau a mynd i mewn i ystafell a oedd yn amlwg yn brif swyddfa'r clwb. Aeth at ddesg a phwyso nifer o fotymau i lenwi'r lle â golau ac i gynnau dwy set deledu a safai ar y ddesg. Roedd cyfres o baneli du ar y wal ac wrth i Pamuk bwyso mwy o fotymau gwelodd Teri olygfa o bob cornel o'r clwb.

"Mae'n bosib cadw golwg ar y cyfan o fan hyn. Chwilio am rywbeth arbennig?"

"Y clip o Gerald Rees wrth y drws ffrynt yn camu i'r tacsi…"

"… at y ferch. Dim problem." Teipiodd Pamuk orchymyn ar y bysellfwrdd o flaen y sgriniau a dangoswyd cyfres o luniau. Ail orchymyn a stopiwyd y gyfres wrth yr union glip. "Mae'n bosib dewis yr ongl a'r pellter. Paned o goffi?"

"Diolch."

Archwiliodd Teri y clip fesul ffrâm – Rees yn dod o'r clwb, sefyll yn y fynedfa a thacluso'i wallt llwyd a'r tacsi'n ymddangos mewn llai na hanner munud. Rees yn codi llaw, gwenu, agosáu at y cerbyd a mynd yn syth at y ferch i'r sedd gefn. Y ferch mewn hanner tywyllwch, ei hwyneb mewn cysgod a'r unig nodwedd weladwy oedd ei gwallt hir melyn. Yna, cusan hir, Rees yn estyn draw i gau'r drws a'r tacsi'n symud i ffwrdd.

Newidiodd Teri yr ongl a gwylio'r dilyniant o gyfeiriad gwahanol, a chanfod mai dynes oedd yn gyrru. Roedd y ferch yn dal yn y cysgod ond wrth i'r cerbyd adael gwelodd eiriau a rhifau ar y drws. 'Nôl ac ymlaen, 'nôl ac ymlaen, a thrwy chwyddo'r llun llwyddodd i ddatgelu'r manylion 'DAF'S TAXIS 07746 780574'.

Roedd hi'n canolbwyntio i'r fath raddau fel na sylwodd ar Pamuk yn gosod y coffi wrth ei hochr. Pwysodd Pamuk drosti a gosod ei law dros ei llaw hithau ar y llygoden. "Anhawster?" gofynnodd.

Ymdrechodd Teri i godi o'i sedd ond cafodd ei rhwystro gan agosatrwydd y dyn.

"Na, popeth yn iawn, Rauf. Os ca' i estyn am y bag i gopïo'r wybodaeth fe a' i wedyn."

Symudodd Pamuk ddim. Rhedodd ei ddwylo dros war Teri a byseddu'r cnawd yn ysgafn. "Cymaint o densiwn, Cwnstabl. Rhaid i chi ddysgu ymlacio. Yng nghwmni Rauf."

Gwthiodd Teri y gadair am yn ôl a chodi mewn un symudiad. Rhaid cydnabod ei fod e'n ddeniadol. Edrychodd yn syth i ddyfnderoedd y llygaid du, rhoi pwniad chwareus i'r gŵr o dan ei asennau a theimlo caledi'r corff. Gwenodd. "Rywbryd eto, Rauf, a diolch am y cymorth."

"Pleser. Ie, rywbryd eto."

Dychwelodd Teri i'r orsaf. Doedd dim golwg o'r lleill yn y swyddfa a phenderfynodd weithredu'n syth. Estynnodd am y ffôn, deialu'r rhif ac ar ôl dau ganiad clywodd lais benywaidd yn ateb, "Daf's Taxis, just say where you are, luv, and where you want to go."

"Ydy'n bosib siarad â Daf?"

Pwff o chwerthin. "Ma Daf wedi cico'r bwced ers blwyddyn, bach. Y ffags a'r Guinness wedi'i fachu fe. Fi, Rosie, sy'n rhedeg y sioe."

"O ble chi'n siarad?"

"Be?"

"Ble mae'r swyddfa?"

"Jiw, chi'n siarad yn posh. Drws nesa i'r stesion, stesion Treorci. Allwch chi byth misho ni, ma sein a tacsis gwyn."

Cofiodd Teri sylw Clive mai Cwm Cynon neu'r Rhondda oedd pen draw'r neges a ddanfonwyd gan Gerald Rees ar noson ei ddiflaniad. Sgriblodd nodyn ar y ddesg, gafael yn ei bag a rhedeg at y car. Gan nad oedd hi erioed wedi bod yn Nhreorci, gosododd y *sat nav*, dilyn y cyfarwyddiadau mecanyddol ac ar ôl gyrru drwy Bontypridd a Thonypandy cyrhaeddodd y lle ymhen tri chwarter awr. Gwelodd yr arwydd am yr orsaf, troi i'r chwith a dod at swyddfa Daf's Taxis. Mwy o gwt na swyddfa, a thri Fiat tolciog o flaen yr adeilad bychan. Parciodd Teri a cherddded i'r cwt.

Eisteddai dynes fawr tu ôl i'r cownter, yn pesychu a sugno ar sigarét am yn ail. Rosie. Roedd Teri ar fin cyflwyno ei hun pan gafwyd clec uchel o beiriant ar y cownter. Cydiodd Rosie yn y meic i ateb a deddfu, "You watch that bitch, Tommo! She refused to pay last time and that dog of hers puked all over the car. If she's got the dog, make her pay for him as well. Tell her it's a new council bye-law. Twpsen, she won't know any different." Daeth y sgwrs unochrog i ben a throdd y ddynes i gyfarch Teri. "Yes, what can I do for you? Where to, luv?"

"Ffonies i tua awr yn ôl."

"Yr un â'r llais posh!"

"Ditectif Cwnstabl Teri Owen."

"Hei, gwrandwch, sdim isie inspecto'r ceir. Ma pob jac wan yn cael *full check-up* bob tri mis. Ma boi'r cownsil newydd fod 'ma."

"Dwi'n trio ffeindio merch sydd wedi defnyddio un o'ch tacsis. I deithio i Gaerdydd o bosib."

"Bob cam? Rhywun â lot o arian! Tipyn o *long shot*, bach. Ma tacsis mas bob awr o'r dydd a'r nos. Oes dyddiad gyda chi?"

"Na, ond dwi'n gwbod mai dynes oedd yn gyrru."

"Sharon. Rhai o'r *female clients* yn lico ca'l merch. Matter of feeling safer, if you follow me. Sdim byd o'i le ar y bois, cofiwch. Best bunch of lads in the Valleys, I'd trust them with my own daughter. More than I'd trust my daughter with the lads!" Pwff arall o chwerthin a phwl o beswch. "Aros funud, ga i weld os alla i ga'l gafael ar Sharon." Cydiodd y wraig yn y meic. "Base calling Sharon, where are you, luv?" Clec o'r pen arall a chlywodd Teri y geiriau "High Street". "Gwranda, Shar, ma rywun fan hyn isie siarad â ti. Sori, beth oedd yr enw?"

"Ditectif Cwnstabl Teri Owen."

Ailadroddodd Rosie y manylion. "Na, paid poeni. It's not about the fight outside the Parc and Dare last Saturday. Jyst isie gair am un o'r *customers*." Daeth y sgwrs i ben. "Bydd hi 'ma mewn jiff."

Gan ystyried y byddai'n ddoethach cynnal y drafodaeth o glyw Rosie, aeth Teri allan o'r cwt i sefyll wrth y ceir ac o fewn llai na phum munud gwelodd dacsi'n agosáu a dod i stop. Roedd y ddynes gamodd o'r car yn ei phedwardegau, a chanddi lond pen o wallt cyrliog coch, llygaid gwyrdd a chroen claerwyn. Syllodd ar Teri yn heriol a dod yn syth at y pwynt.

"Rosie'n dweud bo chi'n holi am rywun? Dyn neu fenyw?"

"Merch ifanc, ugeiniau cynnar, gwallt melyn. Mae wedi defnyddio'r tacsi o leiaf unwaith, fis i chwe wythnos yn ôl, sdim dyddiad pendant gyda fi. Chi'n mynd â hi i Gaerdydd, i glwb o'r enw Tootsies, mae'n cwrdd â dyn wrth ddrws y clwb a'r ddau yn gadael yn y tacsi."

Roedd Sharon ar ei gwyliadwriaeth. "Shwt y'ch chi'n gwbod hyn? Shwt allwch chi fod yn bendant mai fi oedd yn dreifo?"

"Chi yw'r unig ddynes sy'n gyrru i'r cwmni?"

Nòd bychan. "Pam y'ch chi isie gwbod? Dwi ddim am lando rhywun yn y cach."

"Enw'r dyn oedd Syr Gerald Rees a'r ferch oedd un o'r rhai olaf i weld Rees cyn iddo fe ddiflannu. Bydd ffeindio'r ferch yn gam pwysig tuag at ffeindio Rees."

Bu ysbaid hir wrth i Sharon bwyso a mesur y geiriau ac yna, o'r diwedd, atebodd. "Dwi wedi codi'r ferch sawl gwaith. Mynd â hi i Gaerdydd, weithie i'r clwb a weithie i *hotel*. Dros ugain milltir, mae'n ddrud, ond mae'n talu bob tro a rhoi tip. Digon o cash, y pwrs yn llawn arian papur."

"Yr un gwesty bob tro?"

"Na, unwaith i'r Hilton yn y dre ac unwaith i'r Wavecrest yn y Bae."

"Chi'n gwbod enw'r ferch?"

"Dim syniad. Mae'n ffonio, gofyn am Sharon, dwi'n derbyn y neges a mynd i'r tŷ."

"Chi'n gwbod ble mae'n byw?"

Taflodd Sharon olwg dosturiol ar Teri. "Dim lot o dditectif, y'ch chi? Byddech chi'n *useless* fel dreifar tacsi. Wrth gwrs 'mod i'n gwbod. Ond wnewch chi byth ffindio'r lle. Tyle-coch, top y cwm, nesa at y mynydd. Af i gynta, gewch chi ddilyn."

Dechreuodd y glaw ddisgyn wrth iddyn nhw ddringo – yn ysgafn i gychwyn ac yna'n drwm, fel petai'r nefoedd wedi agor. Prin y gallai'r weipar glirio'r sgrin yn ddigon cyflym ac am eiliad meddyliodd Teri iddi golli golwg o'r tacsi. Gwasgodd y swits i gyflymu'r weipar a rhoi ochenaid o ryddhad o weld y tacsi yn troi i'r chwith o'i blaen. Tra bod y terasau ar waelod y cwm yn daclus a chymen, newidiodd yr olygfa o yrru'n uwch i roi darlun o esgeulustod a thlodi. Daethant at stryd neilltuol o serth a thrwy'r glaw darllenodd Teri yr enw Dinam Road. Stopiodd y ddau gar tua hanner ffordd ar hyd y stryd a disgynnodd Sharon a Teri o'u ceir i wynebu'r glaw a chwip y gwynt a chwythai o gyfeiriad y mynydd ar ben y stryd.

"Dyma'r tŷ," dywedodd Sharon. "Tro cynta i fi weld y lle yng ngolau dydd. Bach o dwll, nag yw e?"

Roedd ei disgrifiad yn gywir – paent y drws a fu unwaith yn ddu wedi hen risglo a theils y stepen yn frwnt ac yn graciau o un pen i'r llall. Aeth Teri i gnocio a sylwi bod y drws yn gilagored. Ar unwaith roedd ei holl synhwyrau'n effro. Yn yr eiliad honno, teimlodd y plwc cyntaf o bryder. Yn ei hisymwybod, gwyddai fod rhywbeth o'i le ac wrth iddi sefyllian cryfhaodd yr anesmwythyd. Ffroenodd arogl dieithr a oedd ar yr un pryd yn erchyll o gyfarwydd a theimlodd ysgryd o bresenoldeb a oedd yno o hyd neu newydd adael. Roedd arni ofn.

Croesodd y trothwy a chamu'n syth i unig ystafell y llawr gwaelod – lolfa, cornel fwyta a chegin, y cyfan wedi'i wthio i ofod nad oedd lawer mwy na choridor. Edrychai'r ystafell fel petai corwynt newydd daro – clustogau'r soffa a'r unig gadair esmwyth wedi'u rhwygo, y bwrdd pin yn y gornel wedi'i falu, gwydr y lluniau'n deilchion a phapurau ar wasgar dros bob modfedd o'r llawr. Clywodd ebychiad gan Sharon a throi i osod ei llaw ar fraich y ddynes. Safodd y ddwy yn stond am ennyd ond ni chlywyd smic o'r llofft. Yn hynod ofalus, cymerodd Teri gam pellach i mewn i'r ystafell.

Dyna pryd y gwelodd gorff y ferch, ei choesau o dan y bwrdd maluriedig. Rhuthrodd tuag ati, symud y bwrdd o'r neilltu gyda help Sharon a gosod dau fys ar ochr ei gwddf i chwilio am bỳls. "Mae'n dal yn fyw! Ewch i nôl clustog."

Ymddangosai Sharon fel petai wedi'i sodro i'r fan a'i hunig ymateb oedd rhythu ar y corff. Roedd sgert y ferch wedi'i thynnu at ei chanol, botymau ei blows a'r bronglwm wedi'u rhwygo a'i choesau ar led. Gellid gweld cleisiau ar dop y coesau a'r breichiau, briwiau ar yr wyneb a rhimynnau o waed yn rhedeg o'r trwyn a'r geg. Wrth i Teri ymdrechu i symud y ferch, syrthiodd y gwallt melyn am yn ôl i ddatgelu clwyf ar ochr chwith y talcen.

"Clustog, plis!"

Ufuddhaodd Sharon. "Chi'n meddwl mai *rape* yw hyn?"

Falle, ystyriodd Teri, ond prin y byddai treisiwr yn mynd ati i ddarnio'r ystafell. Na, roedd yr ymosodwr wedi dod i chwilio am rywbeth penodol, niweidio'r ferch a thwyllo i adael argraff o drais. Gwyddai o brofiad mai gwylio'n llechwraidd, cyflawni'r drosedd a gadael ar fyrder oedd patrwm treiswyr fel arfer. Beth bynnag, gweithredu oedd yn bwysig nawr. "Ffoniwch am ambiwlans a dweud bod e'n fater o *life and death*."

Camodd Sharon at y drws, yn falch o'r cyfle i gilio. Yn y cyfamser roedd Teri'n dal ei gafael ar y ferch gan redeg llaw dros ei thalcen, a deimlai fel marmor iasoer. Doedd hi ddim yn dangos unrhyw arwydd o ddadebru a'i hunig symudiad oedd y mymryn lleiaf o grychiad yn ei llygaid, fel petai yng nghrafangau hunllef frawychus.

"Ambiwlans ar ei ffordd, ond bydd e tua ugain munud. Dod o Lantrisant." Taflodd Sharon gipolwg at y sinc wrth y wal gefn. "Bach o ddŵr iddi?"

"Na, gwell peidio, fe allai dagu. Aros tan yr ambiwlans, 'na'r peth saffa. Beth am yr ardal 'ma a Dinam Road?"

"Un o batshys tlotaf y dre. Mae nifer o'r tai'n wag a neb yn gallu fforddio tacsi. Hi oedd yr unig gwsmer. Troi mas mewn dillad smart a digon o cash. O'n i wastad yn synnu. Y dyn Rees 'ma oedd yn talu?"

Cyn i Teri gael cyfle i ateb, dechreuodd y ferch grynu'n afreolus. Gwelodd gyda braw ei hwyneb yn gwelwi a gwawr borffor ar ei gwefusau. Pallodd y crynu ac yna roedd y ferch yn gwbl lonydd. "Shit, mae 'di stopio anadlu! Glou, helpwch i roi hi i orwedd, y glustog dan y pen."

Gosododd Teri gledr un llaw rhwng y bronnau, plethu'r ail law dros y gyntaf a dechrau pwyso. Stopiodd ar ôl munud, rhoi ei cheg dros geg y ferch a chwythu ddwywaith. Dim newid ac felly dechreuodd Teri y broses eto. "Cym on, cym on, dere, rhaid i ti, paid mynd nawr!" Trydedd ymdrech ac yna, yn wyrthiol, dechreuodd y ferch riddfan yn isel ac agor ei llygaid am ennyd.

"Blydi hel, roedd hynna'n agos. Trowch y tân mlân a mynd i'r llofft i chwilio am flanced. Mae'r lle 'ma fel ffridj."

Ufuddhaodd Sharon, ac o gael y cwrlid amdani a gwres yn yr ystafell dechreuodd y ferch gynhesu'n araf. Gofynnodd Teri, "Shwt olwg oedd ar y llofft?"

"Debyg i fan hyn. Gwely ar ei ochr, yn erbyn y wal, a'r matres wedi rhwygo. Dillad dros bob man a stwff y cwpwrdd yn y bathrwm ar y llawr."

Ddywedwyd yr un gair wedyn, a syllodd y ddwy yn wag ar drueni'r lle. Roedd yr holl furiau'n binc a'r lleithder ar draws y wal wrth y drws cefn yn cyfrannu at yr oerni a'r ymdeimlad o ddigalondid. Roedd posteri ar y wal ac ambell lun yma a thraw yn ymdrech i gyfleu syniad o gartref ond yr argraff gyffredinol oedd o rywun yn rhygnu byw ar yr ymylon. Ymhlith y llanast sylwodd Teri ar y pacedi sigaréts, gan arogli olion y smygu a dreiddiodd i bob cornel o'r ystafell dlodaidd.

Roedd y ferch yn dal yn anymwybodol ond yn anadlu'n esmwythach a'r cryndod wedi peidio. Edrychodd Teri arni a chofio disgrifiad Mari Jones, y gymdoges o Aberaeron. Roedd yn ei hugeiniau cynnar ac er y cleisiau a'r briwiau gallech weld bod ganddi gorff lluniaidd. Roedd y gymdoges, felly, yn ddigon agos at y marc ond roedd ei honiad bod lliw y gwallt mas o botel yn anghywir. Na, roedd hon, pwy bynnag oedd hi, yn meddu ar wallt melyn naturiol, y math o wallt a ddenai ddynion fel magned.

Pa gyfrinach wyt ti'n ei chuddio, meddyliodd Teri. Cyfrinach mor beryglus fel i ti bron golli dy fywyd. A ble mae e Gerald, dy gariad, nawr pan wyt ti wir ei angen? Popeth mae'r diawl yna'n ei gyffwrdd, mae'n ei ddinistrio.

Chwalwyd ar ei myfyrdod gan sŵn seiren. Agorodd Sharon y drws a daeth dau barafeddyg i mewn i'r ystafell, cynnal sgwrs fer â Teri ac yna rhoi eu holl sylw i'r ferch. Symudodd Sharon a Teri o'r neilltu a gofynnodd Sharon, "Alla i fynd? Bydd Rosie ffaelu deall ble ydw i."

"Iawn. Bydd rhaid i chi roi datganiad i'r polîs. Falle bydde fe'n syniad i gadw'n dawel am yr holl fusnes am nawr i osgoi cael eich poeni gan y wasg. Diolch am yr holl help."

Nodiodd Sharon a pharatoi i adael. Yna clywyd sŵn injan car, camau cyflym ac mewn eiliad roedd Gareth a Clive yn sefyll ar y trothwy. Llyncodd y ddau yr olygfa. Syllodd Gareth yn gyhuddgar ar Teri a dweud, "Tu fas, Owen."

Owen? Doedd Gareth byth yn ei galw'n Owen. Ufuddhaodd Teri, a safodd y ddau yn y glaw a syrthiai'n drymach nag erioed.

"Wel?"

Esboniodd Teri sut y darganfu enw a lleoliad y cwmni tacsis, teithio i Dreorci a dod o hyd i gariad Rees. "Roedd y ferch mewn cyflwr ofnadwy a…"

Ni chafodd gyfle i orffen y frawddeg. Ffrwydrodd Gareth. "A dyma ti'n penderfynu dod yma ar dy liwt dy hunan! Dim help, dim *back-up*. Stiwpid a byrbwyll! Wnest ti ystyried y risg? A rhoi aelod o'r cyhoedd mewn peryg. Er mwyn y nefoedd, Teri!"

"Wnes i adael nodyn."

"Ychydig o eiriau ar sgrap o bapur! Ti'n lwcus i ni dy ffeindio di. Ffôn, tecst…"

"A beth amdanoch chi?"

Cododd Gareth ei lais. "Taset ti wedi trafferthu agor dy laptop byddet ti wedi gweld e-bost yn dweud bod Clive a finne yn safle Condor drwy'r bore. Ti'n cofio? Y safle basiest ti i gyrraedd fan hyn!"

"Sdim isie bod yn sarci."

"Ond *ma* isie synnwyr cyffredin…" Roedd Gareth ar fin caledu'r cerydd pan sylwodd fod dynes yn sefyll ychydig gamau i ffwrdd ac wedi clywed y cyfan. Symudodd tuag ati gan ofyn yn siort, "Pwy y'ch chi?"

"Sharon Jones."

"Bydd angen i chi ateb cwestiynau."

Hoeliodd Sharon ei sylw'n gyfan gwbl ar Gareth a chyda'i llygaid yn fflamio dywedodd, "Ble mae dy fanars di? Pam y gweiddi? Mae DC Owen wedi achub bywyd y ferch mewn fan'na. Well i ti roi dy amser i ffeindio pwy bynnag sy wedi dyrnu honna." Trodd Sharon ar ei sawdl, brasgamu at y tacsi a thaflu'r ergyd olaf dros ei hysgwydd, "Os oes raid ateb cwestiynau, fe wna i i Teri, neb arall."

Trawiad y glaw yn erbyn y palmant oedd yr unig sŵn. Safodd Gareth a Teri yn yr unfan yn syllu ar ei gilydd fel dau geiliog blin yn ysu am ffeit. Roedd Teri ar fin mynd at ei char pan ddaeth y parafeddygon o'r tŷ a gwthio'r stretsier i'r ambiwlans. Mewn sgwrs fer cafwyd gwybod i'r ferch ddioddef ymosodiad ciaidd ond bod ei chyflwr yn sefydlog. Fel ymhob achos o'r fath, roedd rhai o drigolion Dinam Road wedi ymgasglu wrth un o'r tai gyferbyn i sbecian ar yr olygfa drist. Ac yno, yng nghanol y cymdogion, roedd Clive yn symud o un i'r llall yn cwestiynu a thrafod.

Gadawodd yr ambiwlans ar frys, y golau glas yn fflachio a sŵn y seiren yn diasbedain ar draws strydoedd y cwm. Croesodd Clive at ei gyd-weithwyr. "Bydd angen holi mwy. Gwelodd un person gar du, Audi neu Jaguar, wrth y tŷ yn hwyr neithiwr. Enw'r ferch yw Dyanne Morgan."

Mewn fflach cofiodd Teri am y tecst a ddanfonwyd o fwrdd *Gwynt Teg*. "Y neges o'r cwch, y gair 'caru-dym'. Roedd Rees yn datgan ei gariad tuag at DYM – Dyanne Morgan."

PENNOD 21

S AFAI WRTH Y ffenest yn cadw golwg ar y dreif a arweiniai i'r clwstwr o fflatiau, gan wylio mam ifanc yn gwthio bygi, yn straffaglu dros bedair step ac yna'n diflannu drwy'r fynedfa. Ciliodd o'r ffenest ac am y degfed tro mewn hanner awr edrychodd ar ei wats. Roedd hi'n agos at bedwar, felly roedd hen ddigon o amser i gyrraedd y maes awyr. Eto i gyd, dywedodd wrtho'i hun, gallai'r traffig fod yn broblem ac nid oedd am fod yn hwyr. Ond byddai'n rhaid iddo fod yn amyneddgar. Eisteddodd â'i ben yn ei ddwylo ac, am y tro cyntaf, trodd ei feddwl at ddigwyddiadau'r pythefnos a fu.

*

Taflodd un olwg olaf ar y dyn yn y Porsche. Fe'i rhybuddiodd sawl gwaith i arafu ond waeth iddo heb. Prin y deallai'r llanc ddigon o Saesneg i ufuddhau a'i unig ymateb oedd "I drive, you keep quiet." Ond yna bu raid osgoi taro car arall o drwch blewyn, cyn sgidio ar y tro, llithro i'r trac, troi mewn cylch a chefn y Porsche yn ergydio yn erbyn y graig. Daeth arogl petrol cryf a dechreuodd y tân bron ar unwaith. Wrth i'r mwg ledu drwy'r car ac i'r fflamau gydio, sylweddolodd Gerald Rees na allai wneud dim i achub y dyn. Y flaenoriaeth oedd ei achub ei hun drwy ei heglu hi oddi yno gan oedi dim ond am eiliad i glymu'r gwregys a gosod ei fodrwy ar law y gyrrwr.

Brasgamodd ar hyd y cae twmpathog a cholli ei falans yn yr ymdrech i ddal gafael yn y ces lledr. Wedi pum munud o gerdded, ni allai weld y Porsche bellach ac roedd hynny'n rhywfaint o gysur. Y fath lanast, y cynllun a baratowyd mor fanwl ar chwâl a'r cyfan oherwydd ffolineb twpsyn byrbwyll na wyddai am beryglon ffordd fynyddig. Rhegodd yn uchel, nid bod neb yno i'w glywed ar wahân i braidd o ddefaid a wasgarodd i bob cyfeiriad o'i flaen. Bu bron iddo syrthio ac yna teimlodd dir solet o dan draed. Yn yr hanner golau gwelodd lwybr yn ymestyn at gamfa ym mhen pellaf y cae. Tu hwnt i'r gamfa gwibiai'r ceir ar yr A470 rhwng Aberhonddu a'r Bannau ac er y dynfa gwyddai y byddai mynd ar hyd y ffordd a'i thrafnidiaeth yn ormod o risg. Ni allai fentro cael ei weld a'i adnabod ac am nawr rhaid fyddai bodloni ar ddiogelwch cymharol y cae. Mewn byr o dro byddai rhywun wedi cysylltu â'r gwasanaethau brys a byddai'r llecyn yn ferw o blismyn a dynion y frigâd dân. Dewis rhwng y diawl a'i gwt, perygl o'i flaen a pherygl lle safai. Nesaodd at y clawdd, clywed dau fodurwr yn cynnal sgwrs mewn arhosfan a chraffu ar yr arwydd i bentref Libanus rhyw chwarter milltir i ffwrdd. Ciliodd yn ôl mor dawel ag y gallai heb unrhyw syniad yn y byd o'i gam nesaf – nid oedd golwg o sied lle gallai guddio ond yna, yng nghornel y cae, gwelodd ffurf a cherddodd yn ofalus tuag ato.

Hen beiriant cynaeafu gwair oedd yno, wedi'i hanner gorchuddio gan borfa, dwy olwyn wrth y cefn a metel coch y trelar yn blastr o rwd. Llawer mwy perthnasol oedd y ganfasen a orweddai drosto – ymgais i warchod y peiriant rhag yr elfennau, mae'n siŵr. Dringodd i mewn i'r trelar a thynnu'r ganfasen dros ei ben i greu cuddfan – nid y lanaf, yn sicr, ond roedd yn amddiffynfa ac yn gysgodfan rhag y glaw oedd wedi dechrau taro. Roedd mewn sioc ac allan o wynt a gorfododd ei hun i dreulio munudau'n tawelu ei nerfau gan geisio ffurfio rhyw fath o gynllun. Mewn gwirionedd, dim ond un cynllun oedd yn bosib. Gafaelodd yn ei ffôn, sylwi bod y signal yn eithriadol o wan a gobeithio'r gorau wrth redeg drwy'r rhestr at y rhif argyfwng. Deng munud wedi wyth – dylai fod rhywun yno, ond bu raid iddo wrando ar sawl caniad cyn clywed ymateb.

"Ie, beth yw'r broblem?"

Cyflwynodd fanylion y ddamwain a chlywed geiriau disgwyliedig y llais cras. "Chi'n gwybod beth, Rees, chi'n troi i fod yn fwy o faich nag o fantais."

"Hei, nid fy mai i oedd y ddamwain! Eich dyn chi oedd yn gyrru, daeth e'n agos at daro car arall, a fe a neb arall sy'n gyfrifol am y ffaith 'mod i'n sythu yn y twll lle 'ma. Tase fe wedi arafu bydden ni wedi cyrraedd pen y daith heb unrhyw anhawster. Mae'n bryd i chi gofio'ch rhan chi o'r ddêl ac ysgwyddo'r cyfrifoldeb."

Tawelodd y llais fymryn, ond dim ond mymryn. "Y gyrrwr – fydd modd ei adnabod, ei gysylltu e â ni mewn unrhyw ffordd?"

Sylwodd Gerald Rees ar absenoldeb llwyr unrhyw bryder a chonsýrn. Adnodd oedd y gyrrwr, dim mwy nag adnodd i'w ddefnyddio a'i daflu o'r neilltu mewn creisis, ac er ei fod yn groes i'r graen gwyddai fod yn rhaid iddo yntau ymateb yn yr un modd. "Erbyn hyn dyw e ddim ond cnawd ac esgyrn, a peidiwch â phoeni, dwi wedi gosod fy modrwy ar ei law. Yn syml, fi losgwyd yn y Porsche a neb arall."

Ffrwydrodd y dyn ar ben arall y lein. "Beth? Bydd profion DNA yn dangos nad chi sydd yn y car ac yn arwain yn ddigamsyniol at y ffaith mai dim ond chi allai fod wedi gosod y fodrwy. Y twpsyn hurt, mae 'na gysylltiad wedi'i sefydlu. Chi i fod yn foi clyfar!"

Sylweddolodd ei gamgymeriad ond nid oedd am syrthio ar ei fai. "A beth fyddech chi wedi'i wneud? Fi wynebodd yr argyfwng a fi sy'n gorwedd mewn cart brwnt heb gysgod rhag y glaw. Felly, Mr Mastermind, beth yw'r plan?"

Tawelwch eto cyn i'r dyn ofyn yn swta, "Union leoliad?"

"Cae yn cefnu ar yr A470 rhwng Aberhonddu a Merthyr.

Arhosfan yn syth yr ochr draw i'r clawdd, jyst cyn yr arwydd am bentref Libanus – yr arhosfan ar yr ochr chwith wrth i chi deithio o gyfeiriad Merthyr."

"Chi'n gallu gweld yr arhosfan?"

Cododd ymylon y ganfasen. "Ydw."

"Reit. Yn agos at un y bore bydd fan yn parcio yno ac yn fflachio'i golau dair gwaith. Dyna'r arwydd. Bydd drysau cefn y fan ar agor. Dringwch i mewn a chau'r drysau ar eich ôl. Peidiwch ceisio siarad â'r gyrrwr; cnoc ar ochr y caban, dyna i gyd. Os na fyddwch chi'n ymddangos bydd y gyrrwr yn rhoi un cynnig arall ac yna'n gadael."

"Oes rhaid aros tan un? Mae hynny bron i bump awr i ffwrdd a dwi bron marw o oerfel."

"Llai o siawns i chi gael eich gweld. Dyna'r cynnig, a hyd y galla i weld does gennych chi fawr o ddewis ."

"Pam na all y gyrrwr fy ffonio ar ôl cyrraedd?"

"Hei, chi yw bòs y cwmni clustfeinio. Mae siawns dda fod y glas yn gwrando ar yr alwad hon wrth i ni drafod. Ocê?"

Heb air ymhellach, daeth y sgwrs i ben. Yng ngolau'r ffôn gwelodd ei bod yn agos at hanner awr wedi wyth. Pedair awr a hanner tan i'r fan gyrraedd! Pedair awr a hanner o orwedd ar fetel caled, y glaw'n diferu ar ei goesau a'r oerfel yn treiddio i bob cymal. Tynnodd ei got amdano a gosod y ces o dan ei ben fel clustog. Teimlai ychydig yn well o wybod bod cynllun i'w achub ar waith ac, er y demtasiwn, gwyddai na allai gysgu a hynny am ddau reswm. Yn gyntaf, roedd y perygl o fethu signal y fan ac, yn ail, y gwewyr meddwl am ei bicil presennol. Breuddwyd ffals oedd yr ysfa am gael ddoe yn ôl a sylweddolai nad oedd pwrpas bellach mewn edifarhau. Roedd y dyn ben arall y lein yn gywir – doedd ganddo ddim dewis, ac o gymryd y cam cyntaf yn y twyll gwyddai fod y camau eraill yn dilyn yn anorfod, un cam yn arwain yn rhesymegol at y llall a'r cyfan yn arwain at yr ymgais i ddianc rhag helyntion Condor. Na, dywedodd wrtho'i hun, dwi'n edifar am ddim, ac eto sylweddolai ei fod yn edifar am un peth, sef ei gadael hi ar ôl. Am y tro cyntaf ers blynyddoedd, profodd wir gariad a chofiodd gyda phleser am y penwythnos yn Aberaeron a'r nosweithiau yn y gwestai yng Nghaerdydd. Cysurodd ei hun drwy feddwl y gallai rywfodd, rywbryd, ei gwneud hi'n rhan o'i fywyd newydd ond drwgdybiai mai breuddwyd ffals oedd honno hefyd.

Tra oedd yn gorwedd yn y trelar clywodd seiren dau gerbyd ar y ffordd fawr a sylweddolodd iddo ddianc o safle'r ddamwain jyst mewn pryd. Wrth i'r oriau lusgo gwrandawodd ar y drafnidiaeth gyson ac un tro ar leisiau oedd yn swnio'n beryglus o agos. Yna, o dipyn i beth prinhaodd y drafnidiaeth a disodlwyd dwndwr y lorïau gan gri ambell dylluan. Teimlodd siffrwd creaduriaid bychain ym mhen pellaf ei guddfan a synhwyro rhywbeth yn cropian dros ei law dde. Gorfododd ei hun i aros yn hollol lonydd. Rheolodd ei ddefnydd o'r ffôn i arbed y batri ond wrth i'r oriau gropian gwelodd o'r diwedd ei bod yn agos at un y bore.

Symudodd y ganfasen o'r neilltu a neidio o'r trelar. Ond plygodd ei goesau'n wan oddi tano a syrthiodd ar ei hyd. Cododd, rhwbio'r coesau i wella'r cylchrediad ac ar unwaith bron trodd fan i mewn i'r arhosfan. Ceisiodd frysio, diawlio ei arafwch ac ar ôl ymdrech galed dringodd i stepen gyntaf y gamfa a gweld y tair fflach. Roedd ar fin croesi'r gamfa pan dynnodd car i'r ochr gan ddod i stop tu ôl i'r fan. Damo, beth nawr? Sylwodd na ddiffoddwyd injan y car ac yna, mewn rhyw newid meddwl gwyrthiol, llywiodd y gyrrwr heibio'r fan i ailymuno â'r ffordd fawr. Fflachiodd y golau yr eildro a chan anwybyddu unrhyw reddf i bwyllo, rhedodd am y fan, llamu i mewn ac ufuddhau i'r gorchmynion i gau'r drysau a churo ar y pared rhyngddo a chaban y gyrrwr.

Heb oedi, symudodd y fan a throi i gyfeiriad Aberhonddu. Roedd yn hen gyfarwydd â'r A470 ac wrth wrando ar sŵn y newid gêr, y llywio o gwmpas cylchdro a'r codi cyflymder gwyddai fod y cerbyd yn symud ar hyd ffordd osgoi'r dref. Troi i'r dde ar ail gylchdro, ychydig o ddringo a, hyd y gallai ddirnad, teithio i'r dwyrain tuag at y Gororau. Ni allai weld dim yn y tywyllwch ond ar ôl taith o bron i awr arafodd y fan ac o glywed sŵn ambell gar synhwyrodd ei fod ar gyrion neu yng nghanol tref. Yna, ymhen peth amser eto, clywodd grensian graean o dan y teiars, a phen y daith. Agorwyd y drysau, cododd o'i gwrcwd a disgyn i'r dreif.

Fe'i dallwyd gan olau llachar ond ar ôl eiliad o ymgyfarwyddo gwelodd ei fod yn sefyll o flaen hen ffermdy. Safai dynes ganol oed wrth y fynedfa a chamodd ati. Dim gair o gyfarch, a chafodd ei arwain yn ddywedwst i risiau llydan ac yna ar hyd coridor hirgul i ystafell wely. Pwyntiodd y ddynes at y jwg o ddiod boeth a'r tywelion ar goffr bychan wrth y ffenest a diflannu cyn iddo gael cyfle i ofyn dim. Roedd y coffi'n hynod o dderbyniol a chofiodd am y fflasg fechan yn ei ges. Ychwanegodd joch dda o wisgi i'r ddiod a theimlo'r cynhesrwydd yn lledu drwy ei gorff. Ar ôl ail baned a mwy o wisgi, camodd at y ffenest i syllu ar y tywyllwch dudew. Hanner awr wedi dau ar y wats, a'r daith o awr a hanner yn rhoi bras syniad o leoliad y ffermdy. Aeth at ddrws yng nghornel yr ystafell, camu i ystafell ymolchi fechan, diosg ei ddillad brwnt ac aros o dan ddŵr crasboeth y gawod am gryn amser. Ar ôl gorffen, ac yntau mewn hwyliau tipyn gwell, aeth ar ei union at y gwely, llithro o dan y cwrlid a syrthio i drwmgwsg bron ar unwaith.

Ergydiad y gwynt yn erbyn y ffenest a'i dihunodd, ac o godi ar ei hanner cofiodd mewn rhuthr ble yr oedd a sylwi ar y dillad glân ar y gadair wrth ei ymyl. Disgynnodd o'r gwely, mynd eilwaith at y ffenest a gweld bod y ffermdy'n sefyll ar fryncyn mewn clytwaith o gaeau gyda choedwig eang ar dir serth yn y pellter. Nid oedd golwg o bentref na thai eraill yn unman ond gallai glywed rhediad afon a sŵn ysbeidiol ceir. Ymolchodd yn gyflym, gwisgo'r jîns a'r siwmper a disgyn ar hyd y grisiau i'r fynedfa gan weld drws yn gilagored tu cefn iddo. Cerddodd at y drws a chael ei hun mewn cegin helaeth, cypyrddau pren ar lawr ac ar bob wal a bwrdd hir yn ymestyn o un gornel yr ystafell i'r llall. Draw yn y pen pellaf safai dynes neithiwr yn paratoi brecwast ac o'i weld amneidiodd at un o'r cadeiriau a gosod grawnfwyd, coffi a thost ar y bwrdd. Yn union fel cynt, doedd dim helô na bore da ond wrth iddo fwyta sylwodd fod y ddynes yn cadw llygad barcud arno. Ni adawodd y gegin am eiliad. Ar ôl iddo orffen dywedodd y wraig yn siort, "Mae e'n disgwyl amdanoch chi yn y lolfa, i'r chwith wrth y drws ffrynt."

Dilynodd y cyfarwyddiadau a dod wyneb yn wyneb â gŵr oedd yn meddu ar lygaid llwyd caled, trwyn cam a llinell o geg gyda'r gwefusau yn troi am i lawr. Barnodd ei fod o gwmpas y pymtheg ar hugain ond roedd y ffaith ei fod yn hollol foel yn creu'r argraff o berson hŷn. Synhwyrodd rywfodd mai hwn oedd yr ymwelydd â'r tŷ yn Aberaeron, y dyn a'i bygythiodd gyda'r SIG Sauer. O ystyried byrder yr ymweliad hwnnw ac oherwydd i'r dyn guddio ei wyneb o dan yr het, roedd yn amau i gychwyn ond roedd gant y cant yn sicr ar ôl clywed y llais.

"Ni'n cyfarfod unwaith eto, Syr Gerald. Trueni am yr amgylchiadau ond dyma chi wedi cyrraedd. Eisteddwch."

Aeth at y soffa, ac o suddo i'r dodrefnyn treuliedig teimlai ei hun o dan anfantais, â'r dyn yn eistedd ar gadair uchel gyferbyn iddo ac yn edrych i lawr arno. Dyna, mae'n siŵr, oedd y bwriad a phenderfynodd y gallai yntau chwarae'r gêm o feistr a gwas drwy beidio â dweud gair ac aros i'r llall agor y drafodaeth. Hanner munud o ddistawrwydd, a dyna ddigwyddodd.

"Roedd dod â chi yma yn rhan o'r cynllun gwreiddiol. Roedd y ddamwain yn anffodus ond gadewch i ni obeithio am well lwc o hyn allan. Gobeithio hefyd fod y ditectif sy ar eich sodlau mor anobeithiol a di-glem â gweddill ei gyd-weithwyr. Byddwch chi'n lletya yma am ryw wythnos ac yn treulio'r amser yn dod yn gyfarwydd â'ch *identity* newydd. Mae'r manylion mewn ffolder yn y stafell wely a rhaid i chi ddysgu'r cyfan cyn i chi adael. Peidiwch â cheisio crwydro o'r tŷ. Mae 'na ardd yn y cefn ac mae'n iawn i chi gerdded yno, ond dim cam ymhellach. Does neb llawer yn dod yma ond os gwelwch chi rywun – y postman, er enghraifft – rhaid i chi gilio ar unwaith. Er eich diogelwch chi a llwyddiant y cynllun, mae'n bwysig i chi gadw o'r golwg gan osgoi unrhyw risg o gael eich adnabod. Fydda i ddim yma drwy'r amser ond mae eraill o gwmpas a fydd dynes y gegin byth yn gadael."

"Carchar felly."

"Os mynnwch chi, ond mae'r cyfan er mwyn sicrhau llwyddiant y cynllun."

"Beth am y rhai oedd yn rhan o'r trafodaethau gwreiddiol? Fyddan nhw'n dod?"

"Na. Byddan nhw'n cadw led braich. Nawr, y cam cyntaf fydd mynd ati i newid eich pryd a'ch gwedd. R'yn ni eisoes wedi casglu'ch ffôn ac fe gewch chi ffôn newydd wrth i ni symud at gam nesaf y cynllun. O ie, un cwestiwn – dwi'n cymryd bod yr holl ddata gyda chi a'r problemau i gyd wedi'u datrys?"

"Yn ddiogel yn y ces, a chyfrineiriau'r ffeiliau ar gof a chadw."

Heb air ymhellach, cododd y dyn a gadael.

Dringodd Gerald Rees y grisiau, dychwelyd i'r ystafell wely ac agor y ffolder a adawyd ar y gadair. Roedd yna bentwr o bapurau ac fe'i bodlonwyd o weld ei enw newydd, yn union fel y cytunwyd. Rhyfeddodd at drylwyredd gweddill y wybodaeth – manylion am ddyddiad a man ei eni, hyd at ei gartref a'i swydd bresennol a'i fywyd personol. I bob pwrpas, nid oedd Gerald Rees yn bodoli bellach a deallodd berthnasedd y gorchymyn i ddysgu a chofio. Rhaid cydnabod bod ei hanes yn gwbl gredadwy ac aeth i orwedd ar y gwely i ddarllen un dudalen ar ôl y llall. Torrwyd ar ei ganolbwyntio gan lais y ddynes yn galw.

Yn y gegin fe'i rhoddwyd i eistedd wrth y bwrdd, drych o'i flaen a thywel dros ei ysgwyddau, a safodd y ddynes tu ôl iddo. Gyda siswrn yn ei llaw, dechreuodd ar y dasg a syrthiodd y cudynnau tonnog yn domen daclus wrth ei draed. Ni ddywedodd y ddynes air drwy gydol y driniaeth ac ar ôl camu i'r ochr i archwilio'r canlyniadau estynnodd am botel a chribo ychydig o'r hylif drwy'r blewiach. O fewn ugain munud roedd ei wallt yn ddu fel y frân heb argoel o lwydni, ac yn dilyn asesiad pellach cwblhaodd y ddynes y gweddnewidiad drwy osod eli trwchus i greu steil pigog, cwta. Syllodd ar ei adlewyrchiad yn y drych hyd nes i'r ddynes orchymyn iddo sefyll o flaen sgrin wen a thynnu ei lun.

Treuliodd yr amser yn pori drosodd a throsodd drwy'r ffolder ac yn manteisio ar ambell gyfnod braf i eistedd yn yr ardd yn darllen. Ni welodd neb ar wahân i'r ddynes, a oedd yn achub y blaen arno bob bore i sgubo'r post o'i olwg rhag iddo ganfod unrhyw gliw am ei leoliad. Cadwodd gyfri o'r diwrnodau ac amser brecwast ar y pumed diwrnod clywodd sŵn lori'n cyrraedd. Gwyddai y byddai'r ddynes yn rhuthro i weld pwy oedd yno ac o aros ychydig gamau tu ôl i'r drws ffrynt clywodd ddyn yn sgwrsio gyda'r ddynes, hithau'n dweud rhywbeth am "Hillside House not Clungunford" a'r gyrrwr yn gofyn am gyfarwyddiadau. Sleifiodd i'r lolfa a gweld mai lori cwmni bwyd anifeiliaid oedd yno, Border Feedstuffs, a'r cyfeiriad 'Border House, Craven Arms' yn gwbl eglur. Felly, roedd ei ddamcaniaeth fod y ffermdy yn ardal y Gororau yn gywir ac roedd siawns dda fod y lle'n agos at dref farchnad. Synhwyrodd fod y sgwrs yn dod i ben a symudodd yn gyflym yn ôl i'r gegin.

Llithrodd y dyddiau o un i'r llall ac yna, ar y ddegfed noson, fe'i galwyd eilwaith i'r lolfa lle roedd y dyn eto'n disgwyl amdano. "Byddwch chi'n gadael nos yfory. Bydd y fan ddaeth â chi yma yn eich cludo i Lundain ac mae gweddill y trefniadau yn y ffolder. Gadewch bopeth yma – peidiwch â mynd ag unrhyw beth a allai'ch cysylltu chi â'r gorffennol, yn arbennig unrhyw beth sy'n dangos i chi aros yma. Mae 'na stwff newydd yn cael ei roi yn y stafell wely – dillad, ces newydd a ffôn newydd gyda'r rhifau perthnasol ar y cerdyn SIM. Un rhybudd oddi wrth y meistri, Syr Gerald – defnyddiwch y ffôn mewn gwir argyfwng yn unig. Dyma eich pasbort newydd a'r tro hwn, Syr Gerald, dim troeon trwstan, dim damweiniau. Deall?"

Yn hytrach nag ateb, agorodd y pasbort a rhythu ar y darlun bychan a oedd yn bictiwr perffaith o'r gweddnewidiad yn ei olwg.

*

Bellach roedd hi'n bryd iddo droi ei feddwl at gam nesaf y cynllun. Cymerodd gip arall ar ei wats a chlywed sŵn y gatiau'n agor. Cododd at y ffenest drachefn a gweld y Mercedes yn nesáu ac yn parcio ger y lawnt. Casglodd ei ddau fag, tynnu'r drws ar ei ôl a cherdded i lawr y grisiau i'r fynedfa.

"I'll take those for you," dywedodd y gyrrwr gan afael yn y bagiau. "Which terminal, sir?"

"Terminal three."

Daliodd y dyn y drws a chamodd yntau i esmwythder y car. Ni chafwyd sgwrs bellach rhwng y ddau a bodlonodd ar wylio'r olygfa wrth i'r Merc deithio'n hwylus drwy un o faestrefi deheuol Llundain. Roedd hi'n brynhawn braf, yr haul yn disgleirio ar y Tafwys a chriw o rwyfwyr yn eu crysau a'u siorts yn rasio yn erbyn ei gilydd. Wedi croesi'r afon daethant yn fuan at stadiwm Twickenham lle roedd criw o dwristiaid yn tynnu lluniau. Dilynodd y gyrrwr y B358, gwyro i'r dde i gyfeiriad y maes awyr a dod mewn byr o amser at y gyffordd ar gyfer Heathrow. Roedd y traffig yn drymach yma ond roedd y gyrrwr yn hen gyfarwydd â dewis y lôn gywir a llywiodd yn ddeheuig at adeiladau'r maes awyr.

"Here you are, sir. I'll get your luggage now." Salíwt bychan wrth iddo dderbyn y cildwrn hael. "Thank you, sir, most generous. The Emirates desk is just ahead."

Roedd y ciw arferol wrth yr adran economi ond neb wrth y ddesg dosbarth cyntaf. Cyfarchodd y ferch ef â gwên lydan, fel y dylai ac ystyried pris y tocyn.

"Good afternoon, sir, you're a passenger for our flight to Dubai?"

Nodiodd.

"Excellent, if I could just have your travel documents and your passport."

Cyflwynodd y dogfennau a'i basbort, a thaflodd y ferch olwg drostynt cyn eu dychwelyd.

"All in order, Mr Williams. As the first class section is relatively empty and you're early, I've been able to place you in Suite A4 right at the front of the plane, where you won't be disturbed. The flight leaves at 20.15 and boarding will commence forty-five minutes prior to that time at gate D22. You will have priority boarding. You should now proceed to Departures and the security check. You'll find the Emirates Executive Lounge near the gate and you'll be called from there. Have a good flight, Mr Williams."

Ni chafodd unrhyw broblemau wrth yr atalfeydd diogelwch. Cerddodd yn hyderus heibio'r siopau a'r bwytai ac o ddilyn yr arwyddion daeth o hyd i lolfa'r cwmni awyr yn ddidrafferth. Roedd ail ferch wengar wrth y fynedfa; edrychodd hithau ar ei docyn a'i groesawu i'r hafan ddigynnwrf. Roedd y lle yn gymharol wag a daeth gweinyddes ato ar unwaith i gynnig y fwydlen iddo. Archebodd salad cyw iâr wedi'i fygu a gwydraid o

Chablis, pwyso 'nôl yn y gadair esmwyth, darllen y copi cyfredol o'r *Times* a rhyfeddu at naïfrwydd rhai gohebwyr. Roedd y bwyd yn ardderchog a thymheredd y Chablis yn berffaith. Yn syth ar ôl iddo orffen daeth y weinyddes at y bwrdd i ofyn a hoffai rywbeth melys, coffi neu ddiod arall. Gwrthododd y pwdin a'r coffi a gofyn am cognac. Pan ddaeth hwnnw roedd y mesur yn sylweddol a sawrodd ei arogl cyfoethog cyn blasu'r sip cyntaf.

I lenwi'r amser ailgydiodd yn y papur a throi at y croesair ar y dudalen gefn. Fel arfer llwyddai i gwblhau'r pos mewn llai na chwarter awr ond heno roedd ei feddwl ar grwydr ac roedd un cliw yn heriol o ystyfnig. 'A place where business is looking up', naw llythyren ac yna saith. Syllodd yn wag ar y pos gan fethu'n lân â gwneud synnwyr o'r cliw na'r llythrennau oedd eisoes yno. Be goblyn? Daeth yr ateb mewn fflach ac ysgrifennodd 'REFERENCE LIBRARY'. Cododd ei olygon o'r papur a sylwi bod pobol eraill yn y lolfa erbyn hyn. Draw yn y gornel bellaf eisteddai dwy ddynes ac er y pellter gallai glywed pob gair o'u sgwrs. Hawdd casglu o'r acenion a'r llefaru cwaclyd mai Americanwyr oeddent. Wedi gwagio potel o siampên yn gyflym, gorchmynnodd un ohonynt i'r weinyddes osod ail botel ar y bwrdd. Yn nes ato roedd criw o Arabiaid, pob un yn ei fantell wen a'r *keffiyeh*, y benwisg goch a gwyn, ac fel Moslemiaid selog roeddent yn yfed diodydd meddal. Rhai fel hyn fyddai ei reolwyr o hyn ymlaen, meddyliodd, ac o dan yr ymarweddiad syber gallech synhwyro'r awdurdod a'r cyfoeth. Edrychodd un o'r Arabiaid ar y ddwy Americanes a throi ei gefn mewn gweithred eglur o ddiflastod.

Torrwyd ar ei fyfyrdod gan y cyhoeddiad: "Emirates EK030 to Dubai. Boarding has now started and passengers for this flight should proceed to Gate D22. Boarding will commence with first and business class followed by economy. Emirates wish you a pleasant flight." Casglodd ei fag llaw, symud at y fynedfa a dioddef y profiad o gael yr Americanwyr yn croesi ar draws ei lwybr. Roedd eu cerddediad yn simsan a'r ddwy'n anwybyddu gwên y weinyddes gan hwylio i'r coridor fel petaen nhw'n disgwyl i rywun fod yno i agor pob drws ac i esmwytho pob cam o'r ffordd iddynt.

Yn unol â'r addewid, roedd y gât yn agos ac fe aeth yn syth at y cownter. Cafodd fymryn o bleser yn gwylio'r ddwy Americanes yn sbecian yn sur arno wrth iddynt orfod aros eu tro. Twt, twt, ferched, dosbarth busnes yn unig! Cyflwynodd ei docyn a'i basbort, mwy o wenu, mwy o ddymuniadau da, Mr Williams, yna cerddodd ar hyd y twnnel i ddrws yr awyren a chael ei gyfeirio i'r chwith i'r adran dosbarth cyntaf.

Cafodd ei dywys i'w sedd ac roedd y cyfan yn foethus, â phob cyfleustra wrth law. Roedd golau isel ar y bwrdd lle safai teledu bychan, roedd bar personol o dan y ffenest ac roedd y sedd ledr yn llydan gyda gofod helaeth o'i blaen. Cymerodd y ferch ei fag a'i roi yn y cwpwrdd uwchben. Tynnodd yntau ei siaced, datod ei dei a suddo'n fodlon i'r gadair. Doedd neb yn y sedd gyferbyn ac roedd yr adran yn gymharol wag. Clywodd siffrwd o'r tu ôl iddo, rhyw siarad isel, a gweld yr Arabiaid yn cymryd eu seddau. Dychwelodd y ferch i gynnig diod – unrhyw beth y dymunai – a dewisodd ddŵr pefriog gydag iâ a lemwn. Byddai'n manteisio'n llawn ar y rhestr win gyda'r bwyd maes o law.

Ar y funud olaf bron, daeth person i eistedd yn y sedd yr ochr draw i'r ale. Roedd yn ddyn bychan o gorff, wedi'i wisgo mewn siwt lwyd ysgafn oedd yn fwy addas i dymheredd terfyn y daith nag i dywydd Prydain ym mis Mai. Ei unig nodweddion amlwg oedd ei frwsh o wallt tenau a dorrwyd yn grop a'i lygaid pŵl, digroeso. Daeth y ferch at y dyn a chynnig gosod ei fag yn y cwpwrdd ond gwrthododd a gofyn am fodca mawr. Ni thrafferthodd gyfarch neb, na dweud gair, ac ar ôl cael y ddiod fe blannodd sbectol drwchus ar ei drwyn a rhoi ei holl sylw i'r nofel clawr papur o'i flaen.

Cafwyd y cyhoeddiadau arferol gan y capten – hyd y daith, y tywydd yn Dubai ac ati, ac ati – ac yn dilyn yr ymarfer diogelwch aeth yr awyren am yn ôl, troi a symud yn araf tuag at y rhedfa. Cymerodd gip ar ei wats, gweld ei bod hi'n chwarter wedi wyth a rhoi ochenaid fechan o ryddhad, cyn ymlacio a chau ei lygaid. Chwalwyd ei deimlad o ddedwyddwch gan lais y capten. "I'm sorry, ladies and gentlemen, but we've detected a minor technical fault. We have to return to the stand for this to be checked by ground crew. It will only take a few minutes and we will then be on our way. My apologies and thank you."

Dyna'n union a ddigwyddodd, ac ar ôl i'r awyren ddod i stop edrychodd drwy'r ffenest a gweld technegwyr yn archwilio'r adenydd. Roedd fflachiadau o olau glas yn adlewyrchu ar gorff yr awyren ond er iddo godi ychydig o'i gadair ni allai weld o ble y deuai'r golau. Cafwyd synau metelaidd o'r howld ac yna, yn hollol annisgwyl, daeth dau ddyn i'r golwg a sefyll yn union wrth ei sedd. Roeddent wedi'u gwisgo mewn gwisgoedd ymladd du, a'r ddau yn cario gynnau. Heb oedi eiliad, gafaelasant yn y gŵr o'r sedd gyferbyn, cymryd gofal neilltuol gyda'i fag a'i fartsio ar hyd yr ale. Digwyddodd hyn i gyd heb air o eglurhad, a gadawyd pawb arall yn rhythu ar yr olygfa.

Unwaith eto daeth llais y capten. "Ladies and gentlemen, I would ask you all to remain calm. The aircraft has been boarded by officers of the Metropolitan Police and an individual suspected of terrorist activity has been removed from the first class cabin. There is no cause for alarm and the crisis is over. We have, however, been informed by the police that it will be necessary for all the luggage to be rechecked. Therefore, I'm afraid that I have to tell you that this flight is cancelled. Please leave the aircraft in an orderly manner and re-enter the terminal, where you will be met by ground staff who will inform you of hotel accommodation and arrangements for onward travel. On behalf of Emirates I would like to apologise for the inconvenience and assure you that your safety is always our main priority."

Yn araf, gosododd y dŵr ar y bwrdd a chlensio'i ddwylo. Gwyddai nad oedd ganddo ddewis ond ufuddhau a chysurodd ei hun nad oedd ganddo reswm i ofidio. Yr oll yr oedd angen iddo'i wneud oedd gadael yn dawel, toddi i'r dorf, treulio'r noson mewn gwesty ac ailgychwyn y broses yfory. Estynnodd am ei fag o'r cwpwrdd, ymuno â'r orymdaith a symud gam wrth gam at fynedfa'r awyren. Roedd y ddwy Americanes yn uchel eu cloch ac yn cwyno am y driniaeth siabi, a'r gweinyddesau'n dal i wenu ond bod eu llygaid yn cyfleu neges wahanol – straen, a'r rhyddhad o ddianc o drwch blewyn o ganlyniadau ymosodiad terfysgol. Ailgerddodd drwy'r twnnel ac wrth iddo roi ei draed ar dir sych cafodd ei dynnu i'r naill ochr gan un o'r ddau blismon arfog.

"Mr Williams, as the passenger sitting next to the individual apprehended it would be extremely helpful if you could meet my colleagues beyond the help counter."

Ymbalfalodd am eiriau. "But… but we didn't speak at all. I'm afraid I can't be of assistance, officer."

"Just a few questions, Mr Williams, we'll check your documents and then you can be on your way. Nothing to worry about, sir."

Gwasgodd ei gyd-deithwyr heibio, ac un neu ddau'n syllu arno'n ddrwgdybus fel petai yntau o dan amheuaeth. Cafodd ei yrru ymlaen gan y fflyd a daeth unwaith eto i'r gât, lle roedd tyrfa eisoes wedi ymgasglu wrth y cownter i holi staff y cwmni awyr. Edrychodd tu hwnt i'r dorf a gweld y ddau blismon oedd yn amlwg yn disgwyl amdano. Symudodd o'u golwg, gweld drws cyfleusterau dynion, troi'r bwlyn a chamu i mewn. Doedd neb yno a cherddodd yn gyflym at y toiled pellaf, gwthio'r bollt ac eistedd.

Bob hyn a hyn deuai rhywrai i fanteisio ar y cyfleusterau a thair gwaith daeth unigolyn i ddefnyddio'r toiled drws nesaf ato. Arhosai yn hollol lonydd bob tro a rhoi anadliad o ryddhad wrth i'r person adael. Gyda threigl amser roedd y defnydd yn lleihau ac wrth tsiecio ei wats mesurodd yn agos at awr pan na ddaeth neb. Er y stiffrwydd ymhob cymal o'i gorff, daliodd i eistedd yn yr unfan gan wrthsefyll y demtasiwn i fentro allan. Yn sydyn, roedd y lle fel y fagddu ac ar ôl y panig a'r braw fe galliodd a sylweddoli bod y tywyllwch yn arwydd o'r maes awyr yn noswylio am gyfnod byr cyn dechrau prosesu teithwyr yfory. Mor dawel â phosib, chwiliodd yn ei fag am ei ffôn symudol, pwyso'r botwm a defnyddio'r ffôn fel fflachlamp i edrych eto ar ei wats. Roedd hi'n agos at ddau y bore ac amcangyfrifai iddo dreulio bron i bum awr yn y toiled.

Mentrodd o'i guddfan ac ailoleuo'r ffôn i nodi lleoliad y drws allan o'r toiledau. Roedd ei goesau'n protestio a rhaid fu iddo rwbio'r cnawd i wella cylchrediad y gwaed. Yn araf yn y tywyllwch, camodd i gyfeiriad y drws a'i gilagor yn ofalus. Roedd golau yn y coridor a gwelodd fod y lle'n hollol wag, neb wrth y cownter, staff y cwmni awyr wedi cwblhau eu dyletswyddau a'r holl deithwyr erbyn hyn yn eu gwestai. Doedd ganddo ddim cynllun o fath yn y byd a gwyddai fod yn rhaid iddo oresgyn anhawster sylweddol – roedd yn dal i fod ar ochr ymadael y maes awyr a byddai'n gorfod croesi'r clwydi pasbort i gyrraedd sicrwydd y tir mawr tu hwnt i ffiniau'r terminws.

Yna, drwy'r crac yn y drws gwelodd ffigwr yn nesáu o ben pellaf y coridor. Glanhawr ydoedd, yn gwthio cart bychan, gan gasglu papurach a sbwriel a'u gollwng i sach yn y cart. Cofiai weld bin yn y toiled a sylweddolodd y byddai'r glanhawr, yn hwyr neu'n hwyrach, yn dod i mewn i'w guddfan i glirio'r bin. Gam wrth gam roedd y perygl yn agosáu – ac yna, dihangfa. Daeth ail lanhawr i'r golwg, merch ifanc, gan daflu cipolwg i tsiecio'r coridor o un pen i'r llall. Closiodd at y dyn, ei gusanu ac yn fuan roedd eu caru'n poethi, gyda'r dyn yn datod blows y ferch i anwesu ei bronnau a symud ei law yn flysiog o dan ei sgert. Trodd y dyn i archwilio'r coridor cyn diosg ei siaced a thynnu'r ferch i gwpwrdd.

Sylweddolodd nad rhyw gyfarfod ar hap a damwain oedd hwn – roedd y cyfan wedi'i drefnu a'r ddau yn hen gyfarwydd â man ac amser eu cadw oed. Dyma dy gyfle, dywedodd wrtho'i hun, a brysio at y cart. Daeth sŵn ochneidio o'r cwpwrdd a gwyddai'n reddfol y byddai'r ddau yno am gyfnod. A'i galon yn curo fel gordd, gwisgodd siaced a cherdyn adnabod y glanhawr, cuddio'i fag yn y sach sbwriel a gwthio'r cart yn ei flaen. Er bod ei ddwylo'n crynu, gorfododd ei hun i gerdded yn bwyllog i osgoi tynnu sylw, gan aros nawr ac yn y man i godi sbwriel. Trodd o un coridor i'r llall ac ar ôl rhyw ddeng munud daeth i stop wrth ffenest enfawr gan edrych ar yr olygfa. Er ei bod hi'n gynnar roedd y tu allan eisoes yn llawn prysurdeb – technegwyr yn gweld at dasgau, tractorau'n cario bagiau, lorïau enfawr yn bwydo tanwydd i fol yr awyrennau a'r cyfan o dan oleuadau llachar. Mewn byr o dro byddai'r coridor lle safai yr un mor brysur a gwyddai na allai wastraffu munud arall.

Roedd drysau dwbl ar draws ei lwybr ac er iddo afael yn y dolenni a'u tynnu, ni symudodd y drysau. Gosododd y cerdyn adnabod wrth sgrin fechan ar y wal gerllaw ac agorodd y drysau'n llyfn. Dilynodd yr un patrwm – cerdded yn bwyllog, codi sbwriel, cerdded yn bwyllog, codi sbwriel. Roedd mwy o bobol o gwmpas, rhai'n gwneud yr un gwaith ag yntau, eraill yn cludo nwyddau a grŵp arall yng ngwisg y caffis a'r bwytai. Ni chyfarchodd neb ef, ac ni ddywedodd yntau air wrth neb. Daeth i sgwâr eang a gweld y beltiau cludo o dan arwydd 'Baggage Reclaim', pob un yn ddisymud. Trodd gornel a dod yn agos at gerdded yn syth i freichiau dau blismon. Mwmialodd ymddiheuriad, pwyso o'r neilltu a gwneud sioe o wagio bin.

Cerddodd y plismyn heibio heb prin sylwi arno, a chyda mwy o ofal nag erioed fe groesodd y sgwâr.

Cododd ei olygon ac yno, tua deuddeg metr i ffwrdd, gwelodd yr atalfeydd pasbort oedd yn arwain i ryddid y terminws. Ar yr adeg hyn o'r bore roedd y lle'n dawel ond roedd nifer o swyddogion eisoes wrth yr atalfeydd a gwyddai na allai fentro'n agosach. Safodd yn nhir neb, mor agos ac eto mor bell, heb syniad pa gam i gymryd nesaf. Pasiodd glanhawr arall ef, gan gerdded i dramwyfa gul i'r chwith o'r atalfeydd a gosod cerdyn yn erbyn sgrin i agor pâr arall o ddrysau. Sylweddolodd nad oedd ganddo ddewis. Gwnaeth yr un peth ac agorodd y drysau i ddatgelu coridor hir oedd yn arwain yn y pen draw i ystafell ganolig ei maint – gweithle'r sgwad o lanhawyr. Roedd y lle bron yn wag, y glanhawr a ddilynodd yn paratoi i adael ac un arall yn cyrraedd. Cyfarchodd y ddau ei gilydd yn swta a gwahanu ac yna tawelwch, a neb yno.

Rhaid oedd mentro nawr. Gwthiodd y cart at fynedfa'r ystafell, codi ei fag o'r sach sbwriel a gwthio'r siaced i waelodion y sach. Pwysodd yn ysgafn ar y drws a disgyn nifer fechan o risiau i'r stryd. Ychydig gamau i ffwrdd roedd un o fysys coch Llundain. Yn ôl yr arwydd ar y blaen roedd yn mynd i Hounslow ond mewn gwirionedd nid oedd yn hidio taten i ble roedd y bws yn mynd.

PENNOD 22

"ROEDD GARETH YN iawn, o't ti ar fai. Doedd gyda ti ddim syniad beth na phwy oedd yn y tŷ."

"Paid ti dechre! Dwi wedi cael digon o'r un hen diwn gron. Teri, gwna hyn; Teri, gwna'r llall; Teri, cofia adael neges; beth am y rheolau, Teri?! Oni bai i fi fynd i Dreorci bydde'r ferch 'na wedi marw a fydde ganddon ni neb i ddweud pwy ymosododd arni na'r rheswm am yr ymosodiad. Os nad wyt ti'n lico'r ffeithie, stwffia nhw!"

Gwthiodd Teri ei chadair oddi wrth y bwrdd yng nghantîn yr orsaf i gyfeiliant corws o chwerthin. A'i hwyneb fel taran, martsiodd o'r ystafell a gweld y plismon a ddioddefodd y fedyddfa o goffi yn gwenu fel gât. A'i gwaed yn berwi, ni allai ymatal. "Beth yw'r jôc, Sherlock?"

Ochneidiodd Clive yn dawel gan wybod y gallai gweddill y bore fod yn estyniad o'r perfformans a welodd eisoes – Gareth wrth ei ddesg a'i ben yn ei ffeiliau, Teri yn gwgu gyferbyn ac yntau yn y canol fel rhyw Sioni bob ochr a Sioni ar ochr neb. Estynnodd am gopi o'r *Sun* a adawyd ar y bwrdd nesaf a dechrau bodio'r tudalennau. Trodd yn ddidaro o un dudalen i'r llall ac, o dan y pennawd 'POLICE GRAB TERRORIST', darllenodd am heddlu Llundain yn arestio dyn ar awyren oedd ar fin hedfan i Dubai. Bu bron iddo gau'r papur cyn iddo sylwi ar y paragraff olaf:

Police are particularly anxious to trace a passenger named Meirion Clement Williams whom they think may be able to help them with their enquiries. Mr Williams disappeared in the confusion of the abandoned flight.

214

Gafaelodd yn y papur a rhedeg i'r swyddfa at Gareth a Teri. "Ble mae'r ffeil o'r pethau o Manod, Aberaeron?"

Gan edrych arno'n syn, cydiodd Gareth mewn bocs o gornel bellaf ei ddesg a'i basio i Clive. Cafodd fwy o syndod fyth wrth i hwnnw wagio cynnwys y bocs ar y ddesg – pymtheg punt mewn arian, cerdyn aelodaeth y clwb hwylio, y pecyn condoms a'r nicers. Ymbalfalodd drwy'r cyfan ac ymhlith y papurach daeth o hyd i'r ffotograff.

"Dyma'r llun ysgol ffeindiest ti, Gareth, ac fe ddangoswyd yr un llun i fi gan Trefor Parri yn y White Hart yn y Blaenau. Mae Trefor Parri a Gerald Rees yn y llun ond drychwch ar y crwt yn y rhes ganol, yn llai na'r lleill ac yn gwisgo siwmper lwyd a sbectol. Meirion Clement Williams. Bu farw o ganser flwyddyn ar ôl i'r llun gael ei dynnu."

"Ie, wel?" holodd Gareth.

"Darllenwch hwnna," atebodd Clive gan osod y dudalen berthnasol o'r *Sun* rhwng y ddau. "R'yn ni wedi rhybuddio pob porthladd a maes awyr i gadw gwyliadwriaeth am Syr Gerald Rees a dwi wedi dweud na alle fe fentro teithio ar ei basbort ei hunan. Wel, dyw e ddim *yn* teithio ar ei basbort ei hunan. Mae'n teithio ar basbort hen ffrind ysgol iddo, Meirion Clement Williams, sydd wedi marw ers tua deugain mlynedd. Roedd Rees ar fin dianc i Dubai a bydde fe wedi llwyddo oni bai am gyrch yr heddlu."

Doedd Teri ddim wedi llawn ddeall yr oblygiadau. "Esgus bod yn Williams er mwyn dianc?"

"Na, cynllun mwy dyfeisgar o lawer – Gerald Rees yn diflannu am byth a Meirion Williams yn atgyfodi. Rees yn dwyn *identity* Williams. Yn union fel *The Day of the Jackal* lle mae'r boi sy'n mynd i ladd De Gaulle yn codi manylion bachgen ifanc o garreg fedd, cael gafael ar ei dystysgrif geni a gwneud cais am basbort yn enw'r bachgen."

Edrychodd Teri yn fanwl ar y ffoto. "Dyw'r crwt ddim

byd tebyg i Rees, mae e'n fyrrach a'i wyneb a'i wallt yn wahanol."

"Sdim ots. Dyna'r pwynt. Sdim rhaid i'r Meirion Williams newydd fod yn debyg i'r bachgen yn y llun. Mae Meirion Williams y bachgen wedi marw ers blynyddoedd a sneb yn nabod Meirion Williams y dyn. A meddyliwch gymaint saffach yw cael pasbort go iawn yn hytrach na chymryd y risg o ddefnyddio un ffug."

"Ond mae raid i ti gyflwyno dogfennau i gael pasbort."

"Oes, dau lun, tystysgrif geni yr ymgeisydd a thystysgrifau geni rhieni yr ymgeisydd. Soniodd Parri fod Meirion Williams yn fab i chwaer ei fam a bod ei dad wedi'i ladd mewn damwain yn y chwarel. Byddai'r holl hanes yn gyfarwydd i Rees, felly job hawdd fyddai gofyn am y dogfennau perthnasol a'u cyflwyno nhw gyda'r cais am basbort."

Dywedodd Gareth, "Hawdd efallai, ond y cyfan yn gofyn am baratoadau hirdymor. Rhaid aros am basbort, heb sôn am dwrio am y dogfennau. Mae Rees yn diflannu oddi ar y cwch, cael ei godi a'i gludo, y ddamwain, ac yna'n methu dianc am yr ail dro os nad y trydydd tro. Mae ffawd yn ei erbyn. Bydd rhaid ffonio Darrow i drosglwyddo'r dybiaeth mai Rees oedd Meirion Clement Williams. Bydd e'n tampan o ddeall i Rees lithro o'u gafael, ond sut gwnaeth e ddianc a ble mae e nawr?" Am eiliad, oedodd Gareth a gallech glywed tinc o anniddigrwydd yn ei gwestiwn nesaf. "Oes mwy o wybodaeth am y cariad, Teri?"

"Dyanne Morgan, pedair ar hugain oed. Cafodd ei geni ym Merthyr Tudful. Disgybl addawol yn Ysgol Cyfarthfa, pawb yn disgwyl iddi fynd i'r brifysgol. Yna, fe ddioddefodd bwl o salwch meddwl a gadael yr ysgol heb gwblhau ei Lefel A. Roedd problemau yn y cartref, ei mam yn bwrw'r botel a hanes am ei thad yn ymhél â phlant. Drifftio o job i job, gweithio mewn ffatri, wedyn archfarchnad a gweini mewn bar yng Nghaerdydd. Un cyhuddiad o fod â chocên yn ei meddiant. Dyna'r cefndir, ond a wnaeth Dyanne ddioddef yr ymosodiad oherwydd i Rees ei gwneud hi'n rhan o'r saga? Oedd hi i fod i'w ddilyn, tybed?"

"Mae Morgan yn dal yn wael ar ôl triniaeth lawfeddygol. Mae plismyn yn ei gwarchod ddydd a nos. Mae'r ysbyty i fod i ffonio pan fydd hi'n ddigon da i siarad. Mae'n bosib ei bod hi'n cuddio cyfrinach. Unrhyw wybodaeth gan y cymdogion, Clive?"

"Y car, Jaguar neu Audi, yn parcio wrth y tŷ am un ar ddeg y noson cynt, dau ddyn yn dod allan a'r car yn gadael awr yn hwyrach."

"A dyna'r cwbwl? Dim rhif ar gyfer y car, disgrifiad o'r dynion, clywed sŵn? Cym on, roedd y lle'n yfflon rhacs. Ti ddim yn gallu malu dodrefn a chreu hafoc fel 'na heb sŵn."

"Roedd hi'n dywyll ac yn arllwys y glaw. Mae'r golau stryd agosaf wedi'i fandaleiddio ers deufis. A gyda llaw, cymydog, nid cymdogion – dim ond un person oedd yn fodlon siarad. Dyw'r heddlu ddim yn boblogaidd yn Dinam Road. A dyw'r fforensics heb gael unrhyw dystiolaeth ddefnyddiol yn y tŷ. Roedd pwy bynnag oedd yno yn dda am greu llanast ac yn wych am guddio'u presenoldeb."

"Ocê, tra 'mod i'n siarad â'r Met ac yn briffio Morley, dwi am i chi ddilyn trywydd y ffeithiau gafwyd gan Stanfield a Helms yn Condor. Roedd y ddau yr un mor gyndyn i siarad am drafferthion ariannol ond yn barod i gydnabod diflaniad meddalwedd. Cyfarfod eto ar ôl cinio?"

"Beth am gwrdd am ginio hwyr yn y bar gwin ochr draw'r ffordd i'r amgueddfa – Vino Veritas?" awgrymodd Clive.

Atebodd Gareth ar ei union, fel petai am sgubo'r drwgdeimlad o'r neilltu. "Ie, syniad da. Wela i chi 'na."

Doedd Vino Veritas ddim yn union yr ochr draw i'r amgueddfa ond yn hytrach ychydig gamau o'r ffordd honno ar hyd lôn gaeedig a arweiniai i unman. Roedd swyddfeydd yn llofftydd yr adeilad a'r bar ei hun ar y llawr gwaelod. Gwthiodd Clive y drysau dwbl ar agor a chamodd Teri ac yntau o'r coridor i ystafell hirgul gyda nenfwd uchel a ffenest dairochrog ar y blaen. Draw yn y pen pellaf roedd ail ddrws yn agor i ardd lle eisteddai nifer dda yn mwynhau gwin, gan fanteisio ar haul mis Mai. Roedd pob wal o'r bar ei hun wedi'i gorchuddio gan silffoedd derw yn dal poteli o win a gwirodydd. A hithau'n awr ginio roedd y lle'n llawn ac wrth i Clive a Teri gerdded yn araf heibio'r bar clywsant bytiau o sgyrsiau am fyd busnes a masnach. A hwythau ar fin anobeithio eu bod am ganfod sedd wag, cododd pedwar o'u seddau a symudodd Teri yn gyflym i fachu'r bwrdd.

"Iechyd! Mae'r lle'n boblogaidd," dywedodd Clive.

"Bydd e'n gwagio cyn bo hir. Rhan fwya'n dilyn oriau swyddfa."

"Ti 'di bod yma o'r blaen?"

"Unwaith. Mae practis Dad rownd y gornel. Os wyt ti'n nôl diod, Clive, ga i Merlot mawr, plis?"

Gwasgodd Clive rhwng yr yfwyr tuag at y bar a sbecian i weld beth oedd ar gael. Yr unig gwrw oedd stwff tramor am grocbris. Nid oedd yn foi coctels ac yn sicr nid oedd am yfed gwirodydd amser cinio. Ac yntau'n dal mewn penbleth, glaniodd y weinyddes yr ochr draw i'r bar a bu raid iddo fodloni ar ofyn am ddau wydraid o Merlot. Cyn iddo dalu am y gwin ymddangosodd Gareth ac fe aeth y ddau wydraid yn dri.

Cariodd Clive y gwin at y lleill. "Mae'r prydau poeth wedi gorffen. Ond gallwn ni gael brechdanau – ham, cyw iâr, caws neu samwn."

Setlodd y tri i sipian y gwin ac mewn byr o dro gosodwyd y brechdanau ar y bwrdd. Dechreuodd y cwsmeriaid adael ac mewn llai na phum munud roedd y gornel yn wag.

Holodd Teri, "Beth oedd gan Darrow i'w ddweud?"

"Doedd e ddim yn hapus o gwbwl fod Rees wedi llithro o'u

gafael, fel gallwch chi ddychmygu. Roedd uned Darrow wedi bod yn gwylio'r terfysgwr oedd ar yr awyren ers misoedd ac wrth i'r dyn drio ffoi o Brydain roedd rhaid gweithredu ar fyrder. Hap a damwain llwyr oedd y ffaith fod Rees ar yr un awyren."

"Ffeindion nhw rywbeth?"

"Nid dyna'r bwriad. Atal y dyn rhag ffoi oedd bwriad y cyrch. Yn ôl Darrow, mae'n storfa bersonol o wybodaeth am fudiadau terfysgol Arabaidd ym Mhrydain a pheirianwaith gwrthderfysgol yn y Gorllewin."

"Ac mae'n cael ei holi'n dwll ar hyn o bryd," ychwanegodd Clive. "Ond yn achos Rees, pam Dubai? O'n i wastad yn meddwl mai rhywle am wyliau crand oedd Dubai – paradwys siopa."

"Dubai yw'r maes awyr prysuraf yn y byd i drafnidiaeth ryngwladol ac mae'n ganolbwynt i'r Dwyrain Canol. Roedd dogfennau'r terfysgwr yn dangos mai Dubai oedd pen ei daith ond, wrth gwrs, gallai fod wedi trefnu i hedfan ymlaen i rywle arall, fel y gallai Rees. Hefyd, yn achos Rees a'r terfysgwr, roedd dewis Dubai yn llai tebygol o ennyn drwgdybiaeth."

"Beth am fagiau Rees? Rhywbeth defnyddiol?"

"Dim ond un bag yn yr howld, a na, y stwff arferol, dillad ac offer ymolchi. Posibilrwydd o fag llaw."

"Oedd esboniad gan Darrow ynghylch shwt roedd Rees wedi dianc?"

"Rhywfaint o esboniad. Mae camerâu ymhob twll a chornel yn Heathrow ac maen nhw wedi anfon y tapiau o Rees yn paratoi i hedfan a lluniau o'r teithwyr yn gadael yr awyren. Mae uned Darrow wedi archwilio'r cyfan ond eisiau i ni edrych ar y lluniau hefyd y prynhawn yma. Felly, gwell cadw'r pen yn glir a dim ail lasied o win, iawn?"

Yn y llun cyntaf safai Rees wrth ddesg Emirates. Ond roedd hi'n amlwg ar unwaith nad y Gerald Rees arferol a welid yn cerdded at yr atalfeydd diogelwch. Roedd y gwallt a oedd gynt wedi britho bellach yn ddu fel y frân, y tonnau wedi diflannu ac yn eu lle doriad byr o bigau cwta. Roedd sbectol ar ei drwyn a gwisgai ddillad ffasiynol – siaced ysgafn las golau, trowsus llwyd, crys glas a thei felen. Cariai fag llaw.

Yn y llun nesaf, gwelid Rees yn cyflwyno ei basbort. Yna, newid i siot o dudalen berthnasol y ddogfen, yn ddigon eglur i ddarllen y manylion:

WILLIAMS
MEIRION CLEMENT
BRITISH CITIZEN
22 AUG/AOUT 70
M BANGOR

Roedd y llun wrth ymyl y manylion yn union yr un fath â deiliad y pasbort – y gwallt du pigog, ond nid y sbectol. Y cyfan yn berffaith.

"Bydd rhaid tsieco dyddiadau a man geni Meirion Williams," dywedodd Gareth. "Mae'r holl wybodaeth yma yn profi'r pwynt am gynllunio hirdymor."

Cafwyd cyfres o luniau wedyn o Rees yn cerdded yn benuchel heibio'r siopau, yn eistedd yn lolfa Emirates ac yna ar fin esgyn i'r awyren. Doedd dim byd trawiadol yn y rhain, a'r clip nesaf arwyddocaol oedd llun o'r teithwyr yn dychwelyd i'r terminws. Roedd tyrfa'n casglu wrth gownter a phedwar aelod o staff y cwmni awyr yn delio â'r teithwyr. Cafwyd siot agos o Rees yn cael ei holi gan blismyn arfog, ac yna un o'r plismyn yn pwyntio i gyfeiriad y tu hwnt i'r cownter. Am y tro cyntaf yn y lluniau roedd golwg ofidus ar wyneb Rees.

"Wedyn, mae'r dyn sy'n enwog am ddiflannu yn diflannu eto," dywedodd Gareth.

Holodd Teri, "Beth oedd y sgwrs rhyngddo fe a'r plismyn?"

"Gofynnodd y plismyn i Rees, fel yr un oedd yn eistedd ar

draws yr ale i'r boi a gipiwyd, a alle fe gynorthwyo drwy siarad â chyd-weithwyr iddyn nhw. Atebodd Rees nad oedd e wedi torri gair â'r dyn. O ie, fe soniodd y plismyn am ailedrych ar y pasbort a'r dogfennau teithio. Ac mae'n siŵr bod Rees yn poeni wedyn, yn ddigon naturiol, y byddai'r ailedrych yn fwy trylwyr, ac y bydden nhw'n mynd drwy fanylion y cais am y pasbort â chrib fân. A'r holi – enwau rhieni, beth oedd y rheswm am y daith, natur ei swydd, cyfeiriad cyswllt yn Dubai? Roedd yr holl baratoi, yr holl gynllunio gofalus, yn draed moch."

"Iawn, ocê," protestiodd Clive, "alla i ddeall nad oedd Rees yn orawyddus i drafod, ond i ble mae e'n mynd? Mae plismyn tu ôl iddo, dau blismon y pen arall i'r cownter a'r lle'n llawn teithwyr blin. Mae'n rhaid iddo fynd i rywle, a chofiwch ei fod e'n dal ar ochr ymadael Heathrow a rywfodd yn gorfod croesi'n ôl drwy'r clwydi pasbort. Does unman gall e fynd."

"Yn ôl Darrow, roedd ganddo dri dewis. Mynd at y glanfeydd lle roedd yr awyrennau. Mae hynny'n annhebygol – byddai'n symud yn erbyn llif y teithwyr ac yn disgyn cyfres o risiau i ddod at y drysau allan. Hefyd, mae'r llecynnau hynny'n brysur drwy'r amser – technegwyr, llwytho, dadlwytho, a'r ceirt yn cludo bagiau. Byddai siawns uchel iddo gael ei weld, ac yntau'n berson yn ei ddillad ei hun ac yn cario bag llaw. Yn ail, aros yn ei unfan a gobeithio y byddai'r plismyn yn gadael. Eto, mae risg sylweddol a siawns uchel y byddai'n cael ei weld a'i adnabod wrth i nifer y bobol wrth y cownter leihau. Yn drydydd, a dyma, yn ôl Darrow, y tebygolrwydd cryfaf, mae 'na ddrws rownd y gornel i'r cownter yn arwain at gât wahanol. Roedd nam ar larwm y drws ac felly byddai wedi bod yn gwbwl ymarferol i Rees sleifio drwyddo a dod at y gât, a oedd, ar yr awr honno o'r nos, yn hollol wag."

"Oes camera ar y drws?"

"Na, ond mae camera ar y llwybr at yr ail gât. Drychwch."

Gwelodd y tri lun o ddyn yn cerdded, yn gwisgo siaced a

throwsus ac yn cario bag llaw. Roedd ei gefn at y camera a'r golau'n isel.

"Mae'n amhosib bod yn bendant mai Rees yw hwnna ond mae'r amser yn ffitio ac mae'n hynod o debyg."

"Ond oni fydde staff Emirates yn sylwi bod un o'r teithwyr ar goll? Mae'n rhaid bod rhestr gyda nhw."

"Pedwar aelod o staff, a dros dri chant o deithwyr – y rhan helaeth o'r rheiny'n cwyno ac yn ddrwg eu hwyl. Y tueddiad naturiol o dan yr amgylchiadau fyddai cwblhau'r dasg mor gyflym â phosib."

"Ond mae yna un broblem heb ei datrys – mae e'n gorfod croesi'r llinell basbort. Rwy'n cymryd nad oes unrhyw gofnod o basbort Rees – sori, Williams – na chlip ohono'n agosáu at y llinell?"

"Na. Ar ôl y llun o'r person yn y coridor, falle Rees, does dim byd."

"Dwi wedi clywed am rai sy'n byw mewn maes awyr," awgrymodd Teri. "Mae'n bosib ei fod e'n dal yn yr adeilad."

"Mae plismyn â chŵn wedi gwneud un chwiliad ac yn cynnal ail un ar hyn o bryd. Gallai person guddio ond byddai'n rhaid iddo ymddangos rywbryd, i fynd i'r toiled o leia. Ac o awr i awr, o ddydd i ddydd, byddai'r cuddio'n mynd yn fwy anodd. Unwaith eto, does dim byd, sy'n ein harwain at y canlyniad fod Rees wedi llwyddo i adael y terminws rywsut."

Craffodd y tri ar y llun symudol llwydolau o'r dyn yn symud ar hyd y coridor. Roedd ei gerddediad yn sionc, yn ymylu ar redeg, gan roi'r argraff o berson yn trio dianc. Torrwyd ar draws eu hastudiaeth gan ganiad ffôn. Atebodd Gareth a chynnal sgwrs gyflym. "Nyrs o ysbyty Llantrisant. Mae Dyanne Morgan wedi gwella rhywfaint ac yn barod i gael ei chyfweld. Mae'n gofyn am Teri, neb arall."

*

Bu raid i Teri gylchu maes parcio'r ysbyty dair gwaith cyn dod o hyd i le gwag. Aeth i'r brif fynedfa, holi yno a chael gwybod bod Dyanne Morgan yn Ward Gwynno ar yr ail lawr. Wedi cyrraedd yno, gofynnodd wrth y ddesg am Dyanne a chael ei chyfeirio at uned pedwar gwely ym mhen pellaf y ward. Cyfarchodd y blismones oedd ar wyliadwriaeth a chroesi at Dyanne Morgan, oedd yn cysgu'n dawel yn y gwely ger y ffenest. Nid oedd Teri am darfu ar ei chwsg ac felly eisteddodd yn y gadair wrth ochr y gwely.

Roedd y briwiau ar wyneb y ferch yn boenus o eglur ac roedd ganddi ddau lygad du. Syrthiai ei gwallt euraidd yn llipa i ddatgelu pwythau'r clwyf ar ei thalcen. Roedd craciau ar ei gwefusau a gwisgai ŵn nos henffasiwn gyda ffril ar y garddyrnau a'r gwddf. Daeth nyrs i edrych ar glipfwrdd ar waelod y gwely. Mwstrodd Dyanne o glywed y sŵn ac aeth y nyrs ati i ailosod y gobennydd a chynnig dŵr iddi ei yfed. Ar ôl i'r nyrs adael, trodd y ferch i edrych yn betrusgar ar y ditectif.

"DC Teri Owen, fi oedd yn y tŷ."

Pan ddaeth yr ateb, roedd y llais yn llesg a gwanllyd. "Ti nath achub…" Roedd y gosodiad 'achub fy mywyd' yn swnio mor ddramatig fel na allai ei ynganu. "Diolch…"

Saib hir, ac ni allai Teri lai na sylwi ar lygaid y ferch yn cronni a'r deigryn ar ei boch. Estynnodd Dyanne yn ddiamynedd i sychu'r deigryn a gwingo mewn poen wrth gyffwrdd â'r briw. "Dwi wedi bod mor blydi stiwpid! Cwmpo am y tric, llyncu'r addewidion, derbyn y bydde fe'n carco amdana i, glanio fan hyn yn ddu las a fe wedi dengid i ben draw'r byd!"

Gwell fyddai dechrau yn y dechrau, meddyliodd Teri. "Ble wnaethoch chi gwrdd?"

Taflodd Dyanne olwg o gwmpas y ward fechan. Roedd y gwelyau eraill yn wag.

"Ym mar y Royal Dragon. O'n i'n gweithio 'na ers deufis

ac un noson daeth e mewn. Dyn golygus, llygaid glas tywyll, dillad smart, yfed y wisgi drutaf, popeth amdano'n drewi o arian. Gofynnodd ar ddiwedd y shifft i fi fynd am ddrinc, ac fe arweiniodd un peth at y llall. Roedd e wastad yn hael â'i arian, mynnu 'mod i'n defnyddio tacsi bob tro, tripiau siopa, dillad, prydau bwyd, aros yn y gwestai gorau."

"A mynd i Aberaeron?"

"Do, unwaith. Penwythnos ffantastig, gyrru lan nos Wener ac aros tan bnawn Sul. Tywydd yn gynnes, digon braf i eistedd yn yr ardd. Y cyfan yn berffaith ar wahân i'r bitsh drws nesa yn pipo dros y clawdd. Sylwodd Gerry a fi arni a rhoi yffach o sioe iddi er mwyn i'r hen sguthan gael rhywbeth i siarad amdano."

"Pryd oedd hyn?"

"Tua mis yn ôl, pump wythnos falle."

"O'ch chi'n gwybod ei fod e'n briod?"

"Wrth gwrs, ond roedd Gerry'n osgoi siarad am ei wraig. Ma dynion fel'na wastad yn briod. Roedd cariad arall hefyd. Bydde Gerry weithie'n mynd mas i ateb ei ffôn ac un tro weles i e'n siarad â rhywun yn y bar, y ddau'n codi'u lleisiau a'r ferch yn martsio mas. Blonden, debyg i fi, ond y lliw mas o botel."

"Pryd weloch chi Rees ddwetha?"

"Dechre'r mis. Noson yn yr Hilton."

"Wnaeth e drafod mynd bant?"

"Dwedodd e falle bydde fe'n brysur gyda'i waith am gyfnod hir ac y bydde'n anodd i ni gwrdd. Ei ffordd boléit e o ddod â'n perthynas ni i ben, feddylies i ar y pryd. Ers hynny, dwi wedi dibynnu ar ddarllen yr hanes yn y papur a'r stwff ar y teledu."

"Beth am y dynion ddaeth i'r tŷ?"

"O'n i'n paratoi i fynd i'r gwely a chlywes i gar yn stopio tu fas. Cnoc ar y drws a dyna nhw strêt mewn. Un boi yn gwthio fi i'r gadair a'r llall yn dechre clatsho. Beth o'n i'n gwbod am Gerald Rees? Oedd e wedi trafod cynlluniau, sôn am ddengid, negeseuon ffôn, stwff fel 'na. Ac wedyn, rhacso'r lle. Gofyn am ffôn a finne'n ateb nad oedd gen i un. Mwy o glatsho, un o'r dynion yn rhoi slap i fi a dweud bod gan bawb ffôn. Clatsho eto, a dyna pryd wnes i basio mas. Y peth nesa dwi'n cofio yw mynd i'r ambiwlans."

"Wnaethon nhw…?"

"Na, diolch i'r drefn. Gadael fi fel'na i roi'r argraff o dreisio."

"Allwch chi ddisgrifio'r dynion?"

"Roedd y ddau mewn dillad du. Un yn dalach na'r llall ac yn gwisgo cot hir ddu a het ddu oedd yn cwato'r rhan fwyaf o'i wyneb. Llais caled, acen od. Fe yn amlwg oedd y bòs, yn rhoi'r ordors, a'r boi arall yn gwneud y gwaith brwnt. Roedd gan yr ail un freichled ar ei arddwrn dde – cerrig oren."

Mesurodd Teri ei geiriau'n ofalus. "Chi ddim wedi clywed gan Rees ers y noson yn yr Hilton, a chi'n gwadu bod ffôn 'da chi. Dyw hynny ddim yn wir, ydy e, Dyanne?"

Daeth golwg gyflym o ryfeddod i'w hwyneb, cyn iddi ildio a derbyn. "Tecstiodd e o'r cwch y noson ddiflannodd e. Dweud bod e'n sori a rhyw nonsens am 'caru-dym'. Fflipin hec, beth yw 'caru-dym'? Erioed wedi clywed y gair. Ti?"

Efallai y dylid derbyn ystyr lythrennol y gair, ystyriodd Teri, ac efallai, yng nghanol yr holl drybini, fod Gerald Rees *yn* caru'r ferch a ddioddefodd gosfa o'i herwydd. "Ble mae'r ffôn nawr, Dyanne?"

"Wel, roedd Gerry wedi dweud os bydde fe'n gadael neges 'mod i fod i gael gwared o'r ffôn. Dafles i e i'r afon."

Ymdrechodd y ferch i sythu yn y gwely. Roedd hi'n hawdd gweld bod y profiad o ailadrodd hanes yr ymosodiad wedi'i llethu. Fe'i bradychwyd, ac roedd briwiau dyfnach o'r hanner na'r briwiau corfforol. Cododd Teri a symud at y drws. Trodd a gofyn, "Dyanne, mae'r cip olaf o Gerald Rees ym maes awyr Heathrow. Oes gyda chi syniad ble gallai e fod erbyn hyn?"

"Heathrow? Ma fflat gyda fe yn Richmond."

*

Am y degfed tro, ffliciodd Gareth drwy'r lluniau. Ac yntau'n ddrwg ei hwyl, tarodd y ddesg a chuchio wrth i Clive ddod i mewn i'r swyddfa.

"Dim lwc?"

"Mae'r dyn yn peidio bod. Un funud mae e yno, a'r funud nesaf, pwff o wynt a gwd bei. Beth am y tystysgrifau geni?"

"Dwi wedi cysylltu â'r Swyddfa Cofnodion. Roedd rhywun wedi gwneud cais am dystysgrif geni Meirion Williams a thystysgrifau ei rieni yn gynharach eleni. Cafodd y dogfennau eu hanfon i flwch post yn Llundain."

"Enw?"

"Jack Smythe. Bach mwy o ddychymyg na John Smith. Rhaid cyflwyno rheswm gyda'r cais ac fe ddywedodd Smythe – Rees, fwy na thebyg – ei fod e'n olrhain achau."

"Mae'r ffeithiau i gyd yn syrthio i'w lle'n daclus, ar wahân i'r un ffaith dyngedfennol, sef ble mae e." Cododd Gareth a sefyll wrth y ffenest, gan syllu'n wag ar y Ganolfan Ddinesig fel petai'n chwilio am ysbrydoliaeth. Yna, tarodd y ddesg yr eilwaith. "Beth os oes mwy o luniau?"

"Beth?"

"Lluniau o onglau gwahanol, camerâu gwahanol, dros gyfnod hirach. Beth os nad yw Darrow wedi danfon yr holl luniau? Ffonia ganolfan ddiogelwch y maes awyr."

Mewn llai na hanner awr daeth ping o'r gliniadur ac eisteddodd Gareth a Clive wrth y sgrin i wylio cyfres newydd o luniau symudol. Cyflymodd Clive y dilyniant i ddangos y gât a'r cownter yn hollol wag. Ymlaen eto, a gwelsant y ddau lanhawr yn neidio i'r cwpwrdd, Rees yn agosáu'n llechwraidd, dwyn y siaced a gwthio'r cart o'r golwg.

"Y blydi twyllwr!" gwaeddodd Clive.

Gymaint oedd eu cyffro fel na sylwodd y ddau ar Teri yn sefyll wrth y drws. O'i gweld, ebychodd Clive yn orfoleddus, "Newyddion, Teri!"

"Mae gen i newyddion hefyd. Mae Syr Gerald Rees yn berchen ar fflat yn Richmond, ychydig filltiroedd o Heathrow."

Pennod 23

Disgynnodd y gwyll ar y goedlan a symudodd y chwech yn ofalus ar hyd y llwybr wrth odre'r coed. Roedd y coed yn rhan o dir y fferm a gwyddai pawb na ddylent grwydro o'r llwybr gan y byddai'n gyfystyr â thresmasu. Islaw gallent weld afon Teifi yn llifo'n araf, crychiad ei dŵr yn disgleirio fel arian byw wrth i'r lleuad dorri drwy'r cymylau. Chwythai'r gwynt yn ysgafn rhwng y canghennau ac ar wahân i gri ambell dylluan roedd y dyffryn yn dawel a digynnwrf. Ond tawelwch twyllodrus ydoedd, oherwydd sylweddolai'r chwech fod yr amgylchiadau a'r tywydd yn berffaith ar gyfer saethu moch daear.

Meg oedd yn arwain, Joel a Debs gam tu ôl iddi, yna Charlotte a Sanjay a Tom Holden, yr aelod newydd, yn y cefn. Gwisgai pawb siacedi melyn llachar gyda chwibanau yn hongian o'r coleri ac roedd Meg a Joel yn cario fflachlampau pwerus. Daethant at raniad yn y llwybr – yr ochr chwith yn arwain at yr afon a'r troad i'r dde yn dringo'n ddyfnach i'r goedwig. Sgleiniodd Meg y fflachlamp ar fap ac arwain y lleill i fyny drwy'r coed. Roedd y llwybr yn serth a llithrig ar ôl glaw'r diwrnod cynt a syrthiodd Charlotte ar ddarn neilltuol o slic. Estynnodd Sanjay fraich i'w chynorthwyo ond wfftiodd y ferch, codi ar ei thraed a cherdded yn ei blaen yn benderfynol. Lledodd y llwybr ychydig ac ar ôl deng munud o gerdded ar dir gwastad gwelsant y llecyn agored o'u blaenau a chymryd hoe sydyn, gan gasglu mewn cylch.

Ailagorodd Meg y map a goleuo nifer o groesau coch. "Y croesau sy'n dangos setiau'r moch daear ac mae'r un agosaf tua ugain metr o'r fan hyn dan glwstwr o goed derw lle mae'r goedwig yn ffinio â'r tir agored. Mae'r ffarm led cae i ffwrdd, ac mae'r saethwyr wedi ymgynnull ar y clos. Felly cymrwch ofal, dim golau a neb i fentro o gysgod y coed."

Heb air pellach, cychwynnodd y chwech ar hyd darn olaf y llwybr a dod yn union, fel yr awgrymodd Meg, at y set – twll trionglog ar lethr bychan wrth wraidd derwen. Roedd olion traed anifeiliaid wrth y twll a'r traciau'n arwain yn syth ar draws y cae, lle porai gyr o wartheg yn hamddenol. Wrth i'r gwynt sgubo'r cymylau am yr eilwaith gwelwyd rhywbeth yn disgleirio yng ngolau'r lleuad ychydig gamau i ffwrdd. Cropiodd Charlotte ar ei phedwar, galw ar y gweddill a phenliniodd pawb wrth y caets metel. Roedd mochyn daear sylweddol ei faint tu mewn i'r caets yn ymladd yn wyllt yn erbyn y bariau metel, ei lygaid du yn syllu'n heriol ar y gynulleidfa fechan.

Agosaodd Charlotte at yr anifail a sibrwd, "*Meles meles*, creadur bach hyfryd na wnaeth niwed i neb erioed." Pwyntiodd at damaid o friwgig yng nghornel y caets. "Mae'r diawled wedi gosod hwn fel trap. Wel, gawn ni weld am hynny." Cododd fachyn i agor pen pellaf y caets. Trodd y mochyn daear, aros ennyd, gweld ei gyfle ac yna ei heglu hi, ei gorff byrdew a'i got ddu-lwyd yn ddim mwy na rhith rhwng y coed.

Symudodd y chwech i mewn i'r goedlan eto a dod at ail set. Gan fod y criw ymhellach o'r fferm, goleuodd Joel ei fflachlamp ar y twll a dangos pentyrrau o gnau. "Drychwch, mae'r saethwyr wedi taenu cnau, yn union fel cynnig losin i blant." Plygodd yn ei gwrcwd i ddechrau hel y cnau a chael ei rwystro ar unwaith gan Tom.

"Paid! Tase'r glas yn ffeindio rheina arnat ti, gallet ti gael dy arestio am ddwyn. Mae 'na ffordd well." Aeth i'w boced, estyn potel fechan a chwistrellu ei chynnwys dros y pentyrrau. "Hylif ymlid cŵn. Ar ôl arogli'r stwff 'ma, ddôn nhw ddim yn agos at y cnau na'r set."

Craaac, craaac! Tarfodd ergydion y gynnau ar lonyddwch y nos. Daeth ergyd arall o gyfeiriad y fferm, a'r trawiad yn hynod o agos. Safodd pawb yn stond ac yna dywedodd Meg, "Ar draws y cae yw'r ffordd gyflyma, ond sdim llwybr."

Brasgamodd Sanjay rhwng y coed a gweiddi dros ei ysgwydd, "Bygyr y llwybr! Rhaid symud nawr. Anghofiwch am dresmasu! Cym on, dewch!"

Roedd Sanjay yn llygad ei le. Dilynodd y lleill ef a gwau rhwng y gwartheg gan achosi iddynt folltio'n wyllt ar hyd ac ar led. Roedd gât ym mhen uchaf y cae ac anelodd pawb am honno, dringo drosti a chyrraedd lôn y fferm. Roedd yr ergydion yn agosach erbyn hyn. Clywent leisiau uchel a gweld pelydrau yn gwibio'n sigledig drwy ail goedwig uwchben y lôn.

"Chi'n gwbod y drefn," gorchmynnodd Meg. "Sgarffiau dros yr wyneb, Joel a fi i sgleinio'r lampau, pawb i chwibanu. Bydd y saethwyr yn ofni tanio rhag ofn iddyn nhw'n taro ni. Mlân!"

Roedd yr hanner awr nesaf yn gymysgfa o lanast a llwyddiant – llanast i'r saethwyr, a syfrdanwyd gan oleuni strôb y ddwy fflachlamp a sgrech y chwibanau, a llwyddiant i'r protestwyr yn dilyn eu strategaeth ddisgybledig. Tawelodd y gynnau ac os oedd siawns bod unrhyw foch daear yn yr ail goedwig roedd yr holl sŵn a'r helynt wedi gwneud iddynt sgrialu o'r fan. Dyna, wrth gwrs, oedd y bwriad. Ailymgasglodd y chwech ar y lôn, yn fyr eu gwynt ond yn fuddugoliaethus. Ar ôl sgwrs fer aethant yn ôl i'r llecyn lle roedd Tom wedi parcio'r fan. Daethant at dro yn y lôn a gweld tyrfa fechan yn llenwi'r lle – dau blismon ar y blaen, y saethwyr tu ôl iddyn nhw a thua deg o ffermwyr wedi'u cynddeiriogi yn y cefn.

Camodd un o'r plismyn at y protestwyr. "Dwi'n arestio pob un ohonoch am dresmasu ar dir preifat."

Clywyd hwrê fawr o du'r ffermwyr.

Camodd Tom i wynebu'r plismon. "Ble mae'r prawf?"

"Welon ni chi'n rhedeg drwy'r goedwig, sy'n rhan o dir fferm Penlan, ac r'ych chi wedi tresmasu."

"Dwi'n synnu atoch chi, Gwnstabl. Mae 'na lwybr cyhoeddus

yn rhedeg drwy'r coed. Gofynnwch i berchennog Penlan. Pwy weloch chi? Mae'n noson dywyll a rhaid i chi fod gant y cant yn sicr."

Anesmwythodd y plismon a rhoi cynnig ar ail dacteg. "Rydych chi'n euog o affráe gyhoeddus a dwi'n arestio'r chwech ohonoch chi."

Daeth gwaedd o gefn y dorf. "Gwranda, y coc oen! Dwi newydd golli naw buwch oherwydd profion TB. A ti'n dod fan hyn i warchod rhyw ffycin moch daear. Ti'n gwbod pa mor anodd yw hi i gynnal ffarm? Pryd wnest ti a dy fêts ddiwrnod gonest o waith ddwetha?"

Hyrddiodd y dorf yn ei blaen mewn ton o ddicter ond ni symudodd Tom gam. "Os y'ch chi'n mynd i'n harestio ni ar gyhuddiad o affráe rhaid i chi arestio'r cyfeillion yn y cefn hefyd."

Trodd y plismon at ei gyd-weithiwr, cynnal trafodaeth gyflym a symud at y ffermwyr. Gan rwgnach a thuchan, rhannodd y dorf i greu bwlch i'r protestwyr. Wrth iddi gerdded heibio, gwelodd Meg ei hen ffrind ysgol, Gloria, yn sefyll wrth ymyl ei gŵr. Poerodd hwnnw ati a theimlodd Meg y llysnafedd yn llithro i lawr ei boch.

Dim ond Tom a Meg deithiodd 'nôl i'r Goetre gan i'r lleill ymuno ag aelodau ail gell i ddathlu llwyddiant y noson mewn pentref cyfagos. Gyrrodd Tom ar hyd y ffyrdd culion a phasio ambell gar, gan gynnwys dau gar heddlu. Ar gychwyn y daith ni ddywedwyd 'run gair ac yna dywedodd Meg, "Diolch am hynna. Allwn i ddim bod wedi taclo'r plismyn fel 'na."

"Gallet siŵr. Maen nhw'n ymddangos yn bwysig ond, naw gwaith mas o ddeg, blyff yw'r cwbwl."

"Ti mor hyderus."

"Dwi 'di clywed yr un peth sawl gwaith o'r blaen. Meddylia

tase'r ddau wedi gorfod delio â ffeit rhyngon ni a'r ffermwyr? Os wyt ti'n gallu eu herio nhw ar y gyfraith, ildio wnân nhw fel arfer. Do'n nhw ddim eisiau helynt. Mae rhai plismyn mor dwp â slej. Drycha pa mor hir maen nhw wedi cymryd i ddatrys achos y dyn busnes 'na, Gerald Rees."

"Oes ofn arnot ti weithie?"

"Wrth gwrs, ond dwi'n gwbod mai fi sy'n iawn a dwi'n defnyddio'r sicrwydd yna i drechu'r ofn."

"Dwi'n sicr o gyfiawnder yr achos hefyd, ond wedyn mae'r ofn yn dechre cropian a neud i fi feddwl beth allai ddigwydd, meddwl beth petawn i'n colli rheolaeth a pheryglu'r lleill. Fi sy fod i arwain y gell a weithie mae'r cyfrifoldeb yn ormod. Pam na alla i fod yn debyg i Charlotte – dim amheuon, wastad yn hollol ddigwestiwn?"

"Pam bod fel rhywun arall? Bydda'n ti dy hunan – a phaid bod mor hunanfeirniadol. Dwi 'di clywed canmol i ti gan aelodau cell Caerdydd."

Gwyliodd Meg y cloddiau'n llithro heibio yng ngolau'r fan a dechreuodd bwyso a mesur yr hyn a gyflawnodd ac, yn fwy perthnasol, yr hyn na chyflawnodd. Pwt o yrfa fel ysgrifenyddes, cyfres o bartneriaid a dim un yn cyffwrdd ei chalon na deffro ei gwir ddyheadau corfforol. Pam roedd bywyd mor gymhleth? Cofiodd am y blynyddoedd dedwydd yng nghwmni Dats a Mam-gu yn y Goetre, cofio am symlrwydd y ddau, a'u gofal, yn adeiladu gwarchodfa gadarn o'i chwmpas. Symlrwydd du a gwyn, heb ryw lwydni yn ymwthio fel gelyn cudd i gorneli dirgel ei bywyd.

Tom chwalodd ei myfyrdod. "Drycha, ni 'ma'n barod. Ei di i agor y gât?"

Ufuddhaodd Meg, gwylio Tom yn parcio'r fan, agor y drws a mynd i mewn i'r gegin. Gan fod y lle'n oer, brysiodd i gynnau'r tân trydan a chlywed Tom yn cau'r drws tu cefn iddi. Cerddodd yntau at y sinc i lanw'r tegell.

"Ti isie paned?"

"Na, dwi am fynd i ga'l cawod. Dwi'n teimlo'n frwnt ar ôl… ar ôl…"

"Y poeri? Deall yn iawn. Arhosa i yma am ychydig i gynhesu."

Dringodd Meg y grisiau, croesi i'r ystafell ymolchi, diosg ei dillad a chamu i mewn i'r gawod. Gosododd y rheolydd ar y tymheredd uchaf a gwerthfawrogi'r cynhesrwydd wrth i'r dŵr lifo dros bob modfedd o'i chorff. Safodd yno am ddeg munud dda, ei llygaid ynghau, gan adael i'r dŵr liniaru a glanhau bryntni'r noson. Teimlai'n esmwythach ar ôl y gawod, a mwynhaodd y moethusrwydd wrth iddi lapio'r tywel dros ei hysgwyddau i'w sychu ei hun. Gadawodd i'r tywel lithro o'i gafael a sefyll i syllu ar ei hadlewyrchiad yn y drych. Ni welai bellach y ferch ifanc gyda'r bronnau bychain a'r corff afrosgo, y ferch a ymatebai i'w noethni gyda chwithdod ac anesmwythder a ddeuai o gymharu ei hun â merched eraill. Daethai balchder i ddisodli'r genfigen, balchder yn y bronnau llawn a pherffaith, y coesau hirion a'r cluniau cadarn.

Roedd Tom yn iawn, doedd dim pwynt efelychu a cheisio bod fel rhywun arall.

Ni chlywodd glicied y drws ond teimlodd yr awel ysgafn ar ei hysgwydd. Trodd a gweld Tom yn aros ger y drws. Safodd y ddau, gan edrych ar ei gilydd, ennyd a deimlai fel oes, a'r bydysawd fel petai'n troi ar ei echel. Cymerodd Tom gam tuag ati a'i chusanu'n ddwfn, ei ddwylo cryfion yn anwesu ei gwddf, cyn symud yn eofn i fwytho'i bronnau. Llithrodd y llaw yn is rhwng ei chluniau gan achosi i Meg riddfan wrth i'r wefr lifo'n drydanol drwy bob gewyn ac asgwrn.

Tynnodd yntau ei ddillad, ei gosod i bwyso yn erbyn y wal a'i chymryd. Ar amrantiad roedd yr ystafell yn wag o bopeth arall – geriach, gofidiau, blinder a brwydrau bywyd. Dim ond dau gorff yn ymateb i'r reddf waelodol, a'u hangen diatal i ymdoddi yn un enaid yng ngwres eu nwyd a'u chwant. Yna'n ddirybudd, gafaelodd ynddi a'i chario i'r ystafell wely. Roedd elfen wahanol yn y caru y tro hwn, elfen anifeilaidd, farus a ymylai ar yr anystyriol, faint y dylid ei roi a faint i'w gymryd. Cyplysodd y ddau mewn boddfa o chwys a chyrraedd uchafbwynt na phrofodd y naill na'r llall ei debyg erioed o'r blaen.

*

Dihunodd. Am eiliad, ni allai Tom amgyffred ble roedd e. Gorweddai mewn gwely bychan, pelydrau'r haul yn gweu patrwm ar draws y nenfwd a thrydar aderyn taer yn galw drwy'r ffenest agored. Synhwyrodd Meg yn symud wrth ei ochr, a chofio. O'i gwylio, gwelodd ei bod hi'n dal i gysgu felly cododd yn dawel, gwisgo a mynd i lawr i'r gegin. Chwiliodd am ei ffôn symudol, bodio rhif cyfarwydd iddo ac anfon neges destun.

PENNOD 24

DYNES OEDD Y tywysydd y tro hwn, yr un mor dawedog, ac fe'u harweiniodd yn syth i'r ystafell gynhadledd. Roedd y cyfan yn ddigyfnewid – y muriau gwyn, y carped llwyd a'r map a'i bennawd 'STRATEGIC SECURITY RISK' yr ochr arall i'r bwrdd. Yn hytrach na derbyn y gwahoddiad i eistedd, croesodd Gareth at y map i edrych yn fanylach ar leoliad y pinnau coch. O'r hyn y gallai gofio, doedd y pinnau ddim wedi symud, felly rhaid bod cysondeb yn y llecynnau peryglus, neu nad oedd neb wedi trafferthu diweddaru'r map. Taflodd ail olwg o gwmpas yr ystafell a sylwi nad oedd y lle'n hollol ddigyfnewid chwaith – roedd set deledu enfawr yn y gornel wrth y ffenest.

Os oedd cael mynediad i bencadlys SO15 i fod i godi arswyd, doedd hynny ddim yn amlwg yn ymarweddiad Clive a Teri. Roedd y ddau'n eistedd yn dawel wrth y bwrdd a'r olwg ar wyneb Teri yn ymylu ar ddiflastod. Gwyddai Gareth nad oedd Teri yn berson i blygu glin ar allor awdurdod ac ofnai mai syrffed fyddai ei hadwaith i'r cyfarfod – syrffedu ar rymuster awdurdod y sbŵcs ac eiddilwch eu hawdurdod hwythau.

Clywsant sŵn lleisiau, a brysiodd Gareth i gymryd ei sedd wrth y lleill. Camodd Darrow a Maitland i'r ystafell, ac eistedd gyferbyn â'r tri.

"Insbector Prior, DS Akers a DC Owen, diolch i chi am ddod a llongyfarchiadau ar ffeindio Gerry Rees," meddai Darrow'n awdurdodol. "Cyd-ddigwyddiad llwyr fod ein dyn ni a Rees ar yr un awyren. Mae'r terfysgwr dan glo, diolch i Maitland a chriw MI5, ond mae'n anffodus iawn i Rees lithro o'n gafael. Ein bai ni, nid eich bai chi."

Synnwyd Gareth. Insbector Prior, nid Prior fel cynt, teitl

235

parchus i bawb, diolch a llongyfarchiadau, a chwympo ar fai? Nid dyma roedd wedi'i ddisgwyl. "Dydyn ni heb ddod o hyd i Rees yn union, syr," rhybuddiodd.

"Mater o amser fydd hynny, Insbector. Ond sut gwnaeth Rees lwyddo i adael Heathrow?" Gwasgodd Darrow declyn rimôt i oleuo'r teledu. Roedd y lluniau symudol cyntaf yr un fath â'r rhai a welwyd yng Nghaerdydd: y ddau lanhawr yn lapswchan, yn symud i'r cwpwrdd a Rees yn dwyn y cart a'r siaced. Yna gwelsant luniau symudol ychwanegol, a'r olaf yn dangos Rees ar y palmant tu allan ac yna'n hanner rhedeg at fws oedd ar fin gadael am Hounslow.

Aeth Darrow yn ei flaen. "Roedd y glanhawr wedi cuddio'r ffeithiau am ladrad y cart ac yn gobeithio na fyddai'r hanes yn dod i'r fei. Mae e a'i gariad wedi cael y sac a'u harestio am esgeulustod diogelwch difrifol. Gyda llaw, posibilrwydd cryf bod Rees, ar ôl arhosiad byr yn Dubai, yn bwriadu hedfan ymlaen i wlad arall yn y Dwyrain Canol. Beth bynnag am hynny, mae tybiaeth gref fod Rees nawr yn Richmond, a dyma'r bloc o fflatiau."

Gwelsant gyfres o luniau newydd ar y sgrin. Adeilad solet o frics coch a godwyd yn y saithdegau, yn ôl pob golwg. Gatiau mynediad gyda'r enw Willow Court rhwng y bariau, cwt bychan yn syth tu hwnt i'r gatiau a dreif yn arwain i'r fynedfa yng nghanol y bloc. Lawntiau a choed helyg, popeth yn lân a chymen ac arlliw cyfoeth ar y fflatiau a'r ceir a barciwyd yn llecynnau'r preswylwyr y naill ochr i'r fynedfa. Gwasgodd Darrow fotwm ar y rimôt i glosio at ddwy ffenest ar yr ail lawr.

"Dyna fflat Rees, rhif 26. Mae tystiolaeth gyda ni – Thamesway Limos – i Rees gael ei godi o'r cyfeiriad toc wedi pedwar ddydd Llun a'i ollwng wrth Derminws Tri. Mae cofnod o'i holl symudiadau ers hynny yn y lluniau teledu."

"Dyna ni felly," meddai Teri. "Mynd i Willow Court ac arestio Rees. Dim rhagor o driciau'r dyn diflanedig."

Cafwyd oedi pellach ar ran Darrow ac yna dywedodd, "Na, ddim cweit mor syml â hynny. Yn gyntaf, allwn ni ddim bod yn hollol sicr fod Rees yn y fflat. Daethon ni o hyd i'r cyfeiriad yn gyflym ar ôl derbyn eich gwybodaeth ond roedd 'na gyfnod – ychydig oriau – pan nad oedd y lle dan wyliadwriaeth. Byddai'r ffaith ein bod wedi cynnal cyrch aflwyddiannus yn debygol o gyrraedd clustiau Rees a'i gynorthwywyr, a dyna ni 'nôl yn y man cychwyn. Hefyd, mae'n anodd cynnal ymosodiad yn ddirybudd. Mae'r gatiau ar gau drwy'r amser a gard i fod ar ddyletswydd yn y cwt."

Trawyd Gareth yn fud gan syndod. Dyma Comander Craig Darrow, arweinydd SO15, Uned Gwrthderfysgaeth y Met, unigolyn a allai godi bys bach a gweld byddin o weision yn dawnsio tendans. Dyn oedd yn cario a chadw cyfrinachau, dyn y cysgodion oedd yn cydweithio ag MI5, a dyn oedd yn gwarchod pinaclau diogelwch cenedlaethol. A nawr, dyn oedd yn crynu yn ei sgidiau wrth feddwl am arwain cyrch syml i floc o fflatiau?

"Maddeuwch i fi, syr, ond pam mae'n rhaid i'r cyrch fod yn ddirybudd? Digon posib fod 'na ddrysau eraill neu ddihangfa dân ond does bosib na ellid trefnu blocio pob ffordd mewn a mas."

Gwnaeth Darrow sioe o ad-drefnu papurau yn y ffeil o'i flaen gan adael i Maitland ateb. "Sefyllfa sensitif, Prior, yn galw am driniaeth ofalus. Nid Rees yw perchennog y fflat. Mae'n rhentu'r lle gan gwmni o'r Dwyrain Canol sy'n berchen ar yr holl floc. Mae'n talu rhent isel yn sgil ffafrau i'r cwmni – ffafrau'n ymwneud â'r rhesymau gwreiddiol dros fod ar ôl Rees. Mae rhan helaeth o'r tenantiaid yn ddinasyddion y Dwyrain Canol – rhai'n gyfeillgar i Brydain, eraill ddim mor gyfeillgar. Dwi ddim yn mynd mor bell â honni bod gan y tenantiaid ryddid diplomyddol, ond rhaid bod yn wyliadwrus."

"Felly…" dechreuodd Gareth, ond achubodd Teri y blaen arno.

"Y gwledydd, Mr Makepeace—"

"Maitland, Cyrnol Maitland."

"Sori, y gwledydd sydd ddim mor gyfeillgar – nhw yw'r gelyn, felly? Ydych chi'n mynd i'w henwi nhw?"

"Doethach peidio, mae'n fater sensitif. Alla i werthfawrogi, Miss, nad y'ch chi'n deall goblygiadau cyfraith a gwleidyddiaeth ryngwladol."

Roedd Teri'n casáu cael ei labelu'n 'Miss'. Dysgodd Gareth a Clive y wers honno o brofiad chwerw ac roedd Maitland ar fin dysgu'r un wers. Taniwyd y papur glas ac nid oedd modd atal y ffrwydrad. "Gwrandwch, Cyrnol! Mae gyda chi'ch teitl ac mae gen i fy un innau. Ditectif Cwnstabl, ocê? Hefyd, mae gen i radd dosbarth cyntaf yn y gyfraith a gradd meistr mewn cyfraith ryngwladol. Felly llai o'r bolycs nawddoglyd a mwy o siarad sens, plis."

Trodd wyneb Maitland yn biws. Cododd Darrow ei law, a hyd yn oed yn ei iwnifform grand ymdebygai i blismon pentref yn rheoli traffig ar groesffordd. "Diolch, DC Owen. Mae'n bwysig cofio ein bod ni i gyd ar yr un ochr yn y frwydr i ddal Rees ac yn y frwydr ehangach i ddiogelu'r wladwriaeth. Nid yma mae'r gelyn. Mae ganddon ni gynllun ac fe fyddwch chi'n chwarae rhan flaenllaw yn hwnnw."

*

Llwyddodd Akers i barcio dan gysgod coeden, gan roi golygfa berffaith iddo o Willow Court. Roedd adeilad y fflatiau gyferbyn â mynedfa Parc Richmond a gallai Clive a Teri weld ceirw'n pori'n hamddenol yn un o faestiroedd y parc. Cuddiai'r ewigod yn swil ymhlith y lleill, yr anifeiliaid hŷn yn eu gwarchod ac yn rhythu'n heriol ar unrhyw gerddwr neu seiclwr a dresmasai ar eu tiriogaeth.

"Sbot bach neis," dywedodd Clive.

"Mae'r bobol gyfoethog i gyd yn byw mewn sbot bach neis. Does byth beilonau, fferm gaca na ffatri fyglyd, dim ond glan môr, gwyrddni, coed, ceirw…"

"Meddet ti, fel un o Gyncoed!"

Chwarddodd Teri. "Be ti'n feddwl o'r holl fusnes 'ma?"

"Od. O'n i'n disgwyl i Darrow a'i sgwad ysgwyddo'r cyfrifoldeb a hawlio'r clod. Diolch yn fawr, Insbector Prior, nawr bant â chi 'nôl i Aberystwyth."

"Sai'n trystio Darrow, ac am y twpsyn Cyrnol Maitland… Cyrnol! Pryd welodd hwnna unrhyw fath o ryfel? Dwi'n casáu prats hunanbwysig fel Maitland."

Agorodd gatiau Willow Court a daeth gwraig i'r golwg yn gwthio plentyn mewn bygi. Roedd yn amhosib dweud ei hoed gan ei bod wedi'i gwisgo mewn *burqa* du gyda dim ond hollt denau i'r llygaid. Croesodd y ffordd i fynedfa'r parc ac wrth iddi basio'r car fe gynhyrfodd y plentyn a phwyntio at y ceirw.

Daeth llais o'r radio, "Zero three to zero one. Anything to report?"

Gafaelodd Clive yn y meic. "Resident has just left building and is proceeding to Richmond Park. Will keep you posted."

Cafwyd ochenaid gan Teri wrth iddi suddo'n is i'w sedd. "Ti'n gweld, Clive? Rhan flaenllaw yn y cynllun? No way. Nhw'n rheoli a ni'n eistedd fan hyn yn riportio. Nhw'n tynnu'r cortyn a ni'n bypedau." Caeodd ei llygaid. "Dihuna fi os oes rhywbeth dramatig yn digwydd, fel Siôn Corn yn dod i fwydo'r ceirw!"

Ar ôl rhyw hanner awr ailymddangosodd y wraig, agorodd y gatiau'n llyfn a cherddodd hi at ddrws Willow Court. Ni thrafferthodd Clive roi gwybod i'r uwchswyddogion am hynny. Wedi hanner awr pellach o wylio dywedodd, "Dwi jyst â starfo."

"Ti wastad yn starfo. Wel, tyff, sdim siop a, beth bynnag, allet ti byth fforddio brechdan ham yn Richmond."

"Ti'n meddwl daw e?"

"Pwy?"

"Gerald Rees!"

"Mae'n bosib bod e mas o'r wlad yn barod – ar awyren neu gwch preifat, teithio heb basbort. Roedd Darrow'n sôn am rybuddio Interpol, ond mae'n rhy hwyr! Grym Interpol yn dodji yn Dubai. Neu mae e'n cuddio rywle ac yn cadw'i ben lawr, yn aros i'r helynt a'r helfa dawelu. Neu falle ddaw e. Dyma'r unig *lead* sy gyda ni."

Cafodd y ddau ychydig o fraw o glywed drws y car yn agor. Daeth Gareth i mewn ac eistedd yn y sedd gefn. "Unrhyw beth?"

"Y ceirw'n pori yw'r digwyddiad mwya cyffrous," atebodd Teri. "Ti'n gwybod beth yw'r cynllun?"

"Aros, gwylio a derbyn cyfarwyddiadau."

Wfftiodd Teri. "Pypedau."

Yn ystod yr awr nesaf gwelwyd dau gar a fan Waitrose yn cyrraedd ac yna'n gadael. Rhoddodd Clive wybod am bob digwyddiad. Yna, gwelsant Audi du yn parcio a dyn yn esgyn o'r sedd gefn, symud at y gatiau agored a cherdded yn gyflym i mewn i'r adeilad. Gadawodd y car. Er bod y tywydd yn gynnes roedd y dyn yn gwisgo cot law a chapan. Digwyddodd y cyfan mor gyflym fel na chafwyd cyfle i adnabod y person. Rhoddodd Clive wybod am hyn ar unwaith a gwrando ar yr ateb.

"Zero three to zero one. Audi registration plate detected as stolen vehicle." Tawelwch, wedyn y neges, "Target has entered building. Await instructions."

"Shwt maen nhw'n gwbod taw Rees yw e?" gofynnodd Teri.

Atebodd Gareth, "Mae un o ddynion Darrow yn y cwt."

Distawrwydd, a sylweddolodd y tri bod yr unigolyn a ddihangodd o grafangau'r heddlu dair gwaith o fewn eu gafael o'r diwedd. Roedd yn deimlad rhyfedd, bron yn fflat. Daeth clec o'r radio ac fe glywyd llais Craig Darrow.

"Zero two to zero one. Dyma'r cynllun, Prior. R'yn ni wedi cipio gyrrwr yr Audi a chael rhif ffôn Rees. Bydd y car yn dychwelyd o fewn deg munud a Rees yn derbyn galwad i adael Willow Court ar fyrder oherwydd cyrch posib. Wrth iddo gerdded o'r gatiau i'r car byddwch chi a'r lleill yn arestio Rees ar gyhuddiad o ymgais i lofruddio ac o beryglu diogelwch cenedlaethol. Bydd *back-up* yn y car."

Gwrandawodd Gareth yn syfrdan. "Llofruddiaeth, syr? Pa lofruddiaeth?"

"Y tramorwr losgwyd yn y Porsche ar y Bannau."

"Ond…"

Brathwyd yr ateb, "Jyst gwnewch e, Prior."

Teimlai'r deg munud fel oes ond, yn union fel yr addawyd, daeth yr Audi rownd y gornel a pharcio o flaen y gatiau eto. Gadawodd Gareth, Clive a Teri eu car, croesi'r ffordd a sefyll o'r neilltu, Gareth a Teri ger un o bileri'r gatiau a Clive y pen arall. Yna mwy o aros, sŵn crensian ar raean y dreif, y gatiau'n agor a Rees yn camu i'r golwg.

Yn yr un modd, camodd Gareth yn ei flaen. "Syr Gerald Rees, rwy'n eich arestio ar gyhuddiad o ymgais i lofruddio ac o beryglu diogelwch cenedlaethol."

Am ennyd, edrychodd Rees ar Gareth mewn rhyfeddod, cyn cilio mewn braw at yr Audi. Roedd dau yn ei ddisgwyl, y gyrrwr ac un arall. Dechreuodd Rees strancio a gweiddi ac yn ddibetrus gafaelodd yr ail ddyn ym mraich Rees, estyn chwistrell at ei wddf a gwasgu. Ni chafwyd unrhyw sŵn ac mewn mater o eiliadau roedd Rees yn farw. Llusgwyd y corff yn ddiseremoni i'r car.

*

Ar lawr uwch pencadlys SO15, aeth Gareth at lun ar y wal a darllen y plât pres ar y ffrâm – 'Battle of the Barents Sea'. Roedd enw'r arlunydd yn anghyfarwydd ac nid dyma'r math o lun oedd yn mynd â'i fryd. Camodd at y ffenest a gweld Big Ben, adeiladau'r Senedd a Jac yr Undeb yn cyhwfan yn haul y bore. Symbolau'r wladwriaeth, ystyriodd Gareth, gwladwriaeth bellgyrhaeddol, gudd ac amheus ei dulliau.

Agorodd y drws a daeth Darrow i mewn – heb Maitland. Roedd yn gwenu, yn llawn hwyl ac fe wahoddodd y tri, Gareth, Clive a Teri, i eistedd.

"Coffi?"

Gwrthododd y tri a threuliodd Darrow funud yn ffysian dros ei baned cyn eistedd gyferbyn â'r lleill.

"Wel, gyfeillion, ar derfyn dydd, ymgyrch lwyddiannus a diolch—"

Torrodd Gareth ar ei draws. "R'ych chi wedi'n defnyddio ni, Darrow. O'r diwrnod cyntaf y dois i yma tan ddoe. Ein defnyddio ni law yn llaw â'ch gweithgareddau brwnt o gipio a lladd."

Os oedd Darrow wedi ffromi, ni ddangosodd hynny. "Pwy laddwyd ddoe? Gerry Rees? Y dyn a ddiflannodd am y tro cyntaf o fwrdd ei gwch ym Mae Aberteifi ac am yr eildro ar ôl damwain car ym Mannau Brycheiniog. Meirion Williams? Mae tystysgrif marwolaeth Meirion Clement Williams yn ddiogel yn nrôr fy nesg i. Felly pwy?"

"Twyll, Darrow, a chithau'n cadw'n ddigon pell o'r frwydr. Ble oeddech chi ddoe? Yn eistedd fan hyn yn rheoli ac yn gorchymyn dros y radio."

"Rhaid i rywun reoli, Prior, ac i eraill ufuddhau. Dyna'r drefn."

"Pa drefn? Y drefn y dylid bod wedi'i mabwysiadu ddoe oedd i Rees gael ei arestio a'i ddwyn o flaen ei well. Wynebu'r cyhuddiadau mewn llys agored. Canfod ai llofruddiaeth oedd y weithred ar y Bannau ynteu ddamwain. Canfod pwy ymosododd ar Dyanne Morgan. Canfod oedd e'n euog o unrhyw drosedd. Dyna'r drefn, Darrow."

"O, roedd e'n euog, yn euog o ddwyn cyfrinachau milwrol, eu gwerthu i'r gelyn a derbyn symiau sylweddol o gyfri banc yn y Swistir. Ond yn bwysicach na'r data cyfrifiadurol a'r meddalwedd, roedd Rees yn rhan o gyfrinach lawer mwy. Ym Medi 2002, pan oedd Rees yn is-Weinidog yn y Swyddfa Dramor, rhyddhawyd dogfen i gyfiawnhau ymyrraeth Prydain yn rhyfel Irac, y *dodgy dossier*. Rees oedd prif awdur y ddogfen a phetai'r dyn wedi llwyddo i ffoi, byddai perygl sylweddol iddo ddatgelu'r gwir am y *dossier* a chreu hafoc ym mherthynas Prydain a'r Dwyrain Canol. Nid y math o gyhuddiadau i'w dwyn gerbron llys agored." Pwyllodd Darrow, sipian ei goffi, codi ei olygon a gwenu. "Bydd adroddiad canmoliaethus ar eich cymorth parod yn cael ei anfon at Brif Gwnstabl Heddlu Dyfed-Powys." Pylodd y wên. "Mae hyn i gyd, wrth gwrs, yn gyfrinachol a dwi'n siŵr fod y tri ohonoch chi wedi ymrwymo i ofynion yr Official Secrets Act."

Gofynnodd Gareth ei gwestiwn olaf. "Y gelyn, Comander. Ble'n union mae'r gelyn?"

"Mae'r gelyn, Insbector, ynghudd, ym mha le bynnag mae e'n cuddio."

PENNOD 25

PENDERFYNODD TERI AROS yn Llundain am ychydig ddyddiau o wyliau – cyfle i ymlacio, cwrdd â ffrindiau coleg a bachu'r siawns i fynd i gìg "awesome" yn yr SSE Arena. Felly dim ond dau gychwynnodd y daith yn ôl ar yr M4, Clive yn gyrru a Gareth yn sedd y teithiwr. Tawedog oedd yr awyrgylch yn y car – Clive a'i droed dde yn drwm ar sbardun y Volvo a Gareth yn canolbwyntio ar y rhibyn tarmac o'i flaen. Difyrrodd Clive ei hun drwy glosio at y Jags a'r Aston Martins, fflachio'r golau a mwynhau'r olwg betrusgar ar y gyrwyr cyn gwasgu'n drymach i folltio heibio.

"Ddylet ti ddim. Sdim hawl 'da ni ddal neb yng nghanol Wiltshire."

"Ond d'yn nhw ddim yn gwbod hynny. Rhoi gwers fach i ambell un. Mae bois fel'na'n meddwl eu bod nhw'n berchen yr hewl."

Fel arfer byddai Gareth wedi ymateb ond heddiw doedd ganddo mo'r nerth na'r awydd. Roedd holl ystryw Darrow a Maitland yn llosgi fel fflam na ellid ei diffodd. "Rho dy fys yn y tân ac fe gei di dy losgi" oedd un o ymadroddion cyson ei fam. Mor wir. A dyna'n union wnaeth e – rhoi ei fys yn fflam ysol yr ymgyrch gwrthderfysgaeth, ymgyrch lle roedd pawb o dan amheuaeth a phob dull yn dderbyniol. Bu'n drwgdybio ers y cyfarfod cyntaf yn Llundain nad oedd ef a'r tîm yn ddim ond darnau gwyddbwyll i'w symud ar fwrdd Prydeinig, darn fan hyn i ddiogelu cyfrinachedd a darn fan draw i osgoi golchi dillad budr yn gyhoeddus. Ond er hynny, bu'n adrodd yn ôl iddynt yn gyson, gan hysbysu Darrow a'i griw am gwrs yr ymchwiliad a sicrhau bod y sbŵcs gam ar y blaen bob tro.

Chwerw? Gair rhy wan o lawer i ddisgrifio ei deimladau.

Canodd ei ffôn a darllenodd y tecst yn uchel:

Llongyfarchiadau i chi a'r tîm. Uned y Met yn uchel ei chanmoliaeth. Dilwyn Vaughan

Arafodd Clive a llywio'i ffordd at un o lecynnau gwasanaeth y draffordd. "O leia mae Darrow wedi cadw at un addewid. Ffansïo paned?"

"Ie, pam lai."

Cariodd y ddau eu hambyrddau at fwrdd yng nghornel bellaf y caffi. Gwgodd Clive wrth sipian y te. "Ych a fi, blydi hel!" Oedodd cyn gofyn yn ofalus, "Ti am gwyno am fusnes Llundain?"

"Mae'r cyfan yn drewi, ond shwt allwn ni gwyno? Roedd Darrow yn llygad ei le. R'yn ni wedi'n rhwymo i'r Official Secrets Act ac felly'n methu siarad. Maen nhw'n saff, ac maen nhw'n gwbod hynny. Fydd dim cyhoeddusrwydd o gwbwl i hyn. Dim un erthygl, dim un bwletin newyddion."

"A beth am y weithred yn Richmond?"

"Fel ddwedodd Darrow, corff pwy? Meirion Clement Williams, sydd yn ei fedd ers deugain mlynedd? Syr Gerald Rees, a ddiflannodd rhyw dair wythnos yn ôl o fwrdd ei gwch? Digon posib y daw corff i'r lan a chael ei adnabod fel Rees – dwi'n barod i gredu unrhyw beth erbyn hyn. Ac am y person laddwyd yn Richmond, wel, angladd tawel, dim galarwyr, bedd diarffordd neu amlosgiad."

"Beth am y dyn losgwyd yn y Porsche?"

"Cael ei anghofio, 'enquiries are continuing' ac ati ac ati. A chyda'r unig dyst ymhell tu hwnt i'w holi, wnawn ni byth ddarganfod ai damwain ynteu lofruddiaeth oedd y farwolaeth yng Nghrib y Bannau. A wnawn ni byth ddarganfod chwaith pwy oedd y ddau ymosododd ar Dyanne Morgan – rhyw fân chwaraewyr yn y plot i ddal Rees, fwy na thebyg."

"Condor Technology?"

"Mynd o nerth i nerth siŵr o fod: 'The Company That Flies Higher.' Buddsoddwyr newydd, neu'r un buddsoddwyr ond ag enwau newydd, capten gwahanol wrth y llyw. Mae Aberporth yn cael ei ddatblygu fel canolfan Ewrop gyfan i brofi drôns a Condor yn brif gontractwr yn y fenter. Y ffactor digyfnewid yw'r ysfa i ryfela, ac os gallwn ni ryfela drwy *remote control*, gorau oll."

"Ti'n swnio'n sinigaidd."

"A ti ddim? Dere – adre!"

Gan fod y traffig yn ysgafn, croeswyd Pont Hafren mewn byr o dro a dewisodd Clive lynu at y draffordd yn hytrach na bwrw am y Fenni a Phumlumon. Ar ôl gadael ffordd osgoi Caerfyrddin, buan y sylweddolodd ffolineb ei ddewis. Roedd yn ddiwrnod marchnad a'r hewl yn llawn Land Rovers a threlyrs yn llusgo rownd pob cornel. Rhegodd Clive o dan ei anadl a llwyddo i basio dau o'r cerbydau mewn symudiad mentrus a achosodd i yrwyr y cerbydau ganu corn mewn protest. Yna cafwyd mwy o regi wrth i Clive weld tair malwen arall o'i flaen.

"Dyma fel bydd hi nawr tan i ti gyrraedd ffordd y môr ochr draw i Landysul. Galli di gymryd hoe neu fod yn amyneddgar."

Mwmiodd Clive rywbeth tebyg i "blwmin hambons" a dweud bod yn well ganddo barhau â'r daith. O'r diwedd, daeth Bae Aberteifi i'r golwg ac yna, ar yr ucheldir, arafodd y traffig cyn stopio'n llwyr. Gan fod sawl trelar uchel o'u blaenau, methai Gareth na Clive weld beth oedd y rheswm a bodlonodd y ddau ar eistedd yn y Volvo. Disgynnodd ffermwr o'r cerbyd o'u blaenau, taflu golwg i gyfeiriad y môr a throi ar ei sawdl at gar Gareth a Clive.

"Well i chi siapo, mae rhyw reiat yn digwydd draw fan'co."

Ac yn wir, rhyw gan metr i ffwrdd gwelwyd golygfa oedd yn gymysgfa ryfedd o'r doniol a'r difrifol. Roedd tua ugain o unigolion yn rhwystro'r traffig, rhai'n eistedd ar yr hewl, eraill yn dawnsio a neidio o un clawdd i'r llall a phob un wedi'i wisgo fel mochyn daear. Gyferbyn, safai hanner dwsin o ffermwyr, ac roedd y ddadl rhwng y ddwy garfan yn boeth. Sylwodd Gareth fod criw teledu yn bresennol ac roedd hi'n amlwg felly bod y digwyddiad wedi'i drefnu'n ofalus i sicrhau cyhoeddusrwydd. Cofiodd am y brotest ar ei siwrnai i Aberporth ac yn arbennig am fethiant y plismon i gadw trefn. "Clive, gwna alwad i ofyn am *back-up* a dwed fod brys, rhag ofn i bethe fynd yn hyll."

Bu grwgnach a chwyno gan bawb wrth iddo wthio'i ffordd at ymyl y llinell brotest. Gwelodd Clive yn rhedeg ato ac yn dod i sefyll wrth ei ochr. "Bydd dau gar yma mewn deg munud."

Nodiodd Gareth, camu rhwng y carfanau a throi at y protestwyr. "Insbector Gareth Prior, Heddlu Dyfed-Powys. Ga i ofyn i chi godi oddi ar yr hewl i greu llwybr clir i'r ceir?"

Ni symudodd neb. I'r gwrthwyneb, cynyddodd y brotest, gyda rhai'n taro drymiau bychain, eraill yn defnyddio chwibanau ac yn gweiddi dro ar ôl tro "CULL IS KILL, CULL IS KILL." Cafwyd bloedd, "Beth am ddulliau di-drais y ffermwyr? Cym on, Insbector, faint o foch daear maen *nhw* wedi'u saethu?"

Fel y gellid disgwyl, roedd y cyhuddiad fel cadach coch i darw ac mewn storom o sŵn a dicter neidiodd un o'r ffermwyr at y protestwyr. "A beth am eich dulliau chi, y ffycyrs diog? Ein gosod ni dan warchae, dreifo heibio yn oriau mân y bore, tresmasu, rhyddhau moch daear i heintio'r gwartheg? A drychwch arnoch chi nawr. Chi'n ddigon dewr i enwi ffermwyr a ffermydd a lledu celwydd ond ddim yn ddigon dewr i ddangos 'ych wynebe. Cuddio mewn blydi gwisg ffansi a masgie fel rhyw barti pen-blwydd! Wel, mae'r parti ar ben ac mae'n bryd i chi a'ch siort ddysgu gwers."

Gafaelodd y ffermwr mewn protestiwr gerfydd ei goler. Roedd yn ddyn cyhyrog, dros ddeunaw stôn, a chanddo ysgwyddau llydan a dwylo enfawr a galedwyd gan flynyddoedd o lafur corfforol. Wrth iddo godi dwrn, safodd y protestiwr yn dawel i ddisgwyl y glec. Sylweddolodd Gareth beth oedd ei dacteg a rhybuddiodd y ffermwr, "Callia, er mwyn Duw. Ti fydd wedi taro'r ergyd gynta a bydd rhaid i fi dy arestio. Dyna beth ti isie – achos llys, dedfryd o ymosod treisgar a charchar?"

Safodd y ddwy garfan yn gyhuddgar, y naill ochr a'r llall yn ymwybodol y gallai'r cyfan ffrwydro'n gyflafan lle byddai pawb yn colli a neb yn ennill. Roedden nhw'n aros am y weithred gyntaf, ac fe ddaeth. A'i wyneb fel taran, llaciodd y ffermwr ei afael ar y protestiwr ac ailymuno â'i gyfeillion. Anadlodd Gareth ochenaid o ryddhad. Gwyddai na fyddai siawns iddo atal yr ymladd pan ddigwyddai, ac o glywed sgrechian y seiren gwyddai fod help ar y ffordd. Diolch i'r drefn, meddyliodd, ac yna, o gornel ei lygad, gwelodd ffermwr arall oedd wedi'i gythruddo gan brotestiwr oedd yn gwatwar, a'r cyfan yn digwydd gerllaw'r criw teledu, oedd yn ffilmio'r olygfa yn awchus. Mewn chwinciad, trodd y gweiddi yn ymladd a rhuthrodd Clive ac yntau i wahanu'r ddau. Llwyddodd Clive i reoli'r ffermwr yn ddidrafferth ond nid cyn i hwnnw estyn braich at y protestiwr i dynnu'r mwgwd. Rhythodd Gareth yn syfrdan wrth iddo ddod wyneb yn wyneb â Laurence Young, y tywysydd tawedog a gyfarfu adeg ei ymweliad cyntaf â'r Uned Gwrthderfysgaeth. Ymateb Young oedd rhedeg yn gyflym at fwlch yn y clawdd, neidio dros y gât a mynd nerth ei draed ar draws y cae.

PENNOD 26

YN SYTH AR ôl cyrraedd ei fflat yn Aberystwyth aeth Gareth at y ffôn a deialu rhif y Ganolfan Ddarlledu yng Nghaerdydd. Atebwyd yr alwad bron ar unwaith a chlywodd lais yn dweud, "BBC Cymru, BBC Wales, sut galla i helpu, how can I help?"

"Ga i siarad â Huw Norton, os gwelwch yn dda?"

"Pwy sy'n galw?"

"Well gen i beidio rhoi enw. *Tip-off* am stori bwysig."

Ni ofynnwyd am eglurhad ac roedd yn amlwg fod y person ben arall y lein yn hen gyfarwydd â delio gyda galwadau cyffelyb. "Mae'n bosib fod Mr Norton wedi gadael am y dydd. Ond dria i'r rhif estyniad. Daliwch y lein, os gwelwch yn dda."

Gwrandawodd Gareth ar y caniad am yn agos i funud ac roedd ar fin rhoi'r gorau iddi pan glywodd y llais cyfarwydd. "*Headline Wales* office, Huw Norton speaking."

"Huw, Insbector Gareth Prior."

Yn y distawrwydd gallai Gareth glywed Huw Norton yn pwyso a mesur, yn ymresymu â'i hun. O'r diwedd dywedodd, "Os y'ch chi'n galw am Condor, mae rhywun arall yn dilyn yr hanes. Ond mae'r cyfan yn hynod o dawel."

"Na, dim byd am Condor, ond mae gen i stori dda i ti…"

Bu'r ddau'n siarad am yn agos i chwarter awr. Ar derfyn y sgwrs, camodd Gareth i'r gegin i estyn potel o Chablis o'r oergell ac arllwys mesur hael i wydryn. Croesodd i ffenest lydan y lolfa, sawru blas llyfn y gwin a gwylio'r machlud dros harbwr Aberystwyth. Gwenodd, ac am y tro cyntaf ers meitin, gwerthfawrogodd y bodlonrwydd o feddu ar y grym i daro 'nôl.

*

Eisteddai Meg yng nghadair Dats yng nghegin y Goetre. Roedd y gweddill wedi hen adael, Joel a Debs i'w cartref yn y Fenni, Charlotte i frwydro yn erbyn ffracio yn ne Lloegr a Sanjay i weithio gyda mudiad Islamaidd yn Llundain. Bu'r ymgyrch yn erbyn difa moch daear yn llwyddiant am sawl rheswm. Yn gyntaf, twpdra'r Gweinidog Amaeth, a ddaeth yn gyff gwawd ar ôl iddo gwyno am amharodrwydd y moch daear i gydweithio – "they moved the goalposts" oedd ei ymadrodd hurt. Yn ail, sylweddoliad o du'r Llywodraeth nad oedd y cynllun saethu'n ymarferol. Roedd y wyddoniaeth a'r ystadegau yn eu herbyn. Yn drydydd, ac yn bwysicaf o'i rhan hi, camp y mudiad i droi'r farn gyhoeddus o'u plaid ac, o'r herwydd, i atal y lladd a'r saethu. Rhoddodd y fuddugoliaeth foddhad personol iddi ac roedd y berthynas gyda Tom yn goron ar y cyfan, perthynas a gyfoethogai ei hymdeimlad o ddedwyddwch. Ni ddywedodd air wrth y lleill am y garwriaeth. Cyfrinach oedd Tom am y tro, cyfrinach a anwesodd a'i thrysori. Nid oedd am i neb ofyn "Ti'n siŵr?", i neb feirniadu nac i neb chwilota yng nghilfachau ei chalon.

Roedd Tom wedi addo dod draw ond esboniodd hefyd fod yn rhaid iddo gadw led braich oherwydd ffrwgwd gyda'r heddlu. Gwenodd Meg yn dawel a chodi o'r gadair i roi potel o win yn yr oergell, potel rad, ond potel a wnâi'r job i'r dim pan gyrhaeddai Tom. Yn sydyn, cofiodd am yr e-bost gan Joel yn sôn am raglen ar BBC Wales yn trafod yr ymgyrch a throdd at y teledu bach ar fwrdd y gegin.

Clywodd y gerddoriaeth agoriadol ac yna'r gohebydd yn agor y rhaglen, "This is Huw Norton reporting for *Headline Wales*. Tonight's edition is devoted to the Welsh Government's decision to eradicate bovine TB by a test cull of badgers in the Teifi valley. The intention was to shoot the animals but the campaign has been heavily affected by anti-cull protesters who have disrupted the marksmen through raids on individual farms."

Gwelwyd lluniau o gefnau'r saethwyr yn symud at goedwig,

mwy o sylwebaeth a lluniau wedyn o'r protestwyr yn yr un goedwig, goleuadau strôb yn hollti'r tywyllwch, a'r chwibanu a'r gweiddi'n fyddarol.

"The campaign got off to a bad start when a meeting held at Carmarthen between the farming unions and the Agriculture Minister had to be abandoned."

Gwelodd Meg luniau o'r Gweinidog yn nesáu at y neuadd, yn ceisio trosglwyddo ei neges i'r protestwyr ac yn gadael yn ddiseremoni.

"Anti-cull protesters have attracted equal praise and criticism by naming and shaming the shooters involved and by identifying farms whose land had been earmarked as locations for the cull. Farmers have been angered by 'we know who you are' letters and by the practice of being woken at night by endless convoys of protesters sounding car horns and playing loud music."

Dangoswyd lluniau o res o geir mewn confoi a chyfweliad â ffermwr uchel ei groch. Aeth y rhaglen yn ei blaen i drafod a oedd y polisi o saethu moch daear yn gam neu'n gymwys, gan arwain at ddatgelu'r tro pedol ar ran y Llywodraeth.

"The Agriculture Minister has now accepted that statistical evidence demonstrates that shooting badgers is neither a realistic nor cost-effective method of culling. He made the announcement at the Assembly today and, in the midst of mounting calls for his resignation, declared that he would be seeking other methods to halt the spread of bovine TB."

Wrth weld llun o'r Gweinidog ar y sgrin, chwarddodd Meg, a phetai Tom yno byddai wedi'i gofleidio. Y fath bleser, y fath hapusrwydd, ac yna mewn amrantiad fe surwyd y cwbl wrth iddi wrando mewn anghrediniaeth lwyr ar y datgeliad nesaf.

"The success of the anti-cull protest is all the more surprising as *Headline Wales* can tonight exclusively reveal that one of the movement's cells has been infiltrated by an undercover agent."

Gwelodd lun o Tom yn ymladd gyda ffermwr, yna rhywun yn

llwyddo i roi stop ar y ffrwgwd a Tom wedyn yn neidio dros gât cyn ei heglu hi ar draws y cae.

"This person was known in the movement as Tom Holden. His real name is Laurence Young and he is an officer in the Metropolitan Police Counter-Terrorism Command, SO15. The Head of the Unit, Commander Craig Darrow, refused to confirm or deny the deployment of such undercover agents but our investigations have shown that Young was ordered to infiltrate the movement and concentrate particularly on an activist named Sanjay Haroon who is suspected of being an Islamic extremist."

Ni chlywodd Meg wich y gât, a'r arwydd cyntaf fod ganddi ymwelwyr oedd y curiad pendant ar y drws. Cododd i'w ateb mewn hanner breuddwyd, hanner hunllef, a syllu'n wag ar y ddau blismon a safai ar riniog y Goetre.

NODYN GAN YR AWDUR

Diolch i Peter Evans, harbwrfeistr Aberaeron, am y cymorth ar yr agweddau hwylio ac i Chris Coetzee am y wybodaeth ddeintyddol. Diolch eto i wasg y Lolfa ac yn arbennig i'm golygyddion Meinir a Nia am eu manylder ac am ffrwyno rhai syniadau gorgarlamus. Diolch hefyd i Tanwen Haf am glawr trawiadol arall.

Ffrwyth dychymyg yw'r nofel ond mae SO15, Uned Gwrthderfysgaeth Heddlu Llundain, yn bodoli ac mae'r arfer o 'blannu' plismyn o fewn mudiadau sy'n cael eu hamau wedi'i gydnabod. Mae'r holl hanes yn y gyfrol ddadlennol *Undercover: The True Story of Britain's Secret Police* gan Rob Evans a Paul Lewis.

Yn olaf, diolch eto i'm hannwyl wraig am ei hamynedd.

Geraint Evans
Mai 2015

yLolfa

DIAWL
Y WASG

GERAINT EVANS

'Llygredd a llofruddiaeth ym myd
llenyddiaeth. Mae rhywbeth at ddant
pawb yn y nofel fyrlymus hon.'

DAFYDD MORGAN LEWIS

£8.95

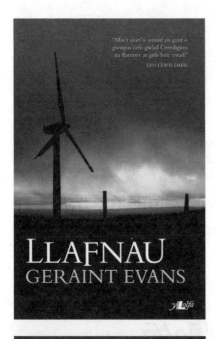

"Mae'r stori'n symud yn gynt o
gwmpas cefn gwlad Ceredigion
na flarnwr ar gefn beic cwad."

LYN LEWIS DAFIS

LLAFNAU
GERAINT EVANS

yLolfa

£7.95

yLolfa

Y LLWYBR
GERAINT EVANS

"Stori dda, ddarllenadwy, a chymeriadau cofiadwy.
Fe fydd y troeon yn y plot yn siŵr o gadw'r tudalennau'n troi."

ROCET ARWEL JONES

£7.95

Am restr gyflawn o lyfrau'r Lolfa, mynnwch
gopi am ddim o'n catalog
neu hwyliwch i mewn i'n gwefan

www.ylolfa.com

lle gallwch archebu llyfrau ar-lein.

TALYBONT CEREDIGION CYMRU SY24 5HE
ebost ylolfa@ylolfa.com
gwefan www.ylolfa.com
ffôn 01970 832 304
ffacs 832 782